転生薬師は異世界を巡る 2

ALPHA LIGHT

山川イブキ
Ibuki Yamakawa

アルファライト文庫

リオン
バラガの冒険者
ギルドのマスター。
エイミー
格闘家。割と
ちゃっかりしている。
ヘンリエッタ
バラガにある
神殿の管理者。
アデリア
神官。素直で
純真《じゅんしん》な性格。
登場
人物紹介

ニクス
幼馴染《おさななじみ》たちのまとめ役。槍使いからレンジャーに転向する。
ラドック
戦士。アデリアに惚《ほ》れている。
シン
前世は日本のサラリーマン。異世界に転生後は、放浪《ほうろう》の旅をしながら薬師《くすし》として生計を立てている。

目次

プロローグ

深い森の中を、少しばかり重い足取りで歩く男がいる。

比較的上質な麻布で作られた平服の上にたくさんのポケットがついた、見る人が見れば『ハンティングベスト』と言いそうな上着《うわぎ》を身につけ、フード付きのマントを羽織《はお》った男だ。

健康的に焼けた小麦色の肌《はだ》、短めに刈《か》った黒髪を無造作《むぞうさ》に手櫛《てぐし》で整《ととの》えた姿は爽《さわ》やかな印象を与え、精悍《せいかん》な顔立ちながらも目元は柔《やわ》らかく、柔和《にゅうわ》さも感じさせる。

胸元に着いた『ショットシェルポケット』に筒状《つつじょう》の各種薬瓶を弾薬《だんやく》よろしく差し込み、自分の身長よりも長い棒を杖のように扱《あつか》う十人並み以上イケメン未満の男――転生者にして規格外《きかくがい》の旅する薬師《くすし》――シンは、草木を掻《か》き分《わ》け木々の間を縫《ぬ》うように歩く。

少しだけ、そう、ほんの少しだけ憂鬱《ゆううつ》そうに……

その理由は――

「師匠～～～～」

彼を師匠と呼ぶ声にあった。

『師匠』と呼ばれることが嫌なわけではない。多少は面映《おもは》ゆくあるが、そう呼んでくる者を拒絶《きょぜつ》するほど、シンも冷淡無情《れいたんむじょう》の徒《と》ではない。

しかし、いかに成人済みとはいえ、シンもまだ一六才。そんな若僧《わかぞう》が師匠呼ばわりされれば、果たして一体何事か？　と、衆目《しゅうもく》を集めることになるのは必至《ひっし》。それがシンには受け入れられなかった。

そして、これが一番重要なのだが――

「師匠！　どうすれば師匠みたいに〝上手に魔法が使える〟んですか？」

薬師にそんなことを聞かれても困るのだ。

（どうしてこうなった！）

シンは現在、四人の新人冒険者パーティと、一時的にだが行動をともにしている。

その中の一人で、見るからに〝駆《か》け出しの魔道士です！〟といった雰囲気《ふんいき》の美少女が、シンのことを師匠と呼び、熱心に教えを請《こ》うている最中だ。

美少女に懐《なつ》かれさぞやいい気分――などと外野《がいや》から怨嗟《えんさ》の声が聞こえてきそうな情景《じょうけい》だが、悲しいかな、未成年の彼女はシンにとって恋愛対象外であり、誰一人として得にならない構図である。

とはいえ、このような状況をいつまでも許していては、いずれ『異世界転生した俺が薬師として旅をしていたら、駆け出し美少女魔道士の師匠になった件について』という物語が——

「しょう〜〜〜〜〜〜〜〜」

始まらない、はずである……

■

時は少し遡《さかのぼ》る。

マクノイド森林地帯——シンが足を踏《ふ》み入れた場所は、アトワルド王国の国境から南へ進むこと三〇〇キロにある、南北へ一五〇キロ、東西へ三〇〇キロも広がる森の名だ。

彼が目的地としている鉱山都市は、この森を越《こ》えた先にあった。

通常なら、国境から森を沿《そ》うように作られた街道《かいどう》を馬車で走ること、およそ三週間はかかる旅である。しかしシンは、馬車に乗るどころか徒歩《とほ》で、しかもマクノイド森林地帯を突っ切る最短距離を進んでいた。

その理由は、道中に採取《さいしゅ》できる植物や鉱物、また出くわす魔物がシンにとっては大切な素材であり、馬車にただ揺《ゆ》られるだけの三週間など時間の無駄《むだ》でしかないからだ。

王国で散々《さんざん》消費した薬品も材料の補充《ほじゅう》が済み、現在は、珍《めずら》しい素材や食材がないかと目を光らせながら、森の中を徘徊《はいかい》する日々である。

そうして森に入って一〇日目だろうか、シンは森に入って初めて、自分以外の人間に遭遇《そうぐう》することになる。そう、今にも全滅《ぜんめつ》しそうな冒険者パーティに――

「くそっ！　俺のことはいいから、お前たちだけでも逃げろ！」

「ラドック、この馬鹿！　つまんないこと言う元気があるんならさっさと立ちなさいよ！」

「エイミーの言うとおりだよ！　アデリア、ここは僕らに任《まか》せてキミはラドックの手当てを！」

「う、うん、ニクス、お願いね！　でもその前に二人とも――〝防衛《プロテクション》〟」

「サンキューアデリア、やるよ、ニクス！」

シンの視線の先には、一〇体以上のコボルトの群《む》れに囲まれた冒険者と思《おぼ》しき、いや、まだ少年少女にしか見えない、武器を構えた四人組の姿があった。

コボルト：Fランクモンスター
全身を獣毛《じゅうもう》に覆《おお》われた、身長一三〇センチほどの狼が直立したような風貌《ふうぼう》の魔物。犬頭とも呼ばれ、知能はあるが低い。集団行動を好《この》み、単独で行動することは稀《まれ》。
人間の死体から剥《は》ぎ取った衣類や装備を身につけているが、ろくな手入れをしておらず、全体的に薄汚《うすよご》れた身なりをしている。素材として使える部分は少なく、体内に宿《やど》る魔石も

小さい。

冒険者とは、危険と隣《とな》り合わせの職業であり、生き方だ。

依頼を受けて魔物を狩《か》ることのある彼らが、判断を誤《あやま》り、逆に狩られる立場になったとしても、そしてシンがそれを見て見ぬ振りをしたとしても、怨《うら》まれる筋合《すじあ》いはない。

「ハァ……」

とはいえ、それは一端《いっぱし》の冒険者に限った話で、目の前で危機に瀕《ひん》しているのが冒険者も、どきとあっては、さすがにシンも素通《すどお》りはできなかった。

小さく溜《た》め息をついた彼は、腰に下げたベルトポーチから薬瓶を取り出し、投げる。

ヒュッ――カシャン！

「なんだ？　――グエッ‼」

「キャアアアア、何よ、この臭《にお》い⁉」

「グギャ‼　グルッグルルゥ――‼」

地面に落ちて割《わ》れたそれは、中に詰《つ》まったシンの特製「激臭剤《げきしゅうざい》」を周囲に撒《ま》き散らすと、敵味方の区別なく、嗅《か》いだ者全《すべ》てを悶絶《もんぜつ》させた。

濃度《のうど》の濃《こ》い、腐卵臭《ふらんしゅう》とアンモニア臭の混ざった刺激臭に、四人はその場に膝《ひざ》をつき、コボルトたちは一旦《いったん》距離を取り、集合して態勢を立て直す。

「い、一体何が？」

「見殺しにするのも寝覚《ねざ》めが悪いから助けてやる、そこでじっとしてろ！……で、どうせ言葉は通じんだろうが、警告《けいこく》はしてやる。尻尾《しっぽ》を巻いて逃げるなら見逃してやるぞ、犬っころ？」

案の定《じょう》、コボルトたちは新《あら》たに出現した敵を、犬歯《けんし》をむき出しにして取り囲んだ。そして今にも飛びかかりそうな体勢のまま、シンににじり寄る。大事な鼻を潰《つぶ》されながら、それでも数で押せば勝てると思っているのだろうか。くだらないところだけ人間臭い。

「警告はしたぜ……風精《ふうせい》よ、我《わ》が元《もと》に集《つど》い、我が意のままに踊《おど》り狂え、〝竜巻《トルネード》〟」

ゴウッ――‼

シンが風属性魔法の呪文を唱《とな》えると、彼を中心に竜巻が発生し、コボルトたちに襲《おそ》いかかった。

力負けした半数が地面から離れ、暴風《ぼうふう》に飛ばされて竜巻の中をグルグル回る。残りの半数は、飛ばされまいと必死に踏ん張るも、それが精一杯のようで、動くこともままならない。

「ガウッ‼」

「おー頑張《がんば》ってるなあ。でも残念、これで終わりだよ」

シンは、人の頭ほどの大きさの布袋を取り出し、竜巻の中に放り込む。直後――

「ギャウウゥゥゥウンンン‼」

　コボルトの悲鳴が周囲に響く。

　袋の中には金属片《へん》が入っており、強風に煽《あお》られ口を開くとそれは、暴風に乗って礫《つぶて》のように飛び散り、コボルトの鎧や体を浅く切りつけ肉を抉《えぐ》った。

　また、一緒に入っていた鉄粉《てっぷん》は、風によって押し広げられた傷口に入り込めば、さながら研磨剤《けんまざい》のような働きをし、傷口を、そしてコボルトの命を削《けず》り取っていく。

　やがて、五分と経《た》たずに生きているコボルトはいなくなった。

「すごい……」

　戦闘と言う名の一方的な殺戮《さつりく》が終わり、一部始終《しじゅう》を見ていた四人の口からそんな言葉が漏《も》れる。

　シンはそんな彼らに顔を向けた。

「無事でなにより――と言いたいところだが、お前たち、見たところまだ駆け出しだろう、なんでこんな森の奥まで？」

「あ――助けてくれてありがとう……アンタは一体？」

　まだ事態が呑《の》み込めていないのか、エイミーと呼ばれていた気の強そうな少女は、質問に対して質問で返してくる。

　それを見て、どうしたものかと首を捻《ひね》るシンの前に、別の少女が近付いてきた。

「あ、あの‼」

「ん？」

「お願いです、弟子《でし》にしてください‼」

その言葉を聞いたシンは天を仰《あお》ぎ見て、女神《ティア》、そして暇神《エルダー》に対し、今度自分の引きについてじっくり話そうと、固く心に決めた。

「あ、あの……」

「……まあ、とりあえず自己紹介から始めるか。俺はシン、見ての通り旅の薬師だ」

「ええっ‼　師匠は魔道士じゃないんですか？」

「誰が師匠だ……」

「まあまあアデリア、自己紹介も済ませていないのに質問攻《ぜ》めにするものじゃないよ。はじめまして、僕の名はニクス、槍使いです。今回は助けていただき、ありがとうございます」

アデリアの言葉にげんなりするシンを見て、フォローのつもりか、ニクスと名乗った少年が自己紹介をする。その様子を見て、残りの三人も次々に名乗りを上げた。

「あ、あのっ、私、アデリアって言います！　まだ腕の方は全然だけど、魔道士です‼」

「アタシはエイミー、助けてくれてありがと。見ての通り格闘家だよ」

「……ラドック、剣士だ」

全員が名乗り終わると、改めてシンは、四人に向かって大切な質問をする。

「なんでお前らみたいな駆け出しが、こんな森の奥まで潜《もぐ》ってるんだ？」

そう言われた少年少女は、一様《いちよう》に表情を暗いものに変えた。

「――つまり、後のない新人どもが一発逆転《いっぱつぎゃくてん》を狙《ねら》ってあのザマ、と……」

冒険者という存在に憧《あこが》れてギルドの門を叩《たた》くも、スタートとゴールを勘違《かんちが》いした駆け出しが現実という壁《かべ》にぶち当たる。実によくある話だった。

「ボクたちも当然、はじめは簡単な仕事からコツコツやるつもりだったんですけどね。他の人の邪魔《じゃま》が入って……」

「簡単な仕事は誰でもできるからな。小遣《こづか》い稼《かせ》ぎと新人潰《つぶ》し、一石二鳥《いっせきにちょう》の美味《おい》しい仕事だ」

成《な》り上がる手段として冒険者を目指す人間は多いが、彼らに依頼する仕事が準備万端《ばんたん》、常にあるわけではない。自分たちの食《く》い扶持《ぶち》を確保するため、新参者《しんざんもの》を歓迎しない先輩冒険者も当然いる。

「まったく、器の小さいやつらよね、頭にくるわ！」

エイミーが盛大《せいだい》に愚痴《ぐち》る。彼女は気が強いのと同時に、短くもあるようだ。

「とはいえ、その程度の嫌がらせに屈《くっ》するようじゃあ、冒険者として先は見えてるな」

「うっ……分かってるわよ！」

依頼の先取りは嫌がらせであると同時に、明日をも知れない冒険者の世界に踏み込む新人への、先達《せんだつ》からの試験とも言える。こんな入り口で泣きが入るような冒険者に、明るい将来など到底待ってはいないのだ。

「それで、どんな仕事を請《う》けてこんな奥まで入ってきたんだ？」

「ハイ、〝鎧《よろい》ヤモリ〟の討伐《とうばつ》と素材の確保です」

鎧《よろい》ヤモリ：Eランクモンスター（脅威《きょうい》度　中～下）
その名の由来でもある硬《かた》い鱗《うろこ》に体を護《まも》られた、体長二メートルの大型ヤモリ。鎧の素材にも使える鱗は刃を通さず、ゆえに弱点は、鱗に覆われていない腹部と目になる。
森の中を生息地《せいそくち》とするが、ジメジメしたところを嫌い、陽《ひ》の当たる、自身の体が登れるほどの大木と身を隠せる大岩が転がっている地形を好む。
巨体に似合わず動きは俊敏《しゅんびん》で、主な攻撃手段は体当たりと小さいながらも鋭い爪《つめ》。また、唾液《だえき》は強い酸性《さんせい》を帯《お》びており、噛《か》まれると非常に危険。

「ハァ……お前たち、鎧ヤモリについてどれくらい知ってる？」

「バカにすんな！　そのくらい、事前に調《しら》べてるに決まってんだろ！」

溜《た》め息をつきながら質問するシンの態度が気に障《さわ》ったのか、四人の中でただ一人、シンに対してあまり友好的ではないラドックが食ってかかる。

「そうだな、事前に情報を集めるのは冒険者の基本だ。ちゃんとできてるようで偉《えら》いぞ……で、お前ら、どうやって鎧ヤモリを倒すつもりだったんだ？」

少年たちの武器と言えば、剣、槍、手甲と足甲、そして駆け出し魔道士の魔法。

鎧ヤモリを相手に、新人冒険者が策もなしに正攻法で挑《いど》むなど、無謀《むぼう》としか言いようがなかった。

「集めた情報は有効活用しないとなあ……死にたいのなら止めはしないが」

呆《あき》れの混じったシンの冷淡な物言いに、四人は揃《そろ》って押し黙《だま》る。

世の中は甘くない。ああ困った、大変だと嘆《なげ》いていれば、親切な誰かが救いの手を差し伸べてくれる。そういったことは御伽噺《おとぎばなし》の中だけだと、シンは思っている。

そう、助けが来るのをじっと待っているだけ、そんな甘ったれにシンが力を貸す義理はない。

「シンさん、お願いがあります。僕たちは強くなりたい、少なくとも鎧ヤモリを狩ることができるくらいに！　だから、少しの間だけでもいいから、僕たちを鍛《きた》えてくれませんか？」

――だが、真摯《しんし》に教えを請《こ》うてくる、それも相手が子供というのであれば、少しくらいは世話を焼いてもいいかと思うのだった。

「ありがとうございます！」

「よろしくお願いします、師匠‼」

いまひとつ納得しがたい言葉を聞きながら……

（……何か違わないか？）

第一章　薬師《くすし》と駆《か》け出し冒険者

シンを先頭に、その後を追いかけるように四人の少年少女が森を歩く。

「え、シンさんって、冒険者ギルドに登録してないの？」

「なんで薬師の俺が冒険者登録してると思うんだよ……」

「メチャクチャ強いから」

エイミーのシンプルかつ的確《てきかく》な回答に残りの誰もが納得し、ウンウンと頷《うなず》く。

「個人情報の……いや、なんでもない。冒険者ギルドに登録すると、レベルからスキルから全部知られちまうだろ？　俺みたいに、魔法も使える薬師なんて存在は、冒険者の目には相当便利な駒に見えるらしい。だから利用されないよう、冒険者登録はせずに素性《すじょう》を隠《かく》してるのさ」

自分は冒険者ではない、そう告《つ》げるシンに向かって、今度はニクスが質問を投げる。

「だったらシンさんは、どうしてこんな危険な森の中を？」

「俺は薬師だからな。金を稼《かせ》ぐには薬を売らにゃならんが、それを作ろうとすれば当然、材料が必要になる。そのとき、材料を自分で調達すれば、経費はかからず儲《もう》けはでかい。俺にとって、森の中や魔物の住処《すみか》は材料の宝庫というわけだ」

揚々《ようよう》と語るシンではあるが、言うほど簡単でないことくらい、ニクスにも理解できた。

だからこそ彼は、それができるであろうシンの目に、コボルト相手に全滅しそうになった自分たちが、果たしてどう映っているのかと、落ち込むと同時に無力さを痛感《つうかん》する。

しかし、そんなことを気にしているのはニクスだけのようで、他の面々《めんめん》は元気なものだった。

「でも師匠、さすがに一人旅だと、色々と不便じゃないですか?」

「だから師匠と呼ばないでくれ……そもそも俺の戦い方は冒険者向きじゃないんだ。周囲に毒を撒《ま》いた後、弱った相手をグサリってのが基本でな。仲間ごと毒の餌食《えじき》にするわけにもいかないし、使える魔法も広範囲に効果があるものが多くて、一人の方が気を使わなくて楽なんだよ」

「凄《すご》いんですねー、私も師匠みたいな魔道士になりたいです!!」

「人の話を聞きなさいよ……」

毒云々《うんぬん》をすっ飛ばし、魔法の部分だけを器用に耳に入れたアデリアは、凄《すご》い凄《すご》いと連呼《れんこ》する。

そんな、二人の和《なご》やかな(?)やり取りだったが、面白《おもしろ》く思わない者がここにはいた。

「ハッ！　いいように言っちゃあいるが、ようは〝ぼっち〟なんだろ？」

挑発《ちょうはつ》するようなラドックの物言いに、しかしシンはスルー。そして……

「……ニクス、あれは反抗期と思春期、どっちの意味で俺は受け止めるべきなんだ？」

「そうですね、思春期の方でお願いします」

「了解。それにしても……若さっていいねえ、ぼっちのお兄さんには眩《まぶ》しいよ」

「おいっ、無視すんな‼」

「そういえば、見たところこのあたりはオークの縄張《なわば》りっぽい。むやみやたらと騒《さわ》ぐなよ？」

ヒュッ――――！

そんな誰かの息を呑《の》む音が聞こえて以後、四人は一言も喋《しゃべ》ろうとしなかった。

日も翳《かげ》りはじめた頃、シンは夜営《やえい》にちょうどいい場所を見つけると、立ち止まる。

「今日はこの辺で野宿だな……どうした、お前ら？」

シンが振り返るとそこには、歩き疲れてへたり込む四人の姿が。

「シ、シンさん……足腰……強過ぎ……よ」

エイミーが辛《かろ》うじてそれだけ言うと、そのまま地面に突《つ》っ伏《ぶ》す。残りの三人は話すことさえできないようで、シンはそれを見て溜《た》め息をつく。

「たかだか四〇キロ歩いたくらいで……まずは基礎《きそ》体力の強化だな、話にならん」

結局、夜営の準備も食事の準備もシンが一人で済ませ、その後も四人は食事を取ると倒れるように寝てしまった。

翌朝シンにお小言《こごと》を食らったのは説明するまでもない。

「というわけで、とりあえずお前たちには基礎体力、つまり基本レベルから鍛えることにする。昨日あれだけ見事な醜態《しゅうたい》を晒《さら》しておいてイヤとは言わさん」

シンの声が朝の森の中に響くと、四人は揃ってバツの悪そうな表情を浮かべ首肯《しゅこう》する。

昨日イヤと言うほど思い知らされた。四〇キロの距離をただ速めに歩く。それだけで自分たちは体力を使い果たし、シンは息も乱さない。両者の差をここまで見せつけられ、「そんなことより戦い方を教えろ」などとはとても言えなかった。

素直な態度の四人にシンは満足する。

「お前ら、基本レベルはいくつだ？」

「一七です」「一八」「一六よ」「あの、一三です！」

「……本当に駆け出しもいいところだな」

シンは頭を抱《かか》えてしまった。

基本レベルは冒険者特有のものというわけではない。肉体の頑健《がんけん》さを示す指標《しひょう》として、全ての人間に存在する。ちなみに、特に鍛えなければ、三〇歳までは年齢＝レベルといったところである。

四人は全員一三歳とのことなので、魔道士のアデリアはともかく、戦闘職の三人は少しは鍛えているらしい。とはいえ、未熟としか言いようのないレベルではあるが。

「……よし、方針は決まった。とりあえず全員二週間でレベル四〇超えだな、覚悟しろ」

ちなみに、ランクF・Eはレベル六〇まで、D・Cは一〇〇まで、B・Aは一五〇まで、が冒険者の基本レベルの目安だ。それ以上は――その領域まで行ける者は極《きわ》めて稀《まれ》だが――大抵はランク指定外の特別扱いを受けることができる。

「ちょっ！　シンさん⁉　二週間でレベル四〇って……アデリアまで？」

「当たり前だ、エイミー。魔法を使うのにも魔力がいるんだ、レベルが低けりゃ何発も撃《う》てんだろうが。だが安心しろ、俺の指導を忠実《ちゅうじつ》にこなせば、その程度の目標、余裕で達成できる」

シンは爽《さわ》やかな笑顔で語るが、二週間でレベル四〇になる特訓とは、いったいどんな地《じ》獄《ごく》なのか？　そればかりが四人の頭を駆け巡《めぐ》っていた。

そんな青ざめる面々を、シンは意図的に無視して言葉を続ける。

「まずは魔力展開による身体能力強化、これに慣れてもらう」

魔力展開による身体能力強化

魔法は個人の才能によるところが大きいが、訓練さえ積めば体内を流れる魔力を制御《せいぎょ》することは誰にでも可能である。その魔力を、動力補助を行うパワードスーツのように身体《からだ》の表面に展開することで、身体能力を向上させることができる。

当然限界はあるものの、展開する魔力量と魔力制御スキルによって上昇幅《はば》は変化する。

上を目指す冒険者なら必須《ひっす》の技術だが、低ランク冒険者にはできない者も多い。むしろ、駆け出しのうちからできる方が稀《まれ》である。当然四人はできないらしく、一様に表情が暗い。

「心配するな、これは泳ぎや逆立《さかだ》ちみたいに、コツさえ掴《つか》めば誰でもできるようになる技術だ。はじめだけ俺が導いてやるからお前ら、そこに並んで肩の力を抜け」

素直に従《したが》う四人の前に立ったシンは、まずエイミーとニクスの頭に自分の手を乗せ、そこから自分の魔力を二人に向かって流し込んだ。

ズクン――！

変化はすぐに現れ、シンの魔力を呼び水として、今まで二人の体内に留《とど》まっていた魔力が滲《にじ》み出るように身体《からだ》の表面に現れ、全身を包み込む。

「これって……もしかして、これが魔力？」

目に見えないはずの魔力が分かる、そんな不思議な感覚に戸惑《とまど》うニクスたちをよそに、シンは残りの二人にも同様の施術《せじゅつ》をする。

シンが見守る中、己《おのれ》の身体に起きた変化に興奮《こうふん》しきりの四人は、それを確かめるように思い思いに動き回り、強くなった自分を楽しんだ。

——数分後。

「あ……う……」

「あれ……なん、で……？」

はじめに倒れたのは、基本レベルが一番低いアデリアだった。その後、続けざまに残りの三人がバタバタと倒れ、皆シンの足元に青ざめた顔で寝転がっている。

魔力展開を長時間発動したことによる体内魔力の枯渇《こかつ》、いわゆる〝魔力切れ〟の症状《しょうじょう》だ。

「五分未満か……ともあれこれで魔力展開のコツは覚えたな。ついでにその弊害《へいがい》も。それを踏まえた上でお前たち！　体調が万全な状態でも五分と続かない技なんて到底実戦では使えない。だからこその基本レベルのアップだ。理解できたところでこれを飲め」

シンは、魔力回復薬を全員に飲ませて魔力を回復させる。

やがて、顔に赤味《あかみ》が戻った四人が立ち上がると、彼らに向かって言葉を続けた。

「ではここで一つ、お前たちを二週間でレベル四〇まで上げるための技を伝授《でんじゅ》してやる。くれぐれも他所《よそ》で言って回らぬように。実は俺の使う魔力展開には、いくつか種類がある……」

魔力展開による身体能力抑制《よくせい》

全身を包む魔力に水あめのような粘《ねば》ついた特性を与え、身体能力強化とは逆に、身体を動かすとき、常に負荷《ふか》がかかる状態にする魔力展開式。

基本レベルの上昇を主眼《しゅがん》に置いており、主に基礎《きそ》体力および筋力面での強化が見込まれる。

「――とまあ、短期間で身体を鍛えられる、画期的《かっきてき》な方法だ」

「師匠、凄《すご》いです‼　こんな方法を思いつくなんて」

「……アンタ、頭がイカレてんじゃねえのか？」

賞賛《しょうさん》と挑発《ちょうはつ》、ブレない二人の言葉を聞き流すシンに向かって、ニクスが手を上げる。

「い、いくつかと言ってましたけど、魔力展開の方法は他にもあるんですか？」

「あるにはあるが、お前たちが知る必要はないな……無駄に人死《ひとじ》にが出るのはごめんだ」

視線を逸《そ》らしたシンがボソリと呟《つぶや》くと、それを聞いたニクスはブルンと身体を震わせ、背筋をピンと伸ばして硬直《こうちょく》する。

シンの発した言葉から、冗談《じょうだん》とは思えない、そしてあまり良くないものをニクスは感じとった。

そんなニクスの態度に気付いたシンは、困ったように笑顔を浮かべる。

「無駄話が過ぎたな。それじゃあ覚悟しろよ――」

ドン――‼

一瞬、痛みとは違う衝撃《しょうげき》に全身を貫かれた四人は、自分の身体に何が起きたのかを確認しようとして……自分たちの動きがあまりに鈍《にぶ》いことに驚《おどろ》いた。

とにかく身体が動かない。腕を上下させるだけで両足を踏ん張らなければならないほどの負荷《ふか》に、四人の口から苦悶《くもん》の声が出た。

「どうだ、ただ動くだけでしんどいだろう、お前たちはこれから二週間、日中はその状態で過ごしてもらう。それじゃあ移動するからついて来い」

シンはそれだけ言うと、返事を待たずに歩き出した。

四人は慌《あわ》てて後を追うものの、予想以上に足が上がらず、仲良く転んでしまう。

重労働の末に立ち上がった彼らは、今度は倒れないよう慎重《しんちょう》に歩を進めた。これ以上無駄に疲れたくないとの思いだったが、四人の歩く速度では、シンとの距離は開くばかり。

試行錯誤《しこうさくご》の結果、必死の形相《ぎょうそう》を浮かべる四人の取った行動は、〝ノロノロと走る〟ことだった。

「シンさん、これ凄《すご》くキツいんだけど……」

「そうだな、キツくない訓練があるなら俺も知りたい」

エイミーの訴《うった》えをにべもなく突っぱねるシン。

「クソ、一人だけのうのうと歩いてズリぃじゃねえか……アンタも一緒にやれよ！」

ラドックがシンを挑発《ちょうはつ》するのだが、当の本人はどこふく風だ。

「あん？　やってるに決まってるだろうが。何を今更《いまさら》……ついでに言えば、お前たち四人の身体能力抑制《せいぎょ》に必要な魔力も今は俺が供給《きょうきゅう》してるんだ。憎《にく》まれ口を叩《たた》く前に、至《いた》れり尽《つ》くせりで鍛えてもらってることにしこたま感謝しろ。というか、喋《しゃべ》る元気があるならキリキリ進め！」

まさかの返答に四人は声も出ない。事実ならシンは現在、自身を含めた五人分の魔力を消費しながら、平然と歩いていることになる。

魔力制御の技術も驚かされるが、目の前を歩く男の保有魔力量は一体いくらだというのか？

そんな率直《そっちょく》な疑問に、四人を代表してアデリアが質問する。

「師匠、のレベル……ひぃ……は、いくつ……ふぅ、なん……ですか？」

「ん～そうだな、お前たち四人のレベルを合計しても俺の方が高いな、確実に」

より正確には『遥《はる》かに』高いのだが、さすがにシンも気を使った。

四人は黙ってついていく。シンとの距離が離《はな》れないように、シンと自分たちとの差が、これ以上広がらないように。

――夕暮れに差しかかる頃、歩き詰《づ》めだった五人は野営に適した場所を見つけた。

四人がギリギリ離れない速度でシンが歩くこと二〇キロ、このままあと一〇キロも南下すれば森を抜けるだろうという場所だ。

見通しは良く、森の外縁《がいえん》に近付いたことから、魔物にも獣にも出会う確率は低いと判断したシンは、ここを拠点《きょてん》にして四人を鍛えると決めた。

「一人の脱落者《だつらくしゃ》も出ないとは、実に素晴らしい！　……明日はもっと厳《きび》しくしても大丈夫だな」

「えっ？」「師匠？」「……ふざ、けんな！」「これ以上キツいの⁉」

訓練から解放され、その場に座り込んだ四人の訴えを、シンは華麗《かれい》に聞き流す。

四人は知るよしもないことだが、自分たちが指導を請《こ》うた相手の信条《しんじょう》は――

『強くなるため、まずは己を限界まで追い込むべし』

シンは鬼教官だった。


そしてその夜――

「早く寝たいところを悪いな、ニクス」

「いえ！　何から何までシンさんにしてもらって、ボクたちなんか……」

二人の言葉が表すように、今この場で起きているのはシンとニクスだけ。残りは焚《た》き火を挟《はさ》んだ反対側で泥《どろ》のように眠っている。あの様子では夢を見る余裕もなさそうだ。

シンは目の前に座るニクスを観察する。

身長は一七〇前後、現時点でこれなら、成人するとシンより確実に大きくなるだろう。

整った目鼻立ちに、くすんだ金髪のショートボブ、物腰《ものごし》は穏《おだ》やかで言葉遣《づか》いも丁寧《ていねい》。身なりを整えれば、下級貴族の子弟《してい》で通りそうだ。

シンは、少しだけ世の中の不公平を呪《のろ》った。

「……ふん、イケメンが」

「え、何か言いました？」

「さあ？　空耳《そらみみ》だろ……で、話の続きだが気にするな。頼《たの》みを聞いた以上、俺にはお前たちを強くする責任があるんでな。とはいえ、しばらくは面白くもない基礎訓練ばかりだから覚悟しておけ……で、どうだ？　訓練は始めたばかりだが、現時点での感想を聞きたい」

「それは……正直、不甲斐《ふがい》なく思っています。今日のこともですが、特に昨日は、ただ歩くだけであれだけ疲労するなんて自分でも驚きでした。僕らはあの程度だったのかと」

ニクスはそれだけ言うと、悔《くや》しそうに俯《うつむ》いてしまう。どうやら昨日の醜態《しゅうたい》がいまだに尾を引いているようだ。

そんなニクスに、シンは諭《さと》すように間違いを正《ただ》してやる。

四人が過度《かど》に疲労したのは、シンが発した「オークの縄張り」という言葉が原因だということ。そのせいで必要以上に緊張《きんちょう》し、常に周囲を警戒《けいかい》していたため、心身を磨《す》り減《へ》らしたのだと。

それを聞いたニクスは、一度は安堵《あんど》の表情を浮かべたものの、シンから告げられた言葉で再度、表情を曇《くも》らせる。

「だけどなニクス、あれこそがお前たち四人の弱点と言ってもいいんだぞ」

「えっ!?　弱点ってシンさん、どういうことですか？」

「お前たちのパーティには、索敵《さくてき》や周辺の警戒を担当する人間がいないんだよ」

「あ……」

彼らのパーティは剣士、槍使い、格闘家、魔道士と、戦闘を主眼《しゅがん》に置いた構成だ。

攻撃重視と言えば聞こえはいいが、裏を返せばそれしかできないと言っていい。

駆け出し冒険者にとって最も重要なのは、生き残ること。そのために必要とするのは、力よりむしろ臆病《おくびょう》と言われるほどの慎重さ、そして危険を察知し回避《かいひ》する能力だ。

新人の内はとにかく実績《じっせき》を欲しがる。おかげで多少無謀なことでも平気で行い、結果、大成する前に脱落する冒険者のなんと多いことか。先日の彼らはまさにそれだった。

「警戒の専門家がパーティに一人いれば、全員が緊張したまま移動することもなかった。警戒は一人に任せて、残った者は異変の報告を聞いてから対処すればいいんだからな」

「そうですね……」

「そこでだニクス、お前、槍を振るうのは一旦《いったん》やめて、レンジャーをやってみろ」

「レンジャー……僕が、ですか？」

「そうだ」

今のまま彼らが強くなったとして、戦闘の役にしか立たない冒険者など、用意された戦場でしか力を発揮できない傭兵《ようへい》もどきの未来しかない。シンはニクスに、前衛《ぜんえい》が減ってパーティ全体の攻撃力が低下することよりも、ニクスがレンジャーになることの有用性を説《と》く。

「この先お前たちが、冒険者としてどの程度の未来を見据《みす》えているのか、俺は知らない。一つだけ確かなことは、パーティには一人、どんなときでも一歩引いた位置から全体を見渡せる立場の人間が必要だってことだ。四人の中でそれができそうなのはニクス、お前だけだろうからな」

「……どうして、僕ならできると思うんですか？」

「そりゃあ、俺のことを一番警戒してるのはお前だからだよ。ああ心配するな、ニクスの判断は正しい。むしろ俺は評価しているからこそ、この提案をしているんだ」

その言葉を聞いた瞬間、ニクスの身体に緊張が走る。何食《なにく》わぬ顔でこれを受け流すことができるようなら一人前なのだが、一三歳でそんなことができたらそれこそ将来が心配というものだろう。

エイミーとアデリアは、シンのことを警戒している風には見えない。自分たちに害を及《およ》ぼす類《たぐい》の男ではないと、直感で理解しているようでもある。その辺は若くとも女性ということかもしれないが、そこは見破《みやぶ》られるシンの方に問題がありそうだった。

四人の中で唯一、シンに対して反抗的な態度をとるラドックだが、これは、彼自身の極めて個人的な理由によるため、考慮《こうりょ》するに値《あたい》しない。

そんな中、ニクスだけがシンという存在を冷静に見極めようと、常に一歩下がった位置から観察していた。

そういう判断ができるニクスだからこそ、先々のことも踏まえて、パーティのリーダーになってもらわないといけない。シンがニクスを推《お》す所以《ゆえん》である。

「僕がリーダーに……」

「そうだ。その代わり覚悟しろ。リーダーになったが最後、今後お前は仲間たちと同じ場所に立っていても、違う視点で物事を見なければいけない。必要とあらば仲間に対して耳の痛いことも言うし、戦闘になれば的確《てきかく》な指示を出し続ける必要がある。そしてなにより辛《つら》いのは、仲間の命より自分の命を優先しなければいけない……できるか？」

リーダーとは責任者である。そしてその役割は、最前線で身体を張ることでも、仲間を救うために自分の命を投げ出すことでもない。リーダーは常に冷静で判断は的確、己の命を預《あず》けるに足《た》る存在だと、仲間たちに思わせることだ——それがたとえ嘘《うそ》だとしても。

リーダーが果たすべき責任とは、仲間を庇《かば》って死ぬことではなく、最後まで生き残ること。仲間の命を一人でも多く救い、救えなかった仲間の死にゆく様《さま》を見届けること。そして、生き残った仲間から罵倒《ばとう》を受けることだ。シンはそう考えている。

この辺は戦争と同じで、将《しょう》が討《う》たれれば残りは蹂躙《じゅうりん》される。規模《きぼ》が違うだけで本質は同じなのだが、それを理解しない連中は、敵の矢面《やおもて》に立ち、一番危険な役回りを果たすリーダーを持て囃《はや》す。曰《いわ》く、『最高のリーダー』だと。

「俺の指導を受ける以上、お前をそんなのに育てるつもりはないが……どうする?」

シンの、これまでで一番真剣な視線を受け、ニクスはゴクリと唾《つば》を呑《の》み込むと頭を下げた。

「……分かりました、頑張《がんば》ってリーダーを務《つと》めます」

「そうか」

仲間のため、笑顔の裏でシンを警戒し続けていたニクスだ。こういう選択をするのは当然で、予想していたとはいえ、シンとしても誘導した感は否《いな》めない。なので、自《みずか》ら辛《つら》い生き方を選んだ若者に対して、シンの方も色々配慮《はいりょ》してやろうと密《ひそ》かに誓《ちか》う。

「それじゃあ今後、ニクスにはリーダーの心得《こころえ》とレンジャーとして必要なことを教えてやる。まあ、俺流のやり方なんで多少おかしいかもしれん。将来的には自分で修正しろよ」

「ハハッ、分かりました。ところで……色々と教えてもらえるということは、僕は正式にシンさんの弟子ということですね。これからよろしくお願いします、師匠」

「…………」

渋面《じゅうめん》になるシンを見たニクスの顔に、ようやく年相応《としそうおう》の笑《え》みが浮かび、それを見たシンも、おどけたように肩をすくめる。

そしてシンは、ニクスにレンジャーとして、リーダーとして必要なことを語って聞かせた。

その教えが実を結《むす》ぶのがいつなのか、それは誰にも分からない。できれば、とりかえしのつかない事態が起こる前に、芽吹《めぶ》くくらいはして欲しい。

寝息を立てる少年の顔を眺めながら、シンはそう思った――

翌朝――

「というわけでニクスは今後、レンジャーとして行動すると同時に、このパーティのリーダーを務めてもらう。反論があれば今のうちに言っておけ、俺が論破《ろんぱ》してやる」

シンは朝食兼《けん》ミーティングの場で、ニクスのリーダー就任《しゅうにん》を告げる。

当然、反対の声は出なかった。

「よし、飯も食ったし、今日はこれから楽しい基礎訓練の時間なんだが……そんな顔するなよ。分かった、やる気を出させてやるから。お前たち、ステータスを見てみろ」

昨日のことを思い出したのか、訓練と聞いて露骨《ろこつ》に顔を顰《しか》める四人に、シンは自分のステータスを確認させる。

ステータスを見るとき、情報は網膜投影《もうまくとうえい》のように直接瞳に表示される。ゆえに、目を瞑《つむ》っていようが暗闇の中であろうが、正確に情報を見ることが可能だ。また、ホログラフのように浮かび上がるものでもないため、他人が覗《のぞ》き見することもできない。

余談《よだん》だが、高レベルになれば、他人の情報も閲覧《えつらん》可能な『鑑定《かんてい》スキル』というものがある。

鑑定《かんてい》スキル
鑑定対象に魔力で触《ふ》れることで、対象の情報を読み取るスキル。スキルレベルによって、得られる情報量に差が出る。
魔力が相手に触れるため、アイテムなどの無生物にはほぼ無条件で使えるが、周囲の変化に敏感《びんかん》な獣や魔物、魔力制御や感知能力の高い人間には察知され、逆探知《ぎゃくたんち》を受ける可能性もある。
※人間への鑑定は禁止されており、それを破《やぶ》った者は、その国の法にのっとって処罰《しょばつ》される。

重い表情でステータスを確認していた彼らだったが、次第に顔に生気《せいき》が戻り、驚きの表情に変わっていく。

「し、師匠！　私、レベルが一気に五つも上がってます‼」

「僕は三つ上がったよ、レベル二〇になってる！」

「アタシも二〇になってるよ！」

「俺は二一、マジか……」

この世界の人間の肉体は、魔物などの外敵が多いせいか、鍛えた分の効果が早く現れる。鍛錬《たんれん》の内容にもよるが、身体を苛《いじ》め抜くことで、一日でレベルが一つ上がることも珍しくない。

身体能力抑制下での高負荷運動。これは短期間で肉体を鍛えることが可能な反面、同時に魔力も消費する。そのため、四人のような低レベル冒険者では短時間しか行えない。

しかし今回、魔力展開に必要な魔力の供給をシンが肩代わりしたことにより、自分たちでは到底無理な長時間稼動《かどう》が可能になり、結果、通常の数倍の速度で鍛えることができたのだ。

人間、特に若者とは現金なもので——それは異世界でも変わりなく——行動の成果を、目の前に分かりやすい形で示されると、俄然《がぜん》やる気を見せる。

レベル四〇、シンが四人に告げた数字は嘘でもハッタリでもなく、充分に達成が可能なのだと、自分たちは二週間後、その領域に立てるのだと、そんな強い思いに満ちていた。

「よし、やる気が出たようでなにより、それじゃあ今日のメニューだが……」

しかし彼らは知らない。

若さはときに暴走《ぼうそう》し、目の前の危険を見過ごしがちになる。

昨日の訓練はあくまでひよっこ相手のものであり、今日から行われるのはそこから抜け出した、『駆け出し冒険者』向けであることを。

その結果――

「「「「だ――――――――!!」」」」

マクノイド森林地帯に、四つの悲鳴が木霊《こだま》した――

訓練五日目。

現在四人は、拠点から森の外まで、距離にして往復《おうふく》二〇キロの距離を、身体能力抑制をかけた状態で朝から夕暮れまで延々《えんえん》と走るという、実に地味な基礎訓練を続けている。

いくらシンでも、遠距離にいる相手に魔力を供給し続けることはできない。そのため、はじめはシンが引率しながらのマラソンだったが、三日目からは各人に魔力回復薬を持たせ、それぞれのペースで走らせるようにした。

そうなると今度は、次第に個人差が出はじめる。四日目が終わる頃には、一番早いエイミーと遅《おそ》いアデリア、両者の速度差は倍ほどに広がっていた。

そこで五日目は個々の職業に合わせた訓練へと移行し、エイミーとニクスはそのままマラソン、ラドックには重りを背負わせる。アデリアは、走りながら初歩の魔法を発動させ、魔力向上と魔力制御スキルのレベルアップを目指していた。

そんな中でのシンの仕事は、もっぱら四人の食事係である。

体力や魔力は薬で回復させられても、強い肉体に作り変えるための栄養はちゃんとした食事で補《おぎな》ってやらなければ、レベルアップに悪影響が出てしまうのだ。

おかげでシンの異空間バッグからは、笑えない量の回復薬と食材が消えていった。

「――さて、日も暮れたことだし、訓練は終わりにして食事……といきたいところだが、エイミーとラドック、前に来い」

シンに呼ばれた二人は何事かと訝《いぶか》しむが、それでも素直にシンの前までやって来る。

「前衛で戦う二人には追加の訓練メニューをくれてやる、感謝するように」

「「げっ！」」

二人は来るんじゃなかったと、苦虫《にがむし》を噛《か》み潰《つぶ》したような表情を浮かべた。

「そう嫌がるな、今から行うのは簡単に筋力アップが見込まれる優《すぐ》れものだ」

「「本当に⁉」」

「ああ。だから二人ともそこに並べ」

簡単に筋力上昇と聞いて二人は素直に、特にエイミーは興奮気味に指示に従う。

シンが二人の身体に魔力を流した瞬間、二人の手足の付け根部分が、紐《ひも》でギュッと縛《しば》られたように圧迫《あっぱく》される。戸惑《とまど》う二人に向かってシンはさらに、ダンベルを模《も》した鉄の塊《かたまり》を両手に握《にぎ》らせた。

「今から俺と同じ動きをするんだ、よく見てろよ」

そう言うと、その場でシンは、ゆっくりヒンズースクワットをして見せる。

二人もシンに倣《なら》って、スクワット一回を一〇秒もかけて行《おこな》った。

「動作は覚えたな、じゃあさっきの動きを五〇回だ。はじめ！」

シンが施《ほどこ》したのは、いわゆる加圧《かあつ》トレーニングである。

魔力によって血流を制限された二人の身体は、軽い運動でも相当量の負荷を受けている。

事実、スクワットの回数が三〇を超えたあたりから、二人の手足が小刻《こきざ》みに震え出した。

「速い動きは反動を利用できるが、遅い動きだとそうもいかないからな。どうだ、苦しいか？」

「く、苦しい……」

「うん、知ってる」

「鬼かテメエは‼」

何を今さら――そんな表情を浮かべるシンは、憎々《にくにく》しげに睨《にら》んでくる二人に向かって微笑《ほほえ》んだ。

「あ、今の動きは少し速かったな、一〇回追加だ。先に言っておくが、途中で止めたらそれは解除《かいじょ》してやらんからな」

「「鬼――――!!」」

「うん、知ってる」

……最終的に、二人とも一〇〇回ほどスクワットをすることになった。

そしてまた夜。

「よし、今日の訓練はこれまでだな、飯食って寝ろよ――」

「――なるほどな、だから冒険者、か」

「そういうこと、いつまでも誰かに寄りかかって生きてるわけにもいかなくてね」

シンは、エイミーから冒険者を目指した動機《どうき》を聞いていた。

冒険者になる人間は概《おおむ》ね二種類である。

憧《あこが》れを胸にギルドの門を叩《たた》いた者と、生きるための手段に選んだ者、四人は後者だった。

鉱山都市バラガ。森を抜けた先にあるそこは、シンが立ち寄る予定の街であり、彼女たちが世話になった孤児院《こじいん》がある街でもある。

住民の多くが鉱山関係者で占《し》められているバラガが、福祉に力を入れているとは到底思えない。そんなところにある孤児院ならば、受け入れ可能な数もそう多くはないだろう。

そうなると当然、年上の者から追い出される。下を受け入れないよりよほど良心的ではあるが、追い出された側《がわ》にだって、明日を生きるための手段が用意されているわけではない。

商人や職人のもとで小さい頃から奉公《ほうこう》に、とはよくある話だ。だが当然そちらの席には、ずっと前から別の誰かが座っている。結局、四人には冒険者という選択肢しか残っていなかった。

「まあ、冒険者が一番欲しいものは最初から持ってるんだ。残りは自分たちの手で掴み取るんだな」

「一番欲しいもの、か……仲間っていうより家族だけどね。それに、今は一時的とはいえ『師匠』もいるし、考えてみたら他のやつらよりよっぽど幸運かもね！」

『師匠』と呼ばれ、それが冗談《じょうだん》と分かっていても渋面《じゅうめん》になるシン。

それを見たエイミーは笑いながら、興味深そうに両の拳《こぶし》をニギニギと動かした。

「最後にやったアレ、ホント凄《すご》いよね。やる前と後で明らかに違うのが分かるよ！」

「その分、やり過ぎると逆効果、最悪身体を壊《こわ》しかねないからな。自分じゃ絶対やるなよ？」

「は～い」

　羽毛一枚程度の重みしか感じられない返答を、果たしてどこまで信じてよいものか、シンは自分の額《ひたい》に手をあてて懊悩《おうのう》する。軽いノリに反して訓練時の態度は真剣で呑《の》み込みも早い。できればもう少しだけ、思慮深《しりょぶか》さと礼儀《れいぎ》を身につけてくれればと、思わずにはいられない。

「いや～、本当にシンさんと出会えて良かったよ、命は助けてもらったし、こうやって鍛えてもらってもいるし、正直、どうやって恩を返せばいいのかわからないよ」

　頭を掻《か》きつつエイミーが呟《つぶや》く。若干《じゃっかん》顔が赤いのは焚《た》き火のせいではなく、多少の照《て》れもあるのだろう。面と向かって感謝を伝えることができない、子供にはよくある話である。

「安心しろ、別にタダ働きするつもりはない、ちゃんと払うものは払ってもらうさ」

「…………………………え？」

　……パチ……パチン！

　エイミーの動きが急に止まると、焚《た》き火の薪《まき》の爆《は》ぜる音が耳に心地《ここち》よく響いた。

「……なんだその間は。まさかとは思うが、俺が無償《むしょう》でやっているとでも思っていたのか？」

「いや～、あははは……」

「むしろ、タダでここまでしてくれるやつがいたら、それこそ裏で何か企《たくら》んでるぞ。絶対に」

「だよねえ……ちなみにいかほど？」

「そうだな。四人で金貨一〇〇枚ってとこかな」

金貨一枚は日本円に換算《かんさん》すると約一〇万円、つまり一〇〇枚なら一〇〇〇万円ほどだ。

「ムリ！　そんなお金ないよ‼」

当然のごとく金がないことをアピールするエイミーだったが、シンは無視した。

無表情かつ半目で自分を見据えてくる。そんなシンにエイミーはさらに焦《あせ》るのだが、ふと、シンの態度に違和感《いわかん》を覚え、改めて自分の状況に思い至る。

エイミーの装備は、厚手《あつで》の麻布で作られた道着に似た長袖《ながそで》の上下を着込み、その上から金属製の手甲、足甲をつけている。日中は肌《はだ》の露出《ろしゅつ》がほとんどないのだが、反動だろうか、夜はそれを脱《ぬ》いで、スパッツとハーフタンクトップといった開放的な、半裸《はんら》に近い姿で過ごしていた。

身長一七〇センチ弱、栗毛《くりげ》でショートカットの健康的な美少女が、薄布一枚で張りの良さそうな瑞々《みずみず》しい肌《はだ》を惜《お》しげもなく晒《さら》すというのは、いささか扇情的《せんじょうてき》だろう。長い付き合いの三人はともかく、命の恩人とはいえ数日前に出会った、それも若い男の前でする格好《かっこう》ではない。

「シンさん……どこ見てるの？」

腕を交差させ、発育のよい胸を隠そうとするエイミーの顔は、焚《た》き火の明かりに照らされてか赤く染《そ》まり、先程までの威勢《いせい》は鳴りを潜《ひそ》めてしまっていた。

それでも気丈《きじょう》に、威嚇《いかく》するような視線を送るエイミーに向かって、シンはこれ見よがしに大きく肩を落とし、努《つと》めて冷静に話しかける。

「どこと言われてもなあ……いくら俺が見張りをしてるから安全とはいえ、さすがにその薄着はないと思うぞ。まあ、目の保養になると言えなくもないので、無理に隠せとは言わんが」

「あ、うん……」

「俺が同行している間は許すにしても、俺がいなくなって四人に戻ったときは、間違ってもそんな気の抜けた格好《かっこう》はするなよ。どんなに鍛えようと、寝ているときは誰もが無防備だ」

「……ハイ、気をつけるよ」

まさか、返ってきたのが謝罪《しゃざい》ではなく小言とあっては、意識していたのは本人だったと言わざるをえず、バツが悪いエイミーはなんとか誤魔化《ごまか》そうと頭を掻《か》いた。

それを見たシンも表情を和《やわ》らげ――誤魔化《ごまか》せたと、心の中で歓声を上げた（詐術《さじゅつ》レベル五）。

「話がズレたな。報酬《ほうしゅう》の件だが、法外《ほうがい》というほどでもないだろ？　お前たちを全員、Eランクに片足を突っ込む程度まで鍛えてやるんだ。加えて、俺が用意してる食料や回復薬の量を考えてみろ」

「うん、そうだね……でも」

「なにも今すぐ払えとは言ってない。お前たちがもっと上のランクになって、そのくらい楽に稼《かせ》げるようになってからでいい」

「ホントに⁉」

「ああ、本当だから安心しろ。それから声が大きい」

最初は月賦《げっぷ》でコツコツ、とも考えたシンだが、そうなると、定期的に彼らと会う必要がある。それに、返済に追われた四人が、今回みたいな無謀な行動をまた起こさないとも限らない。

幸いなことにシンは現在、手元にまとまった金があるおかげで、心には充分な余裕があった。

「よかった〜、実はそれだけが気掛《きが》かりだったんだよね〜」

安堵《あんど》の溜《た》め息をつくエイミーを見ながら、シンはそういえばニクスとはこんな話はしなかったな――と数日前のことを思い出す。

金勘定《かねかんじょう》は、果たして女がしっかりしているのか、それとも男が無頓着《むとんちゃく》なのか……

やがて、話を終えたエイミーがスヤスヤと寝息を立てはじめた頃――

「これは独《ひと》り言《ごと》なんだが、人間ってのは起きてるときと寝てるときで、息づかいに違いが出るんだ。気をつけないとな」

ガサッ――

焚《た》き火を挟んだ向こう側から、誰かが身じろぎする音が聞こえると、先程までシンの耳に届いていた息づかいの一つが、急に聞こえなくなる。

シンの教えを守り、耳を地面に当て、即座に立ち上がれるよううつ伏《ぶ》せに寝ているはずの男に目を向け――

「青春だねえ……」

リア充《じゅう》はどいつもこいつも爆発してしまえと、シンは星に願った。

訓練八日目。

夕方、拠点に戻った四人の表情は一様に暗いものだった。理由は、今日の訓練内容である。

この日シンは、アデリアがレベル三〇を超えたのを機に、四人に対して課題を出した。

課題の内容は、拠点から森の奥に向かって三キロ以内の場所に、小さな木箱を置いてきたので探して来いというものだったのだが、四人の表情を見る限り、見つからなかったようである。

そんな四人の耳に、シンの冷たい声が響いた。

「ニクス、報告を」

「すみません、シンさん……見つけられませんでした」

「そんなのは顔を見れば分かる。次は結果ではなく過程を聞くとしよう。どうやって探した？」

「それは……その」

「いや〜、みんな散らばって探したんだけど、どこにもなかったよ〜」

「いくら訓練だからって、ヒントぐらいくれてもいいだろうが」

「あの、手分けしてみんな一生懸命《いっしょうけんめい》探したんです、でも……」

言いよどむニクスの後ろから、叱《しか》られる彼を擁護《ようご》するためか、三人が口々に喋《しゃべ》り出す。

しかし、それを聞いたシンは眉間《みけん》に皺《しわ》を寄せ、ニクスに手招《てまね》きをする。

「ニクス、ちょっと来い」

「なんですか、シンさ——ぐはっ‼」

顔面を殴《なぐ》られたニクスは、そのまま後方、三人の足元まで吹っ飛ばされた。

「ニクス‼　てめえ、何しやが……」

ニクスに向かってしゃがみ込んだラドックが、シンを怒鳴《どな》りつけようと顔を上げた——

が、シンの底冷えする冷たい視線にあてられて口ごもってしまう。

残りの二人も、いつもと違うシンの雰囲気《ふんいき》に気圧《けお》されて何も言えないでいた。

「ニクス、お前の口から聞きたい。危険な森の奥で三人に単独行動を指示したのはお前か？」

ここで四人は、シンがなぜ怒っているのかを理解する。今までは森の外との往復だったが、今回は逆だった。危険な森の奥へ向かうのに単独行動など、いくらレベルが上がったとはいえ、新人冒険者のとるべき行動ではない。ましてや、それがリーダーの指示だというのであれば言語道断《ごんごどうだん》。

「違うんだよ！　ニクスはダメだって言ったんだけど、アタシたちが勝手に離れちゃったんだ！」

エイミーの訴えを聞いたシンは、ラドックとアデリアに目を向けた。

二人が首肯するのを確認したシンは、腕組みしたまま再度ニクスに問いかける。

「立てニクス、エイミーが言ったことは本当か？　正直に答えろ」

「……はい、僕は四人で纏《まと》まって行動することを提案したんですが、別々に探した方が効率がいいと言われ、止める間もなく」

「なるほどな、それならニクスの提案は間違っていないな。よし、もう一度俺の前まで来い」

「……はい」

ゴギッ――‼

「ぐっ‼　ん……」

シンの前まで来たニクスは次の瞬間、頬《ほお》にシンの裏拳《うらけん》を食らって思わずよろけた。

「――‼　てめえ、ニクスは間違ってないって言っただろ⁉」

「外野は黙ってろ。ニクス、自分がどうして殴《なぐ》られたか言ってみろ」

「い、一度目は、仲間に単独行動をとらせたこと……二度目は……仲間の勝手な行動を止められなかったこと、です」

シンの拳《こぶし》を顔面に二度受けてふらつくニクスだったが、それでもなんとか答える。

「その通りだ。だが、分かっているのにできなかったのは、その逆よりなお悪い。お前がリーダーとして認められていない証《あかし》だ。無能なリーダーは害悪《がいあく》でしかない、覚悟はいいか？」

バキッ！　ゴスッ！　ゴガッ！　ゴッ！

ニクスは歯を食いしばり、シンの拳《こぶし》を逃げることなく受け続けた。

「やめてシンさん！　悪いのはアタシたちなんだから、殴《なぐ》るならアタシたちを殴《なぐ》ってよ‼」

「冒険者として行動する中、お前たちが自分の意見を出すのも提案するのも自由だが、全ての、そして最終的な決定権はリーダーにある。だから失敗に対する責任をニクスが取る、当たり前の話だ。さらにニクスは今回、お前たちの勝手な行動を止めることができなかった。これはリーダーとして、判断を間違える以上に許されん。リーダーとしての資質を問われる由々《ゆゆ》しき問題だ」

止めに入ろうとする三人を目で制しながら、エイミーの訴えに対してシンはそう答える。

「今日は運良く魔物に遭遇《そうぐう》しなかった。だが明日は？　もしも単独行動中にオークに遭遇《そうぐう》した場合、今のお前たちにどんな対応が取れる？　大声を出しても助けが来る前に命はないかもしれない、女ならもっと悲惨《ひさん》な未来が待ってるかもしれない。今日お前たちがそうならなかったのは、たまたま運が良かっただけだ。少しくらいレベルが上がった程度で調子に乗るな‼」

ドサッ――

踏ん張りがきかなくなったニクスが崩《くず》れ落ちると、シンはようやく殴《なぐ》るのをやめた。そして、地面に倒れ込むニクスの襟首《えりくび》を掴み、三人に向かって放り投げる。

「ニクス‼」

ラドックがそれを受け止め、顔を真っ赤《まっか》に腫《は》らしたニクスを優しく地面に寝かせると、エイミーとアデリアも膝《ひざ》をついて、ニクスの顔を覗《のぞ》き込んだ。

仲間を心配する三人の背に、シンは追い討ちをかけるように言い放つ。

「お前たち、仲間が傷つくのは辛《つら》いか？　ニクスは今後、リーダーとして何かを決断する度《たび》、お前たちが『こう』なるかもしれないという不安と、ずっと付き合っていくんだ。お前たちはこの上、自身の勝手な行動で呼び込んだ、危険や被害の責任まで背負わせるのか？」

三人は何も言えなかった。

シンのやりように納得しているわけではない、しかし反論の言葉が見当たらない。

大幅《おおはば》なレベルアップに浮かれていたのが事実なら、リーダーという言葉の意味、重みを考えもしなかった。今までがそうだったように、小難《おむずか》しいことはニクスに任せておけば、四人で力を合わせれば、きっとなんとかなる。そんな甘い考えでいたのを見透《みす》かされては、口を噤《つぐ》むしかない。

「ごめんなさい、ごめんなさい……」

大粒《おおつぶ》の涙を流すアデリアがニクスに謝《あやま》り続ける中、彼らの前に一本の薬瓶が投げ込まれた。

「お仕置きは終わりだ。ほら、それを飲ませてニクスの怪我《けが》を治《なお》してやれ」

エイミーはすぐさま薬瓶の封《ふう》を開け、ゆっくりとニクスの口に流し込んでやる。

シュオオオ――

効果はすぐに現れ、ニクスの身体は完全に元気な状態に戻る。服に残った血の痕《あと》だけが、先程までの惨状《さんじょう》を思い出させる印《しるし》だった。

「俺がいたら話せないこともあるだろう。二時間ほどこの場を離れるから、晩飯と話し合いを済ませておけ」

　そう言い残してシンはその場を離れ、森の奥へと消える。残された四人は——

「……ニクス、すまねえ。俺たちのせいで」

「気にするなよ、ラドック。シンさんも言ってただろ、これはリーダーである僕の責任だ」

「だけど——！」

「それに、今日シンさんに怒られてむしろ良かったよ。皆に何かあった後じゃあ、後悔してもしきれないだろうしね」

　ニクスにそう言われては、ラドックもエイミーも黙るしかなかった。責任を負《お》わされたニクスが納得しているのに、原因を作った自分たちが不満を述べていいはずがない。

「ヒック……グス……それでも師匠、あんなになるまで殴《なぐ》らなくてもいいのに……」

　よほどショックだったのか、アデリアの口からそんな言葉がこぼれる。さっきの光景が頭から離れないようで、指先は今も小刻みに震えていた。

　そんなアデリアにニクスは言う。

「それは違うよ、アデリア。シンさんがあそこまでしなくちゃいけないほど、僕たちが冒険者という仕事を甘く見ていたんだ。ちょっと身体を鍛えた程度の駆け出しのくせに、皆で力を合わせればなんとかなる、そんな浮《う》ついた気持ちの僕たちをなんとか強くしようと、シンさんも必死なんだ」

ニクスはあの夜、シンが責任を持って自分たちを強くすると約束してくれたことを、三人に語った。

「だから、今回のことでシンさんを恨《うら》むのはなしだよ、ラドック？」

「でもよぉ……」

「ダメだ、僕たちはシンさんを信じてついていく、これはリーダーの決定だよ」

「……分かったよ。だけど俺はアイツを認めたわけじゃねえぞ。リーダーがそう決めたから従うんだからな！」

「私は師匠を信じます！　そしてリーダーのことも！」

「鍛えるための報酬《ほうしゅう》も出世払《しゅっせばら》いでいいって言ってくれたし、いい人なのは確かだよね」

「エイミー、お前アイツとなに話してんだよ……」

ラドックのぼやきに他の面々が笑い声を上げ、四人の間にようやく笑顔が生まれる。

そんな、四人が冒険者として少しだけ成長している頃——森の奥、シンは一人で、

「あーーーーーーーーー！」

と、ニクスをボコボコにした居《い》た堪《たま》れなさから、呻《うめ》き声を上げていた。

必要なことだった。彼らがこの先も冒険者を続ける以上、それぞれの立場を理解する必要がある。

家族の延長というなあなあの関係は、いずれ取りかえしのつかない事態を引き起こす。

今回の課題は、そうならないために用意したものであり、見つかるはずのない探し物に苛立《いらだ》った誰かが単独行動を起こすことを見越《みこ》した、いわゆる自作自演《マッチポンプ》だった。シンは自分が善人などとは思っていない。殺《あや》めた人の数は数えるのも馬鹿馬鹿しいほどで、おまけに自身の信条は『敵対する者には敗北と最大級の屈辱《くつじょく》』、そんな男だ。とはいえ、何度自分に言い聞かせようとも、落ち度のない人間をわざわざ罠《わな》に嵌《は》め、偉《えら》そうに講釈《こうしゃく》をたれながらボコボコにするとは、さすがに鬼畜《きちく》の所業《しょぎょう》だと自己嫌悪《けんお》に身悶《みもだ》える。

「柄《がら》じゃないんです！　鬼教官なんてキャラじゃないんです！」

前世で人に何かを教えるときは、なるべく丁寧に、そしてできないことよりできることを、がモットーのシンだった。

しかし、前世と違ってこちらの世界は、できないことが即、死に直結する。シンとしては、慣れない演技をしてでも、身につけさせるつもりなのだ。

幸い四人は順調に成長している、それがシンにとっての救いだった。

「お願いだから早く一人前になってぇ！　主に俺の精神衛生《えいせい》のために！」

人を育てるよりドラゴンを倒す方がよほど簡単だ！　そんな精神状態のシンは結局、四人のもとに戻るまで三時間ほど唸《うな》り続けていた。

訓練一〇日目。

「さて、そろそろお前たちにも魔法を——アデリア、はしゃぐんじゃない」

シンは朝から四人を座らせ、魔法について講義を始める。

「シンさん、アデリアはともかく、アタシたちが話を聞いて意味あるの？」

「エイミー、別に今魔法が使えないからといって、この先も絶対使えないというわけじゃない。何かのきっかけで使えるようになるかもしれないから聞いておけ。それに、将来魔道士と戦うことになったときに役に立つかもしれんからな」

そう言って、明らかに勉強が苦手《にがて》と思われるエイミーとラドックをきちんと座らせ、シンは話を続ける。

「ではアデリア、そもそも魔法とはどういったものだ？」

「ハイ！　魔法とは、魔力を使ってこの世界に様々な現象を引き起こす技です」

「よろしい、模範《もはん》解答だ。ではその現象を引き出すのに必要なものはなんだ、ラドック？」

「呪文だろ」

術者の身体に宿《やど》る魔力を操《あやつ》り、それを呪文という言葉に乗せる。そして、呪文に込められた力はこの世界を漂《ただよ》う魔素《まそ》に干渉《かんしょう》し、『魔法』というかたちで顕現《けんげん》する。

魔素とはそれ自体に力はなく、ただそこにあるだけの存在だ。それに力を与えるのが呪文であり、一度の呪文詠唱《えいしょう》で、より多くの魔素に干渉《かんしょう》することができれば、効果も大きくなる。ただし当然、そのためには魔法を行使《こうし》するための高いスキルレベルを必要とする。

――と、ここまで説明した時点で、約半数が眠たそうな顔をしていた。

「ところでアデリア、同じ魔法なのに魔道書に記された、または口伝《くでん》で教えられる呪文が、一言一句《いちごんいっく》、同じというわけではない。それなのに魔法が発動するのはなぜだ？」

「……わかりません」

「エイミーはどう思う？」

「さあ……ホントは呪文に意味なんかない、とか？」

「半分は正解だ。呪文の詠唱はもちろん意味のある行為なんだが、それを唱えるのに用《もち》いられる文言自体はさして重要ではない、というのが正解だな」

魔素には意思がある。自我《じが》ではなく指向性という意味でだ。

呪文の詠唱によって魔素に干渉《かんしょう》し、『属性』の付与《ふよ》された魔力へと作り変える。そして、呪文に込められた意図を『現象』として引き起こすものが、『魔法』という超常《ちょうじょう》の技だ。

「水が水であるように、炎が炎であるように、魔素に対して〝そうであれ〟と語りかける、これが呪文だ。要するに、言葉に魔力をこめる、魔法発動に必要な魔素を確保、制御する、これができる者を、この世界では魔道士と呼んでいるわけだ」

「シンさん。それは、誰でも魔道士になれるということですか？」

「理屈としてはな。だがなニクス、冒険者の誰もがAランクにたどり着けるわけではないだろう？　つまりそういうことだ」

その言葉を聞いたアデリア以外の三人は、露骨に落胆《らくたん》の表情を見せる。

「三人ともそう落ち込むな。ちなみにだがアデリア、魔法発動に必要な魔素は、普段どうやって制御しているんだ？」

「どうやって、ですか？　それは……こう……なんとなく」

質問にどう答えていいか分からないアデリアは、なんだかあやふやな回答になってしまい、若干《じゃっかん》落ち込んだ表情を浮かべる。しかしシンは、答えに満足したようで、アデリアを褒《ほ》めた。

魔力を言葉にこめる行為と魔素の制御、この二つは魔道士にとって、技術よりも感覚的な側面が大きい。つまり、この感覚を身につけることができれば魔法は使えるのだ。

「だから三人とも、まずは自分の職業に見合ったスキルを鍛えろ。高いスキルレベルは、その技術と感覚が優《すぐ》れている証《あかし》だ。研《と》ぎ澄《す》まされた感覚は、他の能力にも影響を及ぼす。魔法の原理を知っていれば、後天的《こうてんてき》に魔法の才能が芽生《めば》える可能性は充分にある」

「「「本当に⁉」」」

「本当にだ。だから少しは真面目《まじめ》に話を聞いておけよ」

全員が真面目《まじめ》に聞く態度に戻ったところで、シンはアデリアを呼び寄せる。

「ではこれから実践《じっせん》編だが、アデリアはどの属性の魔法が使える？」

「ハイ、神聖魔法と火属性の魔法が少しです！」

「ふむ、少しとはいえ、その年で複数属性の魔法が使えるのは立派だな。誇《ほこ》っていいぞ」

自分のことは脇《わき》に置いて、シンはアデリアの才能を手放しで褒《ほ》めた。

「ありがとうございます！　あ、でも……発動を失敗させることも多くて……」

何か思うところがあるのか、褒《ほ》められて喜ぶも一転、アデリアは暗い表情になる。

彼女のそんな態度を見たシンは、一人で何かを納得すると、自分の左手を胸の前まで持ち上げ、掌《てのひら》をナイフで浅く切りつけた。

「師匠⁉」

いきなりのことに驚くアデリアに向かって、シンはポタポタと血が滴《したた》り落ちる掌《てのひら》を差し出す。

「治してみろ」

「は、ハイッ‼　……我《われ》らの大いなる女神《めがみ》ティアリーゼ、その力我が前に指し示したまえ、癒《いや》しの奇跡《きせき》をここに、〝治癒《ヒーリング》〟」

とっさのことに慌《あわ》てたものの、アデリアは呪文を正確に詠唱し、治癒魔法が発動する。

しかし、発現した効果は傷口を半分ほど塞《ふさ》ぐに止《とど》まり、完治《かんち》には至らなかった。

「あ……」

「発動はしたが、発現した効果が小さい。よくある失敗例の一つだな。ちなみに俺の場合は――天上の女神に我は請《こ》う、貴女《あなた》の子に慈《いつく》しみを、癒《いや》しの力を与え給《たま》え、〝治癒《ヒーリング》〟」

シンの魔法は左手の傷を完全に塞《ふさ》ぎ、表面の血を拭《ぬぐ》うと、怪我《けが》をした痕跡《こんせき》すら見あたらなかった。

「アデリアと呪文の詠唱内容は違うが、効果は同じだ。さっきも言ったように、大事なのは呪文という文言ではなく、そこに込められた意思と意味だということがこれで分かる」

「…………」

魔法に失敗して落ち込むアデリアを見て、シンは再度、自分の掌《てのひら》を切りつける。

ブシュッ――‼

今度の傷は、さっきのような浅いものではなく、深く肉を抉《えぐ》るような切り方だった。そのせいでシンの左手からは、まるで噴水《ふんすい》のように勢いよく血が噴《ふ》き出す。

「さあアデリア、もう一度だ」

「し、師匠‼ あ、あ……」

「早くしろ！ 魔法で傷は治せても、失われた血液は戻らない！」

シンの言葉にハッとしたアデリアは、とにかく必死に呪文を唱え、魔法を発動させる。

シュオオオオ――

今度は上手く発動し、掌《てのひら》の傷はシンのときと同様痕《あと》も残らない。実に見事なものだった。

「よし、今度は成功したな。さてアデリア、成功と失敗の違いはどこにあると思う？」

「わ、分かりません……私、とにかく夢中で」

「そうだ、それが成功した理由だ。偉いぞアデリア」

訳が分からないままに褒《ほ》められ頭を撫《な》でられたアデリアは、顔を真っ赤にしながら「はひっ！」と奇妙《きみょう》な声を出し、それを見たラドックがこれまた別の理由で顔を真っ赤に染める。

「アデリアは魔法を使うとき、頭の中で『冷静に』『集中して』なんて考えてるんじゃないか？」

シンに質問されたアデリアは、コクコクと頷《うなず》く。

「冷静に、そして集中する。魔法を使うときは、この二つが重要だと多くの教本に書かれている。しかし、これはあくまで魔法の発動率を上げるための要素でしかない。発動した魔法が高い効果を発揮するのに必要な要素は、術者の『こうあれ』という強い意志だ」

魔素に術者の意図を正確に伝えるべく、呪文の詠唱には落ち着いた精神状態であたるべし。間違ってはいないが、冷静さを求めるあまり、魔法の効果を願う〝強い意志〟が薄れてしまう弊害《へいがい》が起きる。結果、魔法の効果が十分に得られないことが往々《おうおう》にしてある。

であれば逆説的《ぎゃくせつてき》に、必死になって唱えた呪文には、低い発動率の代わりに高い効果を得るために必要な〝強い意志〟が十分以上にこめられているのではないか？

「呪文ってのは剣術のスキルなんかと一緒で、一度覚えてしまえばそうそう忘れるもんじゃない。同じ魔法を何度か発動させちまえば、あとは寝起きだろうが瀕死《ひんし》の状況だろうが、発動自体は成功するのさ。そして、夢中になって唱えた呪文は生まれる効果も高くなると、今しがたアデリアが証明した通りだ」

そう言ってシンは、左手を上げてヒラヒラと振ってみせた。

「師匠、じゃあ私の魔法が失敗するのは」

「呪文の詠唱にばかり気を取られて、魔法が発動した後の『結果』をしっかりイメージできていないことが原因だな。魔法とは、頭に思い描《えが》いたイメージを魔素に語りかけ、それを現実とする技だ。呪文の詠唱に正確さは必要ない、その代わり魔素に強く語りかけろ、こうであれ、と」

「は……ハイッ‼」

それからはアデリアに初歩の、しかし使い勝手がよい魔法をいくつか教え、授業は終わった。

——その夜。

「やっぱり師匠は凄《すご》いです‼　私、あれから魔法の発動が面白いように成功するんです‼」

師匠と呼ばれる度、そして凄《すご》いと連呼される度に、シンの気力はガシガシと削《けず》られていく。

彼からすれば、独学《どくがく》の徒《と》や駆け出し魔道士が起こしがちな、初歩的な勘違《かんちが》いを正してやっただけだ。特別なことを教えたわけでもなく、こんなことで持ち上げられるのは本意ではない。

「私、一生師匠についていきます‼」

ザサッ‼

それに、シンに対してアデリアが何かを口にする度、寝相の悪い誰かがやたらとうるさい。

腰まで伸ばした黒髪が目を引くアデリアは、年相応の顔立ちながらも、シンへの態度とエイミーより一〇センチ以上低い身長のせいで、仲間よりも幼い印象を与えている。

そしてそれは身長にとどまらず、神官服にも似た長衣《ながぎぬ》が彼女の体型を覆《おお》い隠し、厚い布地が奥からの弱々しい訴えさえ黙殺《もくさつ》する。彼女の、ハンガーに吊《つ》るされた状態と変わらぬ

それを見たシンは、アデリアの将来に幸《さち》あれかしと祈らずにいられない。

そんな失礼なことを考えながら男は、目の前で元気一杯に声を上げるアデリアの暴走を抑《おさ》える。

「不穏当《ふおんとう》な発言はよせ。そもそも、三人と一緒に冒険者をするアデリアが、俺と一緒にい

られるはずがないだろう。あと、俺は薬師だ。魔道士の弟子なんかいらんからな？」

「あ、はい、でも……すみません」

目の前でテンションが乱高下《らんこうげ》する少女を眺めつつ、シンはかなり付き合いの長くなった、天然印《てんねんじるし》の美女を頭に思い浮かべる。

「そういえば、お前たちが一人前の冒険者になる——ならないといけない事情は聞いたんだが、なった後はどうするんだ。何か目標でもあるのか？」

「そうですね……私は、世界を回ってみたいです。たまに来る行商人から聞いた、そして本に書かれているようなことが本当にあるのか、自分の目で確かめてみたいんです！」

そう答えるアデリアの瞳には、冒険者——冒険への純粋《じゅんすい》な憧《あこが》れが宿っていた。

冒険者という仕事は、確かに彼女が思い描くような心躍《こころおど》る世界であると同時に、一歩間違えれば生き地獄のような世界でもある。なにより、命に簡単に値段がつけられる世界だ。

パートタイム師匠としては、四人を待つ未来が明るいものであって欲しいと願うばかりである。

「目指す未来があるんなら、早く一人前にならないとな、ホラ、今日はもう寝ろ」

「ハイ師匠！　明日もよろしくお願いします」

明日はどんな訓練をしよう、そんなことを考えながら仮眠を取るシンは、翌朝——

「師匠！　私、神聖魔法のスキルがレベル三にアップしてます、スゴイです‼」

アデリアの成長速度の速さに、眠気《ねむけ》が一瞬で吹き飛んだ。

――訓練最終日。

ガキィン‼

強い日差しがあたりを照らす午後、金属の激しくぶつかり合う音が周囲に木霊《こだま》する。

「ラドック、何度も言わせるな！〝壁〟ってのは言葉通りの意味じゃないぞ、もっと動け！」

訓練も最終段階ということで、シンは二日前から四人と模擬《もぎ》戦闘を行《おこな》っていた。

壁役のラドックを先頭に、エイミーは遊撃《ゆうげき》、その後方からアデリアが魔法で支援、レンジャーに転向したニクスは弓での支援攻撃に加えて状況把握《はあく》。と、この陣形《じんけい》を四人に慣れさせている。

ニクスが前衛から抜けることでパーティ全体の攻撃力が下がった分、個々の動きと連携《れんけい》によって敵を翻弄《ほんろう》する戦術を、シンは四人に叩《たた》き込んでいた。

初日は連携どころか自分の役割すら理解できず、三分と経たずに全滅させられていたが、三日目ともなれば、なんとか戦闘の体裁《ていさい》を保っていられる程度には慣れてくる。

「くそ……何が薬師だよ」

「ホントにね、オマケにあの棒、とんでもなく硬いんだけど」

シンの非常識な強さに、前衛の二人が愚痴《ぐち》をこぼす。

コボルトとの戦闘や魔法の講義から、てっきり魔道士兼薬師だとばかり思っていた男に、前衛職の二人が近接戦で勝ちの目が見えない。しかも相手は一度も魔法を使っておらず、一本の棒と体術のみで立ち回り、さらには四人に対して適時アドバイスを送る余裕まで持ち合わせていた。

「口よりも手を動かせ、そして手よりも足を動かせ！　ラドック、壁の役割を履《は》き違えるな。敵の死角《しかく》へエイミーが移動する隙《すき》を作るために敵の注意をひきつけ、足止めするのがお前の仕事だ。それにはとにかく足を使え！　受け身になるな、自分から圧力をかけろ！」

喋《しゃべ》りながらシンは、気を抜けばすぐその場で亀になるラドックに攻撃を入れつつ、エイミーが死角に回り込もうとするのを牽制《けんせい》する。焦《じ》れたエイミーが強引に背後を取ろうとするも、仕掛ける度に炭化《たんか》タングステンの棒に足を払われる。

「エイミー、壁役が上手く機能していない間は敵の死角に入るのは無理だと思え。そのときはお前が敵の注意を引くように立ち回るんだ。ただし、正面からやり合おうとするな。つかず離れず、相手を苛立《いらだ》たせるような行動を心がけろ。ラドックが自由に動けるまでの時間稼《かせ》ぎに徹《てっ》するんだ」

エイミーはアドバイスに従い、自身の動きに緩急《かんきゅう》をつけはじめる。シンが使う武器の間合ギリギリの場所から、フェイントも交えて攻撃を仕掛けたり、強引に死角に回り込むべく大きく動いて牽制《けんせい》の攻撃を誘ったりと、足を使って嫌がらせに徹する。

しかし、ラドックが自由を取り戻すにはまだ足りない。

「ニクス、命中させようと意識しすぎて手が止まってるぞ！　遠距離からの攻撃は当てることに固執《こしつ》するな。味方に当たる危険があるときは牽制《けんせい》にとどめ、自分を狙うヤツが他にもいることを相手に印象付けろ。それから、弓は一度射《い》れば居場所を特定される可能性がある。相手によっては一射《いっしゃ》ごとに移動することも頭に入れとけ」

トスッ――！

まだ弓の扱いがぎこちないニクスは、忠告に従い地面に向かって矢を放つ。そしてそれは、シンから三メートル離れた地面に突き刺さる。

ここまで離れては牽制《けんせい》にもならないが、第二射はさっきより近付いて二メートルの位置、三射目は一メートルにまで近付く。

こう出られては、さすがのシンも四射目を無視するわけにはいかない。ニクスが潜んでいる方向を確認すると、自分との斜線《しゃせん》上にラドックが立つように回り込む。

しかし、今度はシンの方が強引な位置取りを行《おこな》ったせいで、押さえ込んでいたラドックに自由を与える結果となり、戦況は開始前の状態に戻った。

「アデリア、牽制《けんせい》や攻撃に使える魔法をいくつか教えてるはずだ。回復用に魔力を温存したり、防御支援にばかり意識を向けるな。とにかくなんでも使え。実戦の場で使ってみることで、自分にあった魔法の使い方が見つかる。そして後方では決して棒立ちになるな。後衛《こうえい》の背中を守ってくれる仲間はいない、だから常に動け。その上でアデリアとニクス、二人はお互いの背後と前衛二人の背後にも気を配《くば》れ。全員の背後を誰かが見張る状況を常に作ることを忘れるな――来い‼」

「「応っ‼」」

仕切り直しになった戦闘は、ラドックの突進から始まった。

盾を肩口に寄せ、ショルダータックルのような体勢で近付くラドックに、シンはタイミングを合わせて炭化タングステンの棒を振り下ろす。しかし、この動きを読んでいたラドックは腕を伸ばし、盾を突き出しながら強く踏み込むと、シンの攻撃を受け止めそのまま押し返した。

インパクトのタイミングをずらされ、武器を弾《はじ》かれた反動で体勢を崩したシンに、ラドックの剣が突き出される。だがシンは、ラドックの盾を持つ方向へ踏み込み、懐《ふところ》に入って一撃をお見舞いしようと小さく溜《た》めの姿勢を作った。

ガイン――‼

シンが攻撃に移る直前、死角からエイミーの拳《こぶし》が飛び出す！　シンは攻撃のために水平に構えた棒をとっさに撥《は》ね上げることで、それをなんとか受け止める。

「っ、これでもダメか！」

「二人とも今の攻撃はよかったぞ、だが──うおっと！」

シンの足元一〇センチの位置にニクスの放った矢が刺さり、思わず片足立ちになった彼に向かってもう一度、エイミーが攻撃を仕掛けた！

が──

「エイミー、前衛が減った分、早めに致命傷《ちめいしょう》を与えたいという気持ちが前に出過ぎているぞ。強力な一撃にこだわるな。手数とスピードで敵に対抗しろ。急所《きゅうしょ》狙いも読まれやすい、攻撃をちらすことを頭に入れておけ」

「りょう……かいっ！」

フェイントのつもりか、口振りとは反対の、振りかぶった右拳がエイミーから放たれる。

それを迎え撃つべく、シンは棒を袈裟懸《けさが》けに振るう。しかしエイミーの動きはやはりフェイントだったようで、流れる動きでシンの右サイドに回り込み、本命の左拳で脇腹《わきばら》を狙った。

エイミーの攻撃に、振り下ろした棒をそのまま返したいシンだが、そうなると反動で彼女に正対することになり、ラドックに背中を見せることになる。やむなくシンは、身体を捩《よじ》りながら左手でエイミーの拳《こぶし》を受け止めた。

前衛の二人に両サイドを取られたシンは、一旦《いったん》体勢を立て直すために前に飛び出すが──

ボッ！

「くあっ‼」

そこに、シンがアデリアに教えた初級の魔法の一つである、小さくも派手《はで》に燃え上がる炎が現れ、シンの顔面を炙《あぶ》る。

不意をつかれ、一瞬だけ棒立ちになった脛《すね》にニクスの矢が刺さり、痛みに思わずシンは片膝をついた。そこに、飛び込んできたエイミーの回し蹴《げ》りが直撃して後ろに撥《は》ね飛ばされ、仰向《あおむ》けに倒れて大の字になる。

そして、ラドックの剣を喉元《のどもと》に突きつけられた。

「どうだ、これで俺たちの勝ちだ‼」

「……参った、降参《こうさん》。全員合格だよ」

空とラドックを見上げる体勢になったシンは、笑いながら両手を挙《あ》げ、そう告げる。

「「「「やったーーーー‼」」」」

次の瞬間、四人の歓喜の声が森に響き渡った。

模擬戦闘で勝利するというシンに出された最後の課題を果たし、四人は抱き合う。

素人《しろうと》同然の二週間前とは明らかに違う、内側も外側も鍛えられたと納得の成長ぶり。その証《あかし》が、地面に寝ているシンの姿だった。

相手が全力ではないことくらい、四人も分かっている。しかし、四人はシンが決めた合

格ラインをクリアしたのだ、誰に恥《は》じることもない。

「これまでよく訓練に耐えた。これでお前たちは駆け出し冒険者から半人前に格上げだ。そして『鎧ヤモリ』を倒したとき、お前たちは晴れて一人前の冒険者だ。覚悟はいいか⁉」

立ち上がってそう告げるシンに向かって、四人は瞳に強い意志を宿し、深く頷《うなず》く。

シンは満足そうに頷《うなず》くと、皆に背を向け、森の奥へと歩いていく。

「シンさん、どこへ？」

「訓練終了の祝いに何か美味《うま》いもんを獲《と》ってくる。楽しみにしてろ」

シンの姿が森の奥へ消えていったのを見届けた四人は、限界だったのか、その場に寝転んだ。

「あーーーー疲れた」

「やった！　師匠から合格を貰《もら》いました！」

「そうだね、まだ鎧ヤモリを倒す仕事が残ってるけど、今の僕たちならきっとできるよ」

「当たり前だ！　俺たちはあのヤローに勝ったんだからな！」

「思いっきり手加減されてだけどね～」

「いいだろ、勝ちは勝ちだ！」

顔を背《そむ》けながらフンスと鼻を鳴らすラドックだったが、徐々に口元は緩《ゆる》み、笑い声がこぼれる。そしてそれは他の三人も一緒で、全員寝転がったまま、空を見上げて話し出す。

「……シンさん、強かったね」

「なんだよアレ、バケモンか？」

「さすが師匠です！」

「あれでアタシたちと三つしか違わないって、一体どうなってんだろね？」

マクノイド森林地帯を一人で縦断《じゅうだん》、短期間でアデリアたち四人をEランクモンスターの鎧ヤモリと戦えるまでに鍛えた上、魔法も使えて近接戦闘もこなす実力者。

改めて、シンの規格外の強さに思いをはせる。

「上には上がいるってことよね……」

「はっ、俺たちだってあのくらい、すぐに強くなってやるさ」

「駄目だよ、上ばかり見てると足元が見えずに痛い目を見る。鎧ヤモリの討伐依頼を受けたときみたいにね。もっとも、おかげでシンさんに出会えたんだから、僕たちは幸運だったのかな」

人生、一寸先は闇と言うが、闇の中で光を見つけた四人は、運命に祝福《しゅくふく》されているのだろう。

「でも……鎧ヤモリを無事に倒したら、師匠とはお別れしないといけないんだよね」

寂《さび》しそうなアデリアの呟《つぶや》きを聞いて、ニクスたちも神妙《しんみょう》な顔になる。

厳しくも濃密《のうみつ》な時間の中で、何度もシンに泣かされ、驚かされ、そして感銘《かんめい》を受けた。できることなら今よりもっと強くなりたい、これからもずっと鍛えてもらいたい。そんな思いにかられるが、シンはきっと許さないだろう。

別れの時期はそう遠くない。残酷な現実に、しんみりする四人だが――

「まあ、今すぐってわけじゃないし、気にしても始まらないよ」

「そういえばシンさん、元々アタシたちの街に来る予定だったらしいよ」

「じゃあ、まだしばらくは師匠と一緒にいられるんだね⁉」

「ケッ、いなくなってせいせいすると思ってたのによ！」

「……ラドックもいい加減素直になればいいのに」

「なんだと⁉」

「――おお、元気そうだな。若いっていいねえ」

いつの間にか戻ってきたシンが、しみじみと呟《つぶや》く。前世の記憶が影響しているのだろうか、自分もまだ一六歳の若造のくせに、どうにも言動がオジサンくさい。

「あ、おかえりなさいシンさん、早かった……です……ね……？」

慌《あわ》てて立ち上がろうとするニクスは、それを見て固まる。

「ん？　ああ、これか。ちょうど手頃なイノシシがいたんでな。残りの三人もだ。喜べ、今夜はシシ鍋《なべ》だ」

「「「「――‼」」」」

鎧ヤモリとブラッドボア、カテゴリとしてはどちらもEランクモンスターに分類されるが、前者はEランクの中でも中~下の強さ、後者はDランクとさほど変わらない強さのはずである。

「そうだ、将来コイツを狩ることもあるだろう。捌《さば》き方を教えといてやるからついて来い」

そう言って、棒に括《くく》りつけた二五〇キロの巨体を担《かつ》いだまま、近くの川辺に歩いていく。

（一生勝てる気がしない……）

その姿に、四人の気持ちは一つになった。

——夜。

「ようラドック、調子はどうだ？」

「なんだよ、俺と話すことなんかないと思ってたぜ？」

夜も更《ふ》け、明日に備えて三人が早めに休む中、最後に呼び出しを受けたラドックは、悪《あく》態《たい》をつきながら腰を下ろす。シンより三つ下にもかかわらず、身長は既《すで》に一八〇を超え、意志の強そうな印象を与える太い眉毛《まゆげ》と鋭い目つきは、そうでなくても相手を威圧してしまいそうなほどだった。

第一印象で損《そん》をしまくりな彼が、アデリアのことになると過敏《かびん》に反応する様《さま》は、よく言えばお姫様と護衛《ごえい》の騎士のようでもあり、シンは過日《かじつ》の出来事を思い出しそうになる。

「そんなガタイで拗《す》ねるな。こっちも、その態度が丸くなるまで待ちたかったんだよ」

「別に、拗《す》ねてなんかねえだろ……」

「世間じゃそれを拗《す》ねてるって言うんだがな……まあそんなことはさておきラドック、お前が目指す先はどこだ？　お前は冒険者になって何をしたい？」

「そんなの……決まってんだろ、強くなるんだよ、今よりもっと、誰よりも強く！」

「強くなった先は？　強くなってお前は何を望むんだ？」

「それは……どうでもいいだろ」

口籠《くちご》もり、そっぽを向くラドックを見てシンは、そっと溜《た》め息をついた。

身体は大きいものの、四人の中でラドックが一番子供というのがシンの見立てであり、それゆえ彼の目には危《あや》うく映る。

「強くなって、お前を馬鹿にしたやつらを見返したいのか？　なかなかに志《こころざし》が低いな」

「違う！　俺は強くなってアデリアを守るんだ‼　……あ」

「アデリアか……ラドック、お前がアデリアを好きなのはまあ、皆が知ってる……本人はどうかは知らんが。だけどなぜだ？　どうしてそこまでアデリアにこだわる？」

惚《ほ》れた腫《は》れたの話ならそれでいい。恋愛感情は人が持っていて当然のものであり、思慕《しぼ》の情が起こす行動は、常識の範疇《はんちゅう》を過度に超えたりはしない。

しかし、使命感やもっと他の、己を追い込む類《たぐい》のものだった場合は危険だ。感情をぶつける相手を必要としない、自己で完結する感情は、容易《ようい》に暴走する。シンはそれを身をもって知っていた。

「なあラドック、俺はお前たちと一時的に行動をともにしているだけの、いずれはいなくなる人間だ。ただアデリアのことが好きで、それに見合う男になりたいだけが理由なら、何も言わなくていい。だがもし、それ以外に強い想《おも》いがあるのなら、今だけでいい、俺に話してみろ」

そう話すシンの眼差《まなざ》しは真剣そのもので、そこには興味本位の浮ついた感情は見あたらない。

そんなシンの表情に絆《ほだ》されたのか、ラドックはポツポツと語りはじめる。

「街のやつらがよう……アデリアを馬鹿にしやがるんだ」

――ラドックが孤児院に引き取られたのは七才のときだった。

三才の頃に母を病気で亡くした彼は、父と二人、流れ着いた先の鉱山都市で新しい生活を始める。しかし、坑道《こうどう》で起きた落盤《らくばん》事故が父の命を奪《うば》い、七才のラドックは天涯孤独《てんがいこどく》の身となった。

無口で長身の父に似たラドックは、同年代の子供より頭一つ大きく、口数の少なさも災《わざわ》いして周りに馴染《なじ》めずにいた。そんなラドックに物怖《ものお》じせず、声をかけてくれたのがアデリアである。

彼女は幼い頃から魔道士としての才能を見出《みいだ》され、当時の司祭から魔法の手ほどきを受けていた。そして将来、もう一人の神官見習いと一緒に、神殿に勤《つと》める予定の特別な子供として扱われる。

ただ、そのせいで多くの子がアデリアを避《さ》け、エイミーとニクスだけが彼女にとって友達と呼べる存在だった。

いつも一人のラドックに自分の姿を重《かさ》ねたのか、アデリアが彼を強引に自分たちの輪《わ》に引き入れると、はじめはぎこちなかったものの、気が付けば四人はいつも一緒に行動するようになる。

そんな折《おり》、司祭が事故で急死。ショックでアデリアは一時期魔法が使えなくなった。後《のち》に、魔法が使える状態に戻ったものの失敗することが増えてしまい、周囲から責《せ》められるようになる。

「あいつら、何度もアデリアに怪我《けが》を治してもらったくせに、急に掌《てのひら》を返しやがって！」

『魔法は成功して当然』と、使えない者はなぜか思い込んでしまう。

一般人にとって、魔法を使えて当然の彼女《アデリア》は、陰《かげ》で「役立たず」と呼ばれるようになった。

役立たずという言葉を耳にする度、ラドックはそいつを殴《なぐ》り飛ばしたらしい。相手がたとえ自分より強いと分かっていても、アデリアの名誉のため、彼は迷《まよ》うことなく向かっていった。

——アデリアが役立たずのはずがない。あの日、自分に笑顔を向けてくれたアデリアが、自分に居場所をくれたアデリアが、役立たずなどであるものか‼

だからラドックは決めた、自分がアデリアを守ると。

司祭不在にもかかわらず後任《こうにん》の決まらない神殿はやがて廃《すた》れ、寄付が減って施設の運営も立ちいかなくなり、年長者が施設を出ていかざるをえなくなった。

やがてラドックたちの番になると、突然エイミーが冒険者になると言い出し、四人は冒険者ギルドの門を叩《たた》く。

ラドックは冒険者だろうが他の職業だろうがなんでも良かった。アデリアと一緒なら、彼女を守ることができるのなら。

そして、アデリアを馬鹿にしたやつらを見返すことができるのなら——

「今の俺があるのはアデリアのおかげだ、だから今度は、俺がアデリアを守るんだ……」

話を聞いたシンは、悲しそうな視線をラドックに向け、優しく語りかける。

「ラドック、アデリアを守りたいと思うのなら道を間違えるなよ？　立ち止まること、振り返ることを躊躇《ためら》うな。強い力は、確かに大切なものを守ることができる反面、災いを呼び込むこともある。そして、どんなに辛《つら》くても不都合から目を逸《そ》らすようなマネは絶対にするな、きっと後悔する」

「ハッ、あれだけ強いくせになに言ってんだ？　アンタみたいに強い人間に、俺らみたいな雑魚《ざこ》の気持ちが分かるってのかよ⁉」

シンの物言いが癇《かん》に障《さわ》ったのか、不快感も露《あら》わにラドックが吐《は》き捨てた。

しかしシンは、ラドックの挑発《ちょうはつ》には乗らず、静かに、寂《さび》しそうな笑顔を向ける。

「そうだな、確かに分からないかもな……力があっても守れなかった俺には」

「⁉」

シンは俯《うつむ》くと、そのまま話を続けた。

「力さえあれば、今度こそ守ってやれる。そう自惚《うぬぼ》れてた時期が俺にもあったよ」

「あんた……」

「何も見えてなかった。力に驕《おご》って、力を使うことに夢中になって、肝心《かんじん》なときにはそばにいなかった。守りたいものも守れず、結果、見たくない現実から目を背けて、大切なものを失った」

「…………」

ラドックの目の前にいる男は、認めたくはないが彼にとっての理想、強さの体現者《たいげんしゃ》だった。だがその男が今、ラドックの目にはとても小さく、そして弱々しく映る。

まるで、身体は大きくても中身は寂《さび》しがり屋だった、かつての自分のように。

――――‼

そう思った瞬間、ラドックの顔が戸惑《とまど》いから怒りに変わった。

「黙れよ……」

「いいから聞け、ラドック。お前も俺みたいな敗北者になりたくなかったら――」

「黙れよ！」

「ラドック……？」

「ふざけんな、アンタは俺たちの師匠なんだろ！　だったら、アンタはいつまでも俺たちの目標でいてくれないと困るんだよ。いつか俺たちがアンタを超えるときのために！　だから他の皆、特にアデリアにはそんな情けねえ姿、絶対に見せたりするんじゃねえぞ！」

ラドックはそう言い放つと、それ以上シンと顔を合わせることもなく、横になって眠りについた。

目の前の光景にしばらく呆《ほう》けていたシンだったが、やおら立ち上がると、気晴らしのつもりか森の中を歩く。そして、一本の太い木の前に立ち、幹《みき》に額を当てて寄りかかった。

「目標でいてもらわないと、か……ったく『負《お》うた子に教えられて』じゃねえんだよ、ガキが」

不意に、根元にポトリと水滴が落ちる。

「……さん……」

呟《つぶや》きは、誰の耳に届くこともなく、落ちた涙とともに地面に染み込んでいった……。

マクノイド森林地帯、魔物が跋扈《ばっこ》する危険地帯に四、いや五つの人影があった。

ニクスを先頭に森の中を進む四人の姿は二週間前とは違い、突然の事態に即応できるよう、木々の避け方にすら淀《よど》みがない。

そんな四人の後ろを歩くシンはただの引率、彼らによる〝鎧ヤモリ〟討伐の見届け人だ。

森を探索《たんさく》すること二時間、それらしい場所を発見したニクスは、三人に待機するよう指示を出すと、自分は偵察《ていさつ》に向かう。

そして見つけた――大きな岩の陰に隠れてジッとしている一体の鎧ヤモリを。

発見の幸運を喜ぶニクスだったが、その黒曜石《こくようせき》のごとく黒光りする姿を確認すると、表情が次第に曇っていく――希少種《きしょうしゅ》である。

「黒⁉　一発目から希少種かよ」

「運がいいのか悪いのか……」

「黒いのって、普通のよりも強いんだよね？　私たちだけで大丈夫かな……」

ニクスの報告を聞いた三人の顔は一様に硬い。鎧ヤモリとの初戦闘が、通常より強い個体の希少種とあっては、躊躇《ちゅうちょ》するのも無理はない。

しかし、そこに悲壮感《ひそうかん》はなかった。

たとえ希少種が相手でも、シンに鍛えられた自分たちなら倒せる。むしろ四人にとっての心配事は、倒した後で「調子に乗るな！」と怒られ、挙句《あげく》に再特訓コース、とならないかという不安だ。

当のシンは我関《われかん》せずとばかりに視線を逸《そ》らす。自分たちで考えろということなのだろう。

ならば四人の選択肢は――

「やろう、僕たちならきっと勝てるさ！　それに、みんなもできると思ってるんだろ？」

「モッチロン！」

「大丈夫、私たちならできるよ！」

「当たり前だろ、俺たちはシンに散々鍛えられたんだ。負けるはずがねえよ！」

シン―ラドックがその言葉を発したことに三人は驚いたが、何も言わず、ただ力強い笑みを浮かべて頷《うなず》く。

「それじゃ確認するよ。敵の攻撃は体当たり、爪、噛《か》みつきと酸《さん》の唾液《だえき》だ。加えて『黒』は普通のやつより鱗も硬く、爪には毒がある。だからボクたちがとる戦術は、敵の攻撃を捌《さば》きつつバランスを崩し、腹部を晒《さら》したところを攻撃。これの繰り返しだ。頼んだよ、ラドック」

「おう、任せろ！」

「エイミーと僕はそれぞれ左右に回り込む。ラドックは合図と同時に飛び込んで、アデリアはラドックの背後から牽制《けんせい》を頼む。それじゃあ、行くよ！」

厳しい訓練を経《へ》て、生まれ変わった四人の初戦闘が始まる――

――コツン。

岩陰《いわかげ》の前に小石が投げ込まれると、奥から黒く大きな物体――鎧ヤモリが姿を現した。

それは周囲を警戒するように頭を巡らし、少し離れた場所から自分に向かってくる人影を見つけて、即座に戦闘態勢に入る。

攻撃的な性質の鎧ヤモリはラドックに向かって走り出し、目標まであと三メートルというところから、低空ジャンプで体当たりを仕掛けてきた。

ガギイイイィンン‼

鎧ヤモリの体当たりをラドックが盾を使って真正面から受け止め、硬い金属音が響き渡る。

「ラドック、大丈夫かい⁉」

「なんとかな！　けど、剣を振りながらアレを受け流すのは無理だ。今のが全力ってわけでもなさそうだしな。エイミー、俺は捌《さば》くのに専念するから、攻撃は頼む！」

「りょ～かい！　アデリア、援護《えんご》よろしくねっ」

「分かった――〝防衛《プロテクション》〟そして――〝剛力《ストレングス》〟。二人とも頑張《がんば》って！」

アデリアの魔法がエイミーとラドックの身体を包むと、二人は無言で頷《うなず》く。

その間、体当たりを止められた鎧ヤモリは後方に飛び退《の》き、再度ラドックに狙いを定めると、グッと一瞬だけ身体を沈《しず》めた――が、今度はジャンプせずに、地面を這《は》うように高速で接近する。

「クッ、マズイ！」

鎧ヤモリの動きに合わせて体重を前にかけて踏ん張っていたラドックは、このフェイントにまんまと引っかかった。

ここで身体を起こせば今度こそ体当たりが飛んでくる。しかし今のままだと、標的《ひょうてき》が後ろのアデリアに移った場合、とっさに動けない。

「だったらこれで！」

ラドックは身体を起こし、わざと盾を高く持ち上げる。すると彼の予想通り、鎧ヤモリは彼の足に食らいついてきた。

そうして動きが止まったところに、ラドックは首をへし折るべく、盾を勢いよく振り下ろす！

ガキン‼

スケイルアーマーの材料にもなりうる鎧ヤモリ、中でも希少種の黒。しかしてその鱗は予想以上に硬く、ラドックの攻撃を軽く受け止めた。

「なっ⁉」

「危ないラドック、踏ん張って！」

エイミーの切羽詰《せっぱつ》った声が響くと同時に、鎧ヤモリは巨体を利用したデスロールを仕掛け、ラドックを引き倒そうとする。しかし彼は、左足を捻《ひね》られる痛みに耐えながらも腰を落とし、足に力を込めた。〝剛力《ストレングス》〟の魔法効果も功《こう》を奏《そう》し、ラドックはなんとかその場に踏みとどまる。

彼の鎧は、移動の際にガチャガチャと音が出るフルプレート製ではなく、胸当てや脛当《すねあ》てなど、要所《ようしょ》のみを金属で補強《ほきょう》するものを使っていた。ゆえに、食い込んだ鎧ヤモリの牙は革の部分を貫通する。浸透《しんとう》してきた酸によって皮膚《ひふ》は焼かれ、ラドックは苦悶《くもん》の表情を浮かべた。

「ラドック！　くそっ、コイツ‼」

悪態をつくエイミーは、ラドックとの距離を一気に詰めると、不用意に晒《さら》された、防御力の低い鎧ヤモリの腹部を思い切り蹴り上げた！　さらに鎧ヤモリは、蹴りの衝撃でひっくり返ったところをニクスの弓に狙い撃たれ、喉元付近に矢を受けたことで、後方に飛び退く。

「ラドック、大丈夫かい⁉」

「問題ない、油断しちまったが同じヘマはしねえ。次は必ずしとめる」

「分かった、頼んだよ」

「おう！　さあもう一度だ、今度はこっちから行ってやるぜ！」

ラドックが盾を前に構えて近付くと、鎧ヤモリも体当たりのために四肢《しし》を縮め、力を溜《た》めてタイミングを見計《みはか》らう。互いの距離が詰まり、一瞬早く鎧ヤモリが飛びかかろうとした瞬間！

カシィン――‼

ニクスの放った矢が鎧ヤモリの背中に当たる。当然、硬い鱗に弾かれるが、一瞬とはいえ意識を外へ向けることになった跳躍《ちょうやく》は、全力とはほど遠いものとなった。

さらに――

「火精《かせい》よ、我が示す先に導きの炎を、〝燭台《キャンドル》〟」

シンに教わった魔法をアデリアが放ち、ラドックの正面に小さい炎が出現、炎を避ける本能が働いた鎧ヤモリは、咄嗟《とっさ》に頭を捩《よじ》ったせいでさらに体勢が崩れる。

「ぬうううりゃあああ‼」

勢いを失いはしたが、それでも高速で跳《と》んでくる鎧ヤモリに、ラドックは自分の全体重が乗ったシールドチャージを仕掛け、そのままエイミーのいる場所へと弾き飛ばした！

「いただきっ‼」

放物線《ほうぶつせん》を描き、無防備に腹を見せたまま落下する鎧ヤモリに向かって、エイミーの狙いすました高角度の後ろ蹴りが突き刺さる！

鎧ヤモリが「ギエッ」と鳴き声を上げ、くの字になって吹き飛ばされる直前、最後のあがきか、運悪く毒の爪がエイミーの道着に引っかかり、飛ばされる勢いでビリリと裂《さ》けた。

「エイミー⁉」

「大丈夫、それよりトドメを！」

エイミーの声に応《こた》えるように、地面に叩《たた》きつけられバウンドする鎧ヤモリにラドックが駆け寄り、逆手《さかて》に構えた剣を両手で握ると、大きく振りかぶる。

「これで……終わりだああ‼」

ブシュッ――‼

喉元に剣を突き立てられ、それでもまだ生きようともがく鎧ヤモリだったが、ダメ押しとばかりに剣を捻《ねじ》られると、巨体を一度だけビクンと弾ませ、二度と動かなくなった。

「勝ったか……そうだ、エイミー⁉」

「キズは、毒は大丈夫⁉」

勝利の喜びも束《つか》の間、毒の爪を受けたエイミーを心配して三人が駆け寄る。

しかしエイミーは、手をヒラヒラと振り――

「大丈夫、道着は破れてるけど、アデリアの魔法のおかげで身体には届いてないんだ、ホラ」

そう言って、スリットのように大きく裂けた太腿《ふともも》の部分を広げて見せ、無傷をアピールした。

しかし、見せ方が違えば見え方も違ってくるのか、見慣れているはずの、健康的なエイミーの足を見たニクスが、顔を赤くして人知れず顔を背けたのはご愛嬌《あいきょう》だ。

そんな中アデリアは、自分の魔法が仲間を守ったことに、確かな喜びを噛《か》み締《し》める。

「やったね、僕たち、鎧ヤモリを倒したんだよ……」

「しかも黒だよ！」

「まあ、できすぎなくらい上手くいったよな……痛ッ！」

「大変！　待っててラドック、すぐ治すからね」

アデリアがラドックの傷を癒《いや》し終えると、四人はその場でしばし、まったり過ごす。

陽《ひ》はまだ高く、そして暖《あたた》かい日差しが気持ちいい。

「あ〜、このまま寝てえ」

「ダメだよラドック、鎧ヤモリは全部で三体狩らないといけないんだから」

「そういえばそうだっけね。一匹目からこんなのを相手にしたおかげで、必要以上に疲れたよ〜」

「でも、これなら私たち、残りの二体も絶対倒せるよ‼」

アデリアの言葉に三人は気合《きあい》を入れなおすと、勢いよく立ち上がる。

「よし！　それじゃあ次を探すとしようか。みんな、気を引き締《し》めて行こう！」

「「「おー‼」」」

「――お～、元気そうで結構結構♪」

そんな中、どこへ姿をくらましていたのか、シンの暢気《のんき》な声が四人の耳に届いた。

「シンさん！　今までどこへ？　いや、それより見てください。僕たち、鎧ヤモリを倒しましたよ‼　それも希少種の黒を」

「みたいだな。これでお前たちも晴れて一人前の冒険者だ。十分に誇っていいぞ」

「えへへ……」

「……おい、それよりどこへ行ってたんだよ？」

褒《ほ》められて照れているのか、ラドックがぶっきらぼうな口調でシンに声をかける。

「ん？　ああ、チョットばかしこれをな……」

そう言ってシンは右手に握っているロープを引っ張る。そこには――

「「「………………」」」

「……師匠、あの、それって」

「ああ、鎧ヤモリだ」

シンが捕まえてきた鎧ヤモリが二体、冷たい骸《むくろ》を晒《さら》していた。

「「「…………………」」」

四人のテンションは、かつてないほどに下がったという。

■

マクノイド森林地帯、そこは豊かな自然の恵みと、それ以上に危険を孕《はら》んだ深き森。

その森を、アデリアたち四人の少年少女――いや、もう新人冒険者と呼ぶべきか――それに同行するシンを足した合計五人が、森を抜けた先にある鉱山都市を目指している最中だった。

四人は、冒険者ギルドの依頼である三体の鎧ヤモリを担《かつ》ぎ、意気揚々《ようよう》と帰路《きろ》についている。対してシンは、野暮《やぼ》用ついでに行商の予定である……いや、だったと言うべきか。

理由は簡単、商売用の回復薬を、四人を鍛えるために惜《お》しみなく使ってしまったため、在庫がほぼほぼゼロだからである。

よもや、薬師が手ぶらで鉱山都市にやって来た挙句《あげく》、入都市理由が行商ではなく「チョット野暮《やぼ》用で」では、街に入るまでの審査《しんさ》がハードモード過ぎてしまう。

そんなことを考えていたからだろうか、それは唐突《とうとつ》にやって来た。

「ハイ、四人ともそこで止まれ……珍しいものを発見、こんなところに鬼《オーガ》だ」

オーガ：Bランクモンスター
身長三〜四メートルの巨人族。人間の倍ほどもある体躯《たいく》はほぼ例外なく分厚《ぶあつ》い筋肉の鎧に覆われており、打撃、斬撃《ざんげき》ともに、その強靭《きょうじん》な筋肉に防がれてしまう。魔法による攻撃も、単純な肉体の耐久力で抵抗されることが多く、槍や弓矢など、一点に力を収束できる攻撃が有効とされる。しかしそれも、相手の筋肉の鎧を突破できる膂《りょ》力《りょく》あっての話である。
肉は食用に向かず、それ以外の部位は薬などの素材として重宝《ちょうほう》される。

シンとしてはなぜ、こんなところに？　という疑問符が頭を飛び交う。

五人がいる場所は森の出口付近。危険な魔物など、およそ出没《しゅつぼつ》するようなエリアではない。

そんな比較的安全な場所で、よりにもよってオーガである。

「しししし、師匠！　あ、あれってもしかして……？」

「アデリア、大きな声を出さないようにな、それと、もしかしなくてもあれはオーガだ」

シンが断言《だんげん》したことにより、四人の間に緊張が走り、顔には恐怖の色を浮かべる。

「シンさん、どうするの？　倒すの？　やっつけるの？」

「……エイミー、俺はその二択から選ばないといけないのか？　とはいえ、ここから見つからないよう行動するのは難《むずか》しい。そして……ヤレヤレ、見つかったら逃げられそうにないな」

溜《た》め息交じりにそう呟《つぶや》くシンだったが、言葉とは裏腹《うらはら》に口元には微《かす》かな笑みが、目つきは獲物《えもの》を見つけた猛禽類《もうきんるい》のソレを彷彿《ほうふつ》させる。それも当然の話で、シンからすれば、素材が向こうからやって来たのだ、個人的には喝采《かっさい》を上げたい気分だった。

とはいえ、四人は到底そんな気分になれるはずもなく、皆不安げな表情を浮かべている。

「逃げられないんですか、シンさん？」

「ニクス、それを担《かつ》いだままで、どのくらい速く走れる？　オーガはトカゲの肉が大好きだぞ」

「じゃあ最悪、コイツを諦《あきら》めれば逃げられるのか？」

「ラドック、残念なお知らせをしよう、オーガは人間の肉も大好きなんだ」

「じゃあどうするんですか、師匠⁉」

からかい過ぎたらしく、ついにアデリアから泣きが入った。

圧倒的な死の恐怖を撒《ま》き散らすモノが視界に入っていては、いくらシンが冗談《じょうだん》めかして安心させようとしても効果は薄い。それになにより、シンの冗談《じょうだん》のセンスは絶望的によろしくなかった。

「まあなんだ、アレは俺が倒すから、四人ともそこで大人しくしてろ。ついでにオーガ相手の戦い方も教えといてやる」

その言葉に四人が絶句《ぜっく》する中、シンは一番近くにいたエイミーにマントと炭化タングステンの棒、そしてベルトにジャケットなど全てを預け、身軽な格好《かっこう》でオーガに向かって歩き出した。

――――――――!!

瞬間、四人が思わず竦《すく》みあがるほどの殺気がシンから発せられ、それにあてられたオーガはゆっくりと振り向き、シンを睨《ね》めつける。

「オーガは分けて三種類! 筋力に秀《ひい》でた赤いやつ! 初歩だが威力の大きい魔法を使う青いやつ! そして、あまり見かけることはないが、スピードに秀でた黄色いやつだ!」

今の説明では黄色が一番弱いように聞こえるが、それはオーガと戦える者に限っての話だ。それができない人間にしてみれば、勝てない相手から逃げられない、つまり詰んでいるのと同義だった。

今回シンと対峙《たいじ》しているオーガの色は赤――腕力、筋力に特化した種である。

「赤いやつはとにかく頑丈《がんじょう》だ。分厚い筋肉のせいで斬っても殴《なぐ》っても駄目。デカイ図体《ずうたい》のせいで魔法も凌《しの》がれる。有効な手段は槍のような突き刺す武器か、魔法で威力を高めた弓矢くらいだ。まあ、俺なら真っ先に薬を使うがな。で、そんなやつを相手にするときは!」

シンが四人に向かって講義を行いながら歩く中、オーガはズシンズシンと地面を踏み鳴らして近付いてくる。そしてシンの前までやって来ると、右手に持った、アデリアの身長ほどもありそうな巨大な棍棒《こんぼう》を、シンの頭目がけて勢いよく振り下ろす！

（死ぬっ‼）

四人は悲惨《ひさん》な未来を想像して目を瞑《つむ》るが、いつまで経っても悲劇《ひげき》の音色《ねいろ》は聞こえてこない。

まさか、あの攻撃を避けたのかと、四人は奇跡を期待して目を開けた。そこには――

「……間違っても、オーガの攻撃を受け止めようなんて馬鹿なことは考えるなよ？」

身体能力抑制を解除したシンは、まるで真剣白羽取《しらはど》りのように棍棒を掴むと、肘《ひじ》と膝《ひざ》のバネを利用して衝撃を吸収、オーガの棍棒を真正面から受け止めていた。

あまりに非常識な光景を目にし、あっけに取られる四人。

「それじゃあ講義を始めるぞ。講義内容はオーガの倒し方と解体方法だ」

高級素材を前にひとり上機嫌の男は、笑みを浮かべつつ、そう告げる。

一方、それどころではないのがオーガの方だ。己の振り下ろした棍棒がまさか、小さく、そして貧弱《ひんじゃく》な人間に受け止められている。そんな想定外の出来事を前に一瞬、棍棒を握る力が緩《ゆる》んだ。

シンはその隙《すき》を逃さず、身体を捻《ひね》ってオーガの手から棍棒を奪い取ると、両手で抱えるようにして振り回し、オーガの膝《ひざ》にフルスイングを見舞う！

ゴキンッ‼

「ガアアアア‼」

鉱物同士がぶつかるような硬い音、そして肉食獣のごとき唸《うな》り声が響き渡った。

太い棍棒が持ちにくかったせいもあり、膝《ひざ》が破壊されるのを免《まぬが》れたオーガは、後方に素早く飛び退《の》いて距離を取る。そしてシンに対して憎悪《ぞうお》に満ちた目を向けるのだが、そこで初めてオーガは気付いた。目の前の人間が自分たちと同じ、捕食者《ほしょくしゃ》が獲物に向ける目をしていることに。

片やシンといえば、使えないと判断した棍棒を遠くへ放り、声を張り上げる。

「ニクス！　オーガと戦う場合は平地で戦うのが最も望ましい。なぜだか分かるか？」

「わ、分かりません！」

「そうか、ならオーガの方を見ろ、アレが答えだ！」

メキメキメキ――ゴポォッ‼

轟音《ごうおん》とともに樹木を引っこ抜いたオーガは、ブンブンとそれを振り回し、周りの木々にぶつけて適当な長さにへし折ると、再度シンに襲いかかってきた。

「周りのあらゆるものがアイツの武器になる。大木でも、大岩でも。そいつを防ぐためにも、戦闘はまず平地に誘い込め。これは鉄則だ」

オーガは手に持った丸太を、今度は横に振ろうとするが、身長差のせいで袈裟《けさ》斬りのように振り下ろす形になる。対してシンは、畳《たた》んだ腕を上げて側頭部をガードするように構えると、腰を落としてオーガの攻撃を受けて立つ。

ズンッ‼

丸太がシンの身体を打ち据《す》えるはずが、聞こえてくるべき打撃音はまたしても鳴らず、丸太はシンの身体に吸いつくようにピタリと止まる。

「ラドックとエイミー！　オーガ相手に使うのは愚策《ぐさく》の極《きわ》みだが、今から上手な攻撃の『受け方』を実践《じっせん》してやる、見て覚えろ！」

ブゥン――‼

丸太が風を切って唸《うな》る度、シンは事《こと》もなげにソレを受け止めた。何度も、何度も。

二人は目を皿のようにしてシンの姿を凝視《ぎょうし》し、やがてそれに気付く。

シンは、丸太が自分に当たる寸前、自ら丸太の方に飛び込んでいた。そして巧《たく》みな力加減で丸太の速度を殺すと、「ズン！」と大地を踏みしめる音と同時に腰を捻《ひね》り、丸太に乗ったオーガの力を外へいなしながら受け止めていた。

「まさか、そんなことが……？」

打撃、斬撃にかかわらず、攻撃が肉体に到達した瞬間の衝撃は運動エネルギーによって変化し、それには速度がものをいう。ならば、攻撃を無効化するためには速度を殺してやればよい。

迫《せま》りくる丸太にあえて飛び込んでスイートスポットを微妙《びみょう》にずらす。そして丸太の速度を殺すべく、身体を元の姿勢に戻すまでの間に、微妙な体重移動と力のオンオフを何度も行うことでシンは、丸太にこめられた運動エネルギーを散らしていた。

「分かったか、速度さえ殺せば後は単純な力比べだ。ラドックは盾で、エイミーは身体でこれができるように鍛錬《たんれん》しろ。すぐには無理でも、上を目指すなら必要な技術だからな」

シンの講義が続く中、業《ごう》を煮《に》やしたオーガは通用しない丸太を放り投げ、拳《こぶし》を握ってシンに殴《なぐ》りかかってきた。

ブオンッ‼

何も持たないオーガの拳《こぶし》は、得物《えもの》を振り回していたときよりも遥《はる》かに速く、シンも受け止めようとはしない。というよりも、その必要がない。倍ほどもある身長が災いし、オーガの拳《こぶし》はシンの上半身しか狙うことができず、拳《こぶし》がいかに速くとも、シンは上体を反《そ》らすだけで攻撃を躱《かわ》すことができるからだ。

拳《こぶし》の攻撃は届かないと判断したオーガは、代わりに蹴りをお見舞いしようと足を振りかぶる。

対するシンは、オーガが蹴りを繰り出すより早く接近すると、軸足《じくあし》に使われている左の小指を思い切り踏み潰《つぶ》した！

「グアアアア‼」

魔力を通すことで硬質化《こうしつか》する『ミリタリーブーツ』に踏み抜かれ、グシャリと骨が砕《くだ》ける不快な音とともに、オーガの足の小指はハンマーを振り下ろされたように押し潰《つぶ》れる。

「オーガとの近接戦闘は、身長差のせいでお互いの攻撃が届かないことが多い。それを解消するため、そして動きを封じる意味もこめて、まずは足を狙う。いいか、いきなり致命傷を与える必要はない。小さなことから積み重ねていけ。オーガも足の指まで頑丈《がんじょう》にできちゃいない。だから最初はここを潰《つぶ》す。小指を失った足は蹴りの軸足には使えないし、内股《うちまた》にしか構えられなくなるからな」

後ろに下がろうとするオーガだったが、小指を潰《つぶ》された痛みと、踏ん張りが利《き》かないせいで動きがぎこちない。シンは続けて、もう片方の小指も踏み潰《つぶ》した。

再度悲鳴を上げ、苦痛に顔を歪《ゆが》めるオーガだったが、この状況、そして目の前のバケモノを前に寝転がるわけにはいかないと、立った状態をなんとか維持する。とはいえ明らかなへっぴり腰で、もはや全力で拳《こぶし》を振るうことはできなくなっていた。

「さて、これでオーガの蹴りは封じた。動きまで封じたいなら親指も潰《つぶ》せばいいんだが、今でも死《し》に体《たい》に近いから、その辺は好き好きだな。次は上半身に攻撃を届かせるため、足を殺す。使うのは、メイスのような鈍器《どんき》だと狙うは膝《ひざ》、槍や刀剣の類《たぐい》なら太腿《ふともも》だ。見てろよ」

そう言ってシンは、上半身だけで振り回すオーガの拳《こぶし》を避け、懐《ふところ》に潜り込むと、太《ふと》腿《もも》に平拳《ひらけん》を打ち込む。それを何度も繰り返すうちに、内出血で太腿《ふともも》は赤紫色に変色していった。

足捌《あしさば》きを封じられ、さらには太腿《ふともも》への攻撃を受け続けたオーガは、ついにシンの攻撃に耐えられなくなり、その場に尻餅《しりもち》をつく。ここでシンは、一旦《いったん》距離を置いて振り返り、四人の顔を見る。

「こうなれば後は力押しで、とはならない。獣も魔物も、往々《おうおう》にして手負《てお》いの方が危険だからだ。形振《なりふ》り構わなくなった相手は手強《てごわ》いぞ、加えてこのオーガはいまだに上半身は無傷。だから――」

その瞬間、オーガは腕を大きく伸ばし、瞬《また》く間にシンを捕まえると、力の限り抱きしめた。

「シンさん‼」

「――とまあくれぐれも、油断してこんな目に遭《あ》わないように……にしても臭いな、コイツ」

四人が悲鳴を上げる中、当のシンは、自分を頭から食べてやろうと大口を開けるオーガの口臭《こうしゅう》に顔を顰《しか》めている。

(素材のためにも、病気や虫歯がなければいいんだがな)

そんなことを考えながら自分を見るシンの目つきに、オーガはここに来てようやく、目の前の人間が『何かが違う』ことに気付いた。

人間の中には、同族を倒すほどの強き個体がいることは知っている。だが、それでもコレは何かがおかしい。捕まえた瞬間から感じている違和感の正体——一体この男は何を隠しているのか？

そんなことを考えたのがいけなかった。

ゴキィッ——‼

「ギャアアアアア！！」

骨の砕ける音と、周りの空気を震わすほどの大絶叫《だいぜっきょう》が、オーガの口から上がる。

シンの左手は、いつの間にかオーガの大胸筋《だいきょうきん》の真下に、手首まで突き刺さっていた。そして今の悲鳴は、その左手がオーガの肋骨《ろっこつ》を掴み、捻《ねじ》り折《お》ったからである。

オーガは堪《たま》らず仰《の》け反《ぞ》りつつ、両手を広げてシンの拘束《こうそく》を解いた。

シンは、今度は右手を貫手《ぬきて》に構え、無防備な姿を晒《さら》す喉元《のどもと》に突きたてる。

「グボオオオッ‼」

シンによるえげつない攻撃を続けざまに食らい、オーガはうつ伏せになると、ゴホゴホと咳《せ》き込み、無防備な背中を晒《さら》した。それを満足そうに見たシンは、また四人へ向き直る。

「とまあ、こんな思いがけない反撃を食らわないためにも、足を殺した後は遠距離からの攻撃が望ましい。つまり、ここからは魔道士の出番というわけだ。アデリア！」

いきなり名前を呼ばれ、間《ま》の抜けた返事をしてしまったアデリアだが、誰もそんなことは気にしない。むしろ、この期《ご》に及んでまだ講義を続けるシンに戸惑《とまど》うばかりだ。

「オーガに魔法攻撃は効果が薄いと言われるのは、魔法で生み出した『物理攻撃』では武器で戦うのと違いがないからだ。では、魔法でしかできない攻撃となると、例えば何がある？」

「へっ？」

「えっと……眠らせたり、麻痺《まひ》させたり、ですか？」

「なるほど、状態変化を誘発《ゆうはつ》する魔法か、それもアリだな。問題はオーガクラスの相手に使うとなると、術者も相応のスキルレベル保持者ではないといけないところだな」

「スミマセン……」

しょげるアデリアに、すかさずシンがフォローを入れる。

「別に間違ってはいないさ。オーガと戦うような魔道士なら、使える魔法スキルも相応のレベルだろうしな。もっと簡単にダメージを与える方法が他にもあるというだけだ」

例えば火属性の魔法なら、火球による瞬間的な破壊力よりも、持続的に燃え続ける類《たぐい》の魔法が。水属性なら、動きを封じたところを、大量の水で頭部を覆い呼吸を塞《ふさ》ぐ魔法など。

その水が強い酸ならなお効果的だろう。つまり、継続《けいぞく》的なダメージを与えられる魔法だ。

高い耐久力を誇るオーガの肉体だが、攻撃を耐えることはできても、耐え続けるのは難しい。

「まあその間、オーガの悲鳴や惨《むご》たらしい姿を見ることになるわけだが……お前たち、『苦しまないようひと思いに』なんて、下《くだ》らない慈悲《じひ》の心なんか出すんじゃないぞ。相手は所詮《しょせん》人食いの魔物、絶命《ぜつめい》するまでは欠片《かけら》も油断をするな。それができなきゃ自分が食われると思え。いいな？」

「うっ……分かりました」

図星《ずぼし》を指された四人は、思わず背筋を伸ばすと、直立不動の姿勢をとる。

四人の反省する姿を見てシンもウンウンと頷《うなず》くものの、そもそも目の前でBランクモンスターを圧倒する彼こそ諸々《もろもろ》全ての元凶《げんきょう》なのだが、それを指摘できる者はさすがにいなかった。

「魔法による継続的なダメージを与えながら、前衛も適度に攻撃を加え、さあとどめ！　さてニクス、コイツの息の根《ね》を止めようとすれば、一体どこを狙う？」

「……首、ですか？」

「正解だ。分厚い筋肉に守られた心臓だと、剣を突き入れてる間に最後のあがきで手痛い反撃を食らうかもしれないからな。首なら筋肉も薄いし、表面には血管もある」

そう言ってシンは、いまだに四《よ》つん這《ば》いのオーガの側面に回り、その首に前蹴りをお見舞いする。

ゴキンと激しい音を響かせ、首をあらぬ方向に曲《ま》げたオーガは、それきり動かなくなった。

「とまあ、ここまでがオーガの倒し方だ。分かったか？」

「「「「ハイ……」」」」

そこには、戦闘をただ見ていただけなのに、シンよりも遥《はる》かに疲れた表情の四人がいた。

「……元気がないな、次をやる前からへばってどうする？」

「……次？」

不穏当なシンの発言に、全員が首を傾《かし》げる中、ニクスがポツリと呟《つぶや》く。

シンは首を大げさに左右に振り、冗談《じょうだん》めかした態度で疑問に答える。

「おいおいお前たち、講義の題目を覚えていないのかい？　お兄さんは悲しいぜ」

「誰がお兄さんだ！」

「えと、あの師匠、まさか……解体、ですか？」

「その通り。理解したところで場所を移すぞ！」

四人の表情はさっきよりもっと悪くなった――

川原に着いて早々、異空間バッグから様々な道具を取り出すシンの様子を、多少元気が戻った四人が、珍しそうに眺めている。

「蒸留水《じょうりゅうすい》がギリギリだな、今度補充しておくか」

「ねえシンさん、今何をしたの？」

「何って、解体した素材を保存するための容器とか諸々《もろもろ》の準備――」

「そこじゃない！　一体どこから出したのかを聞いてるの！」

察しの悪いシンにエイミーが口を尖《とが》らすと、シンは小さく「チッ」と舌打ちし、腰に下げたベルトポーチを軽く叩《たた》く。

「コイツは『異空間バッグ』と言って、小さな倉庫を持ち運べるような魔道具《マジックアイテム》とでも思ってくれ。くれぐれも、俺がコレを持ってることは誰にも言うなよ？　そこそこ貴重な品なんで、力ずくで俺から奪おうとするやつが現れないとも限らん。魔道具《こんなもん》の取り合いで死ぬなんて割に合わないからな」

神妙な面持《おもも》ちで頷《うなず》く四人だったが、果たして、命を落とすことになる〝割に合わない人〟が誰のことか、ここ数日で急激に察しの良くなる面々だった。

「よし、それじゃあお前たち、今からオーガの解体を……アデリア、嫌そうな顔をするな。鎧ヤモリもそうだが、解体作業は魔物の素材を依頼されたときに必要な技術だぞ。では始める」

川縁《かわべり》の傾斜《けいしゃ》に杭《くい》を打ち込み、頭を下にしたオーガの足を括《くく》りつけると、首筋をナイフで切り裂き、流れ出る血液を用意された分厚いガラス製の一斗瓶《いっとびん》の中に注ぎ込む。

「血抜きが済むまで別の準備だ。でかい水槽《すいそう》に蒸留水を張ったらアデリア、そこの銀色の液体を一本丸ごと入れてゆっくりかき回せ。そっちの鍋には川の水を張って火にかけろ」

銀色の液体——水銀に、金粉《きんぷん》と粉状《ふんじょう》に磨《す》り潰《つぶ》した魔石を混ぜた液体を、指示通りアデリアが蒸留水に混ぜている。その間に血液の採集《さいしゅう》が終わると、シンはオーガの身体を引き上げ、首と手首、足首を切断し、火にかけた鉄鍋に手首と足首を放り込む。食用に向かない肉を煮溶《にと》かし、骨を回収するための簡単な方法だ。

次に、身体の正中線にナイフを入れ、そこを起点に皮膚《ひふ》をベリベリと剥《は》ぎ取る。かなりの重労働だが、ミカンの皮のようにキレイに剥《は》げるため、ラドックが黙々《もくもく》と作業に没頭《ぼっとう》する。

そして性器を切除《せつじょ》する。精力剤や興奮剤といった秘薬の原料となるので、薬師や錬金術師《れんきんじゅつし》がいる街では高値《たかね》で取引される素材だ。しかし若者たち四人には、男女ともそれぞれ違った意味で衝撃的だったらしく、解体が終わった後もその件に触れることはなかった。

「剥《は》ぎ取った皮膚《ひふ》を洗うから男どもは一緒に来い。エイミーはオーガの身体、特に筋肉のつき方をよく見ておけ。人間とほとんど一緒だから勉強になるぞ」

「りょ〜かい……」

テンションの低いエイミーを残し、シンは男二人を連れて川に入ると、オーガの皮膚《ひふ》についた汚れと脂《あぶら》を石鹸《せっけん》で落とし、キレイに水洗いする。

「シンさん、こんなもの何に使うんですか？」

「オーガの皮膚《ひふ》は生前の様子を見ての通り、斬撃にも打撃にも強い。だから加工して鎧の内側に敷《し》いたり、別の生地《きじ》で挟み込んでマントにしたりと用途《ようと》が広い。高級素材だぞ」

「マジかよ、気持ち悪りぃな……」

「そいつは、オーガが人型をしてるというだけで生まれた嫌悪感だな。お前らが依頼を受けた鎧ヤモリだって、同じように鎧の材料にされるんだぞ。好き嫌いするんじゃない」

そういう問題ではない！　とでも言いたげな、微妙な表情を浮かべる二人に——

「魔物にしてみりゃ、殺された同族の皮を剥《は》ぎ取って身に纏《まと》い、牙や爪から作った武器を振り回して襲いかかってくるんだからな。人間ってのは相当、邪悪《じゃあく》な存在だと思われてるだろうよ」

そう語るシンの言葉に、ニクスとラドックは小さくない衝撃を受けた。

別の視点から見た場合、果たして人間とは、正邪《せいじゃ》どちらの存在と言えるのか？

「……僕たち人間も、魔物と大した違いはないってことですか？」

「さあな、俺も分からん……よし、こんなもんかな。次は内臓《ないぞう》の処理だが……吐《は》くなよ？」

心の底から嫌そうな顔をする二人を連れて川から上がると、風属性の魔法で乾《かわ》かしたオーガの皮膚《ひふ》を綺麗《きれい》に折りたたみ、異空間バッグに収める。

「どうだエイミー、人体の勉強は？」

「うん、最初は気持ち悪かったけど、観察してると色々分かって面白いよ。筋肉の繋ぎ目とか、一見頑丈《がんじょう》そうだけど意外に弱そうなところとか」

実に逞《たくま》しいエイミーの発言に苦笑しつつ、シンは四人に指示を出した。

「これから内臓の処理に入る。内臓は取り出したらすぐ容器に入れて保存する。そのため、さっき作った液体を、小さい水槽《すいそう》に半分まで入れてくれ」

四人が作業する中、シンはオーガの腹部の筋肉を剥《は》ぎ取り、内臓を取り出しはじめる。

なかなか猟奇的《りょうきてき》な情景のはずだが、感覚が麻痺《まひ》してきたのか誰も気にしなくなっていた。

心臓と消化器以外の内臓を取り外すと、蒸留水で表面を洗い流す。そして、水槽《すいそう》に収めた後にさっきの液体を水槽《すいそう》の縁《ふち》まで注いでから、キラキラと輝く粉を取り出し、水面に満《まん》遍《べん》なく振りかける。

「師匠、それは何の粉ですか？」

「これか？　これは粉末《ふんまつ》にしたミスリルだ。銀液の中にある魔石粉とコイツが反応すると、金粉と水銀が変化して水槽《すいそう》の中身を最長二年、新鮮《しんせん》な状態のまま保存してくれる」

錬金術に詳《くわ》しくない人間にはいまいちピンと来ない話だったが、ミスリル、魔石、金の単語だけは理解できたようで、皆シンの作業をしげしげと見つめていた。

水槽《すいそう》全体が青白く発光するのを確認したシンは、厳重《げんじゅう》に蓋《ふた》をして異空間バッグに収める。

最後に、ハンドボール大のオーガの心臓にナイフを入れたシンは、中から五センチほどの、真紅《しんく》に輝く宝石を取り出す。

「どうやら当たりのようだな。こいつはオーガの心臓の中で稀《まれ》に作られる宝石で、レッドオーガのものは〝紅の心臓《クリムゾン・ハート》〟と呼ばれている。加工して武具や装飾品に使えば、筋力や耐久力増加といった能力付加《エンチャント》の恩恵《おんけい》が受けられる。要《よう》は魔道具の材料だな」

シンがその宝石を放ると、目の前に飛んできたラドックは慌《あわ》てて受け取った。

「くれるのか⁉」

「そんなわけあるか‼　魔法の武器や道具ってのは、どれも共通した魔力の波みたいなものを出していてな、波動《はどう》が強ければ強いほど能力付加《エンチャント》の効果も高い。その感覚を覚えて、どこかで冒険者と揉《も》めるような事態になっても、それを感じるようだったら絶対！　戦おうとするなよ」

背後で宝石について盛《も》りあがっている中、シンは心臓を綺麗《きれい》に洗うと保存容器に収め、今度は切れ味のよさそうなナイフを取り出し、四人にそれぞれ渡す。

「さてお前たち、これからが一番の重労働だ……主に精神的な意味で。色々と覚悟しろ」

宣言通りシンと四人は、オーガの骨と肉を切り分ける作業を延々と続けている。サイズが違うだけで構造は人間と変わらないため、四人の精神はガリガリと削《けず》られていった……。

二時間かけて解体を終えると、シンはナタを取り出して次々と骨を割りはじめる。

「骨の中に柔《やわ》らかいモノが詰まってるだろう、そいつ――骨髄《こつずい》をスプーンで穿《ほじく》り出して、そこの瓶に入れてくれ。残った骨は、手足を煮込《にこ》んでる鍋行きだ」

「シンさん……やれって言われればやるけど、コレ、どうするの？」

青白い顔をしたエイミーが代表して聞いてくるが、シンは作業の手を緩《ゆる》めない。

「俺が作った『復元薬』の材料に必要なんだよ。そいつは、時間はかかるが失《な》くした身体の部位を、元の状態に戻すことができるのさ。手足や目、内臓なんかでもな」

「……‼　ちょっとシンさん！　今とんでもないこと言わなかった⁉」

シンの何気《なにげ》なく話したとんでもない内容に、四人は一瞬理解が追いつかなかった。そして理解が追いついた瞬間、オーガの骨とシンを交互に凝視《ぎょうし》する。

「そんな薬、聞いたことねえぜ……」

「まあ基本、店に卸《おろ》してないからな……だいいち、手足を失って働けない人が薬を買う金を持ってるとも思えないしな」

もっともな話だった。

「じゃあ、どうやって商売にするんですか？」

「手足を失った『働きたくても働けない』真面目《まじめ》なやつを見つけて、後払《あとばら》いで薬を売ってるのさ。手足が戻ればまた働けるから後日払ってくれるし、そいつ自体が薬の効果を証明してくれているんで、後は飛ぶように売れるな。聞いたことがないのはまあ、そういうことだよ」

そんな凄《すご》い薬、他で広まったせいで自分たちが買えなくなるなんてことはやめてくれ！

といった声が聞こえてくるようである。

「シンさん、これってやっぱり……高いの？」

「まあ、安くはない。とはいえ、困窮《こんきゅう》してる人から毟《むし》り取るのはさすがに気が引ける。なので、ほぼ原価の金貨一枚で売ってるよ。手間ばかりかかって困ったもんだな」

ぼやきながら作業を続けるシンの顔は、言葉とは裏腹にどこか嬉しそうで、この薬を開発したシンの思いが表れているようだった。

金貨一枚、確かに安くはないが、効果を考えれば破格《はかく》と言ってもいい。なにより奇跡のような薬の材料とあっては、四人も真剣な顔つきで作業に没頭していった。

やがて、全ての骨髄《こつずい》を取り出し、終わった頃にはすっかり日も暮れ、そのまま野営となる。

ちなみに、食事にはブラッドボアの肉と野菜の鍋が出されたのだが、オーガの解体直後とあって、四人は食事になかなか手を付けず、「軟弱者《なんじゃくもの》！」とシンに怒られた。

食後、鍋にかけていたオーガの骨から肉が完全に外れたのを確認したシンは、煮汁《にじる》を捨てて骨だけ残った鉄鍋に向かって〝紅炎《プロミネンス》〟の魔法を発動させる。

短時間で骨を焼き、残った石灰成分を大きな乳鉢《にゅうばち》で粉末になるまですり潰《つぶ》す。

ゴリゴリと夜通し続く雑音に、苦しみながらも眠りについた四人は、揃ってオーガにすり鉢《ばち》ですり潰《つぶ》される夢を見たらしい――

第二章　鉱山都市バラガ

マクノイド森林地帯を抜けたシンたち五人が、そこからさらに南へ五キロ進むと、草木の生える柔《やわ》らかな地面がゴツゴツとした硬いものへと変わる頃、それは見えてきた。

鉱山都市バラガ

ファンダルマ山脈と呼ばれる、東西に続く山岳《さんがく》地域の中東部――ガリアラ連峰《れんぽう》の麓《ふもと》には大規模な鉱床《こうしょう》が存在し、俗《ぞく》にガリアラ鉱山地帯と呼ばれる。

鉱山都市バラガとは、そこで資源採掘《さいくつ》に従事《じゅうじ》する労働者たちによって作られた街の名だ。

鉱物資源とその独占《どくせん》。多くの国が憧《あこが》れる言葉だが、それゆえに国家紛争《ふんそう》の火種《ひだね》となりうる。

三〇〇年前、山師《やまし》のアンドレア・バラガの手によって、ガリアラ連峰に鉱山が発見された。すると、周辺国家はこぞって領有権《りょうゆうけん》を主張し合い、軍隊を投入する事態にまで発展する。

結果として、いずれの国も彼《か》の地を支配することは叶《かな》わなかった。なぜなら、そこには既に支配者が存在していたからである。

魔竜《まりゅう》――この地で鉱山が発見されたのも、どの国もこの地を支配しようとしなかったのも、全ては、魔竜がここを住処《すみか》としていたからに他ならない。

ファンダルマ山脈の王によって軍隊は悉《ことごと》く蹂躙《じゅうりん》され、独占どころか鉱山そのものを諦《あきら》めるしかなかった。しかし魔竜は、バラガと彼の仲間たちにだけは、鉱山を掘《ほ》ることを許したという。

こうなると周辺国は、バラガを抱き込もうとあれこれ画策《かくさく》するのだが、すでにバラガは大商人たちの援助《えんじょ》を取りつけており、やがて鉱山近くの土地に小さい街を造《つく》るに至った。

街という経済基盤《きばん》ができた以上、中途半端《ちゅうとはんぱ》な圧力は反発を生む。かといって軍を送るなど論外《ろんがい》。

結局、鉱物資源が欲しい周辺国は協調路線に舵《かじ》を切らざるを得ず、自治を認められた街はやがて大きくなり、開拓者《かいたくしゃ》の名前を取って『バラガ』と名付けられ、今日《こんにち》に至る。

鉱山都市バラガは、ガリアラ鉱山と幅二〇メートルの川を挟んだ渓谷《けいこく》の反対側にあり、半円状に造《つく》られた外壁《がいへき》と川によって外敵からの侵入を防いでいる。

街に入るための門は一つ。ただし、入場審査は簡易《かんい》的なものだけで、列の流れは早い。

とはいえ、いざたどりついてみると、行商人をはじめ、仕事を求めてきた者やワケありそうな人間も多く並んでいる。加えて陽も落ちかけており、今から並んで今日中に中に入ることは叶《かな》わないだろう。

「それじゃあここでお別れだな」

「そんな、師匠⁉」

アデリアが悲鳴のような声を上げると、他の三人も「えっ？」といった表情を浮かべる。

「そんなもなにも、四人はここの住人なんだからそのまま中に入れるだろ？　俺は外からのお客様で、入都市審査を受けないといけないんだよ」

「あ、そうか」

「どうせ俺が街に入れるのは日付が変わってからだ。お前たちはさっさと依頼品を届けて報酬《ほうしゅう》でも貰《もら》ってこい。あと、街中《まちなか》では師匠は止めろ、これ絶対」

冒険者四人から師匠と呼ばれる薬師。シンとしては絶対に受け入れられなかった。

今のところ、懸念《けねん》があるのはアデリア一人だが、その一人が特に問題なので手に負えない。

「じゃ、じゃあ師匠のことは今後どう呼べばいいんですか⁉」

「普通に『シンさん』でいいだろ。後はそうだな、俺としては『お兄ちゃん♪』でもいいぞ」

シンとしては小粋《こいき》な冗談《じょうだん》のつもりで言ったのだが——やはり彼はセンスが悪かった。

「本当ですか⁉　私、師匠みたいな強くて頼りがいがあって優しいお兄ちゃんがいてくれたらなあって思ってたんです！」

「嘘ですお願いだからやめて‼　『シンさん』でどうかひとつお願いします‼」

シンは一気に興奮する二人を必死でなだめると、再度念を押す。

「ともあれ、くれぐれも注意しろ。俺は森の中でたまたま出会った『旅の薬師のシンさん』で、お前たちが依頼を達成するために、色々と薬を融通《ゆうずう》してあげただけなんだからな」

そう言い含めたシンは四人と離れると、審査の列に並んでのんびりする。

——そして数時間後。

予想通り、本日の入場審査は終了し、門は閉められた。残った行列の規模から考えて、明日には入れるだろう。周りの人たちも各々《おのおの》夜食や野宿の準備に取りかかる。

シンも、野宿の準備をするため背嚢《はいのう》を下ろしたところ——

「そちらはお一人ですか？　よかったら一緒にどうです？」

前に並んでいた荷馬車の一団——どうやら複数の行商人らしい——から声をかけられ、その誘いにシンは喜んで応じる。

彼らは金を出し合って、護衛を雇《やと》って旅をしてきたそうだ。

魔物や野盗の襲撃《しゅうげき》から身を守れるだけの護衛を、個人がそうそう雇えるものでもなく、かといって護衛もなしに旅をするなど愚《ぐ》の極みである。

だから、多くの人は目的地が一緒の者で固まり、集団で護衛を雇う。集団の規模が大きくなると、当然それを狙う不埒《ふらち》な輩《やから》も増えるが、護衛の数が多ければ相手も損害《そんがい》を考えて、手出ししてこない。巷《ちまた》では一般的な風景だ。

「本当に一人で旅を？　それはさぞお強いのでしょう」

「いえいえ、私みたいな若僧、腕《うで》っ節《ぷし》の方はからっきしで。ですが、これでも逃げるのは得意なんですよ。薬師ですので、足止めや目くらましの薬など、色々持ち合わせていますからね」

「ほう、面白い。いくつか見せてくれんかね」

そう言ってシンの横に座るのは、護衛に雇われた冒険者だ。

彼らも、ここまで来れば後は依頼達成の手続きをするだけなので、一緒に火を囲んで食事を取っている。長い間一緒にいたのだろう、彼らと行商人の表情から心の距離の近さが感じられた。

シンももてなされてばかりでは悪いと、残っていたブラッドボアの肉を全て提供する。

「オイ、こりゃあブラッドボアの肉じゃねえか!?　まさかアンタが倒したのか？」

冒険者の一人が声を上げると、それを聞いた周りの人たちも肉に群《むら》がって騒ぎ出した。

長旅で口にする肉は、干し肉を戻したものがほとんどで、新鮮な、それもブラッドボアの肉など望外《ぼうがい》のご馳走《ちそう》だろう。

「いいんですか、こんな高価なものを？」

「なに、食事にお招きいただいて手ぶらで来るほど野暮《やぼ》ではありませんよ」

シンの言葉に歓声が上がり、肉はたちまち鍋の具や、串に刺されて火にかけられる。

「それよりもアンタ――シンとかいったか、どうやってブラッドボアなんか倒したんだ？　Eランクの魔物だぞ？」

詰め寄る一人の冒険者に、シンは手持ちの薬を使った狩りの仕方を聞かせ、案の定呆《あき》れられた。

「世の中には変わったヤツもいるもんだな……」

「まあ、冒険者の皆さんがこの方法でブラッドボアを倒したと言ったら、周りから『卑《ひ》怯《きょう》』とか言われそうですよね、なぜか」

違いない、と冒険者は苦笑する。冒険者には見栄《みえ》も必要で、強さを示すには正面から立ち向かわねばならない。罠《わな》を用いて勝利を収めても評価はされない不遇《ふぐう》な職業だった。

談笑《だんしょう》するシンのもとへ、今度は別の商人から声がかかる。

「ところでシンさん、もしかして……ブラッドボアの素材なんか、持っていたりしませんか？」

「……そうですねえ、毛皮に牙に、非常に状態の良いものがありますよ」

「それはそれは。よろしければ、私どもに譲っていただけると、大変ありがたいのですが……」

「ええ、こちらとしても願ったり叶《かな》ったりですよ」

業者間の直接取引は、店を通さない分、売り手は高く買い手は安くと、どちらも儲《もう》かる取引だ。もちろん、街中《まちなか》でやれば様々な方面に目をつけられるが、外でする分には咎《とが》められることはない。現に、シンたちだけでなく、各所で取引が行われている。無論、品質や真贋《しんがん》については自己責任だ。

「ほーーっ‼ コレはいい、これほど傷のない見事な毛皮は初めてですよ！」

「いやいや、喜んでいただけてなによりです」

シンにも、久しぶりにのどかな日常が訪れていた。

一方、シンと一旦《いったん》別れた四人はというと——

「や！ ただいま～。今帰ったよ」

「——‼ エイミー！ それにあなたたちも、生きてたの⁉」

冒険者ギルドの扉をくぐった四人は、受付の女性と、屋内でたむろしていた冒険者たちによる驚きで迎えられた。

「なんだお前ら、死んだんじゃなかったのか？」

「無茶な依頼を受けたせいで二進《にっち》も三進《さっち》もいかなくなって、雲隠《くもがく》れしたと思ってたぜ」

ほぼ三週間ぶりに帰ってきた自分たちに向かって、温かい声の一つもかけてこない連中に、エイミーの顔が不機嫌なものへと変わりかけていた頃——

ガバッ‼

「バカ！　アナタたち、よく無事で！　私やギルドマスターがどれだけ心配してたと思ってるの！　本当に無茶ばかりして‼」

受付に座っていた女性がエイミーをひしと抱きしめ、涙声でお説教を始める。

お小言は嫌いだが、自分を思ってのことを無下《むげ》にもできないエイミーが困り果てたところに、ニクスが助け舟を出す。

「セシリーさん、お説教は後で聞きますから、先に依頼達成の手続きをお願いできますか？」

「グス……依頼達成って、鎧ヤモリ三体の討伐と素材の確保なんて、あなたたちには無理……え？」

受付嬢——セシリーと冒険者たちはそこで初めて、四人が担《かつ》いでいる物体に気がついた。

エイミーは満面の笑みを浮かべる。

「見事『鎧ヤモリ』三体、討伐してきたよ！　しかも一匹は黒、どうよこれ！」

どよめく周囲に今日一番のドヤ顔で応《こた》えるエイミー。残りの三人も彼女ほどではないにしても、鼻高々で若干《じゃっかん》胸を張っている。

周囲が驚きに揺れる中、いち早く正気《しょうき》に戻ったセシリーが口を開いた。

「待って！　あなたたちのレベルで鎧ヤモリが倒せるわけがないじゃない！　一体何があったの⁉」

「ほっほーん、ところがどっこい！　実力で正面から倒してきたもんね♪」

正確には黒いのを一体だけなのだが、四人の中にそこをあえて触れる者はいない。なにより、自分たちが倒した黒い鎧ヤモリはこの中で一番の難敵《なんてき》だったのだから、誇ってよいはずだ。

「信じられない……」

それも当然だろう、街を出る前は素人に毛が生えた程度の子供たちが、Eランクの魔物である鎧ヤモリを三体討伐、しかも一人も欠けることなく戻ってくるなど。

しかも、今はあの問題もあるというのに……。

「セシリーさん、どうでもいいから手続きしてくんねえか？」

ラドックがいい加減待ちくたびれたと言いたげに声をかけると、セシリーも自分の本分を思い出したようにテキパキと手続きを終わらせる。

「うん、これで依頼は完了よ。一体は希少種の黒だったから、報酬《ほうしゅう》に上乗《うわの》せしておくわね」

「やったーー‼」

渡された袋の口を開けば、中には金貨二〇枚が入っていた。

金貨二〇枚、街で働く人の平均月収はおよそ金貨一枚、農村部だとその半分である。

一人頭金貨五枚、Eランクの魔物を三体討伐の対価、命の値段として適正かどうかは人によるが、四人にとってはこれが特別な価値を持っていることは確かだった。

はしゃぐ四人に向かってセシリーが問いかける。

「それじゃあ改めて尋《たず》ねるわよ。一体、何がどうなったらあなたたちがEランクの魔物を倒せたって言うの？」

他の冒険者たちもその理由が聞きたくて、この場から離れずに聞き耳を立てている。

「もちろん！　森に入って二週間、みっちり山篭《やまご》もりして鍛えたのよ！」

当然、そんな戯言《ざれごと》でセシリーが納得するはずもない。

「だったらエイミー、ちょっとこの鑑定球に手を乗せてみなさい」

鑑定球

鑑定スキルレベル一〇の能力が付与《ふよ》されている魔道具。使用者が魔力を流すと、鑑定球に触れている相手のステータス情報を詳《つまび》らかにすることができる。

※このアイテムが存在する限り、シンが冒険者ギルドに登録することはない。

取り出された鑑定球にエイミーが手を乗せると、魔力を注いだセシリーがステータスを確認し、驚愕《きょうがく》に目を見開いた。

「基本レベル四三……おまけに格闘術レベル二ですって⁉　ほ、他のみんなは⁉」

セシリーが慌《あわ》てて残りの三人のステータスも確認し、再び驚愕《きょうがく》する。

「ラドックが基本レベル四四、ニクスが四三、アデリアは四〇、おまけに神聖魔法レベル三⁉　アナタたち、本当に何があったの⁉」

「——何を騒いでいるんですかセシリー、執務室まで声が届いてきましたよ？」

ギルドの建物奥から耳に心地よい美声を奏《かな》でながら、一人の男性が現れる。

痩身長躯《そうしんちょうく》の美丈夫《びじょうふ》で、女性も羨《うらや》むほどの長い金髪の持ち主、一見してエルフと分かるその男性は、屋内《おくない》の明かりを受けてきらきらと輝く金髪をたなびかせつつ、喧騒《けんそう》の中心へ近付いてくる。

「ギルドマスター！　あの、何から話せばいいのか。レベルが、四人が、とにかく一大事で！」

「いいから一度落ち着いて……そんな、まさか？」

ギルドマスターと呼ばれたエルフの男性は、そこで初めて四人に気が付いたように驚いた表情を浮かべると、さらに何かに気付いたらしく目を見開く。

「キミたち、一体今までどこに⁉　それよりも生きていたんですね‼」

「ちゃーっす、リオンさん！　バッチリ依頼を果たしてきたよ。これでアタシらを冒険者として認めてくれるよね？」

「ご心配をおかけしましたリオンさん、この通り四人全員、無事に帰ってきましたよ」

エイミーとニクスの声を聞いて、ひとまず安堵《あんど》の溜《た》め息をつくリオン――ギルドマスターだったが、次の瞬間には形の良い眉を吊り上げ、美しくも険《けわ》しい表情を浮かべて四人を見渡す。

「四人とも、この街が今どんな状況か、本当に知らないのですか？」

「街の状況？　そういやココも今日はえらく混んでんな、何かあったのか？」

周りを見渡したラドックがそう答える。この時間帯であれば冒険者は酒場にいるか、依頼を受けて外にいるかだ。それなのに、今ギルド内にはかなりの冒険者たちがひしめき合っている。

「あの……もしかして、私たちが帰ってこないから捜索《そうさく》依頼を出そうとしてたんですか？」

「違いますよアデリア。確かにキミたちのことは心配していました、いえ、諦《あきら》めていたと言った方が正しいでしょうね……いいでしょう、詳しい話をしてあげますから奥にいらっしゃい」

そう言うとリオンはセシリーを伴《ともな》い、四人に奥へ来るよう促《うなが》す。

四人が連れてこられた場所、そこはギルドマスターであるリオンの執務室兼応接室で、この街の冒険者を束《たば》ねる長《おさ》の部屋とは思えないほど簡素な空間だった。

華美《かび》を嫌った部屋の主の意向なのか、一見すると小ぢんまりとした部屋ではあるが、見る人が見れば、機能美を備えた空間のあり方に感心したことだろう。

四人がテーブルを囲むようにソファに腰掛けると、執務机に座ったリオンが話しはじめる。

「まずは四人ともよく生きて帰ってきましたね、本当に良かった。それに、今のキミたちでは到底無理だと思っていた依頼まで果たしてくるなんて……本当に、本当に良かった」

その言葉には、本心から四人を案じていた気持ちがこもっており、聞いた四人も、誇らしくも照れくささを感じ、おもわず相好《そうごう》を崩す。

しかし、それも少しの間のことで、リオンは怒気《どき》をはらんだ声音《こわね》で四人に詰め寄る。

「だけど、私はキミたちに言ったはずですよ、この依頼は今のキミたちには無理だと！　だからこれは仮依頼ということにして、少しでも危険を感じたら絶対に戻ってきなさいと。なのに街を出て三週間も音沙汰《おとさた》なし、帰ってきたら依頼を達成？　何があったのか正直に話しなさい‼」

「あー、そのう……なんていうか」

目の前の男は、四人《リオン》が子供の頃から見知った存在であり、世話になってきた恩人の一人だ。

四人が冒険者を目指す事情も理解しており、誰もが無理だ、早すぎると反対する中、それでも彼らの力になってくれた。だからこそ今回のことでは、きっと自分を責めたに違いない。

彼らも、恩人《リオン》に対して隠し事はしたくない。しかし、今自分たちが生きているのは別の恩人のおかげで、その恩人――シンの頼み、他言無用《たごんむよう》の約束を反故《ほご》にすることもできない。

歯切れの悪い四人に何かを感じ取ったリオンは、お茶を持ってきたセシリーに話を振る。

「そういえばセシリー、あなたは先程、何をそんなに騒いでいたのですか？」

「はい、実はエイミーが、『山篭りをしたら強くなった、鎧ヤモリなんて楽勝よ♪』などと妄言《もうげん》を吐《は》くものですから、試しに鑑定球にかけたところ……全員基本レベルが四〇を超えていました」

「妄言《もうげん》じゃないよ！　しかもなんか説明に悪意がある！」

「はっ、四〇⁉　何かの間違いではないのですか？」

「鑑定球が壊れていない限り、その結果を間違えることはありません。それに、レベルが四〇を超えているのであれば、四人がかりなら鎧ヤモリを倒すことは可能かと」

「無視すんなー‼」

なるほど、結果だけを見ると話の辻褄《つじつま》も合うのだが、そこに至るための経過が、あまりにも不可解《ふかかい》である。レベル二〇にも満たない彼らが街を出て三週間、帰ってきたときには二〇以上もレベルが上がっていましたなどという話、普通ではあり得ない。

——つまり、普通ではない事態が起きたのだ。

リオンの鋭い眼光は、ギルドマスターの名に相応《ふさわ》しい圧力をまとって、四人の瞳を射《い》抜《ぬ》く。

「四人とも、何を隠しているのですか？」

「あ……う……」

威圧を受けながら、それでも口を割らない四人にリオンは事情を察した。

彼は知っている。四人は、自分たちについての隠し事はしないが、誰かの不利益になると思ったら決して口を割ろうとしないことを……いつも丸め込んで、白状《はくじょう》させてきたリオンだったが。

（それにしてもコレですか……まさかあのことと関係してはいないでしょうね……？）

リオンは少し話題を変えた。

「そういえば四人は、この街で今起きている騒動について、知らないようでしたね」

「騒動？　さっきもそんなこと言ってたけど何かあったの？」

すかさずエイミーが反応するが、彼女の暢気《のんき》な口ぶりからは本当に知らないと見える。

「オーガが出たのよ……しかも、場所は森の出口付近で」

オーガ——その言葉に四人はソファーに腰掛けたまま、背筋をピンと伸ばす。

なんでも一週間前、魔物討伐の依頼を受けた冒険者パーティが、森に入って間もない場所で、オーガが徘徊《はいかい》しているのを発見したらしい。

報告を受けはしたものの、バラガの冒険者ギルドには現在、Bランクモンスターであるオーガ、しかも単純暴力に特化したレッドオーガを倒せる冒険者がいなかった。

そのため、無駄な被害を出さないためにも、街の冒険者には一時的に森への侵入を禁止し、近くの都市に滞在《たいざい》していたBランク冒険者のパーティを招致《しょうち》、現在は彼らの到着待ちである。

「そんな中、あなたたちが暢気《のんき》な顔して戻ってくるから、頭が混乱しちゃったわよ！」

「あ～それは……その、ゴメンね？」

セシリーの話を聞く四人をずっと見ていたリオンは、なるほど、と小さく頷《うなず》いた。

話を聞く彼らの、どことなく緊張感に欠けた表情。そして、オーガのことを話すセシリーから皆一様に視線を逸《そ》らす態度から、彼らの隠し事を把握《はあく》する。

「それなのにアナタたちは……」

「まあまあセシリー、知らなかったことを責めても可哀想《かわいそう》ですよ。とはいえ、この短期間で鎧ヤモリを倒せる強さを身につけるほどです。案外キミたち、そのオーガを倒したんじゃないですか?」

「いえ! オーガを倒したのは私たちじゃ――」

「アデリア‼」

「あ……」

「なるほど、オーガを倒したのはキミたちではないのですね。ああ大丈夫、怒ってなどいませんよ。……ですが、隠すのであれば最後まで隠し通しなさい。中途半端が一番良くない、知りたい側と知られたくない側、両方から信用をなくしますよ? 気をつけるように」

「…………」

首の骨が抜けたのでは? と心配になるほど項垂《うなだ》れる四人の姿を作り笑顔で眺めながら、リオンは追い討ちをかける。

「ところでラドック、キミのポケットに入ってる宝石のことなんですが……」

四人の周りは、シビアな大人ばかりだった。

東西を流れる川沿いに造られたバラガの街は、上流の西側から、工業区、商業区、住宅区と分かれている。上流に工業区があるのは、鉱物の製錬《せいれん》や鍛冶《かじ》仕事に、豊富な川の水を利用するためだ。

また、バラガは農地を持っていないので、必然的に排泄物《はいせつぶつ》を農業に利用するという考えがない。それらは生活排水とともに、地下に埋設《まいせつ》された配管を通って川に投棄《とうき》される。

よって、商業、住宅区は井戸水を利用する。

川を挟んで反対側にはガリアラ鉱山地帯があり、鉱山に入るために架《か》けられた、石造りの大きな四つのアーチ橋は、それぞれ人と荷車、さらに入山と出山に分けられ、厳しく管理されていた。

ただ、無許可で採掘《さいくつ》をすることは犯罪には当たらない。とはいえ見つかると、大好きな採掘作業だけをして、残りの人生を送る特権が手に入るのだという。

「薬師のニイちゃんは……体力はなさそうだな。おっ、そっちの護衛の兄さん、アンタなら大歓迎だから、遠慮《えんりょ》なく無断採掘してくれ」

陽気《ようき》な入都市審査官の、ガハハと笑う声が耳に残る、なんとも微笑《ほほえ》ましい街だった。

正午を少しばかり過ぎてバラガの街に入ったシンは、とりあえず腹に詰めものをと商業区へ向かおうとしたのだが、街に入ってすぐのところに四人が待ち構えていた。

「……なんだ、こっちで待ってたのか？」

「アハハ、ようこそシンさんバラガの街へ……すみません」

「早いなオイ‼」

一抹《いちまつ》の不安を覚え、カマをかけるつもりでジッと見つめると、ニクスはすぐに折れた。

シンの心も折れた。

「開口一番謝罪か……で、告解《こくかい》はここで聞けばいいのか、それともどこかへ移動か？」

「立ち話だと誰かが聞いているかもしれません。シンさんは何か予定はありますか？」

「そうだな、とりあえず何か腹に入れたいところだ、どこかいいところはあるか？」

人間、腹が減ると途端に怒りっぽくなる。彼は辛《つら》い現実を満腹でごまかすつもりだった。

五人全員が陰鬱《いんうつ》な気持ちで着いた先は、確かに食べ物を扱う場所ではあるが、食堂の類《たぐい》ではなく屋台が建《た》ち並ぶ通りだ。ニクスはその中で、一台の屋台を出している老人に声をかける。

「じいちゃん、ほら、朝話してた僕たちの恩人を連れてきたよ！」

「ニクス！　あんま大声出すんじゃねえ！　耳がいかれちまわぁ‼」

大声を雷声《かみなりごえ》で返す老人に、シンはアゴに手をあて「ん〜」と唸《うな》る。この手の人間が一筋縄《ひとすじなわ》では行かないのは、経験則として知っていた。

「……で、ニイちゃんかい、コイツらに薬やら色々世話してくれた命の恩人ってのは？」

「ははは、恩人とは大げさな。森の中で困っていた彼らに、薬や食料を融通《ゆうずう》しただけですよ」

如才《じょさい》なく話すシンの姿に、若い四人はギョッとして顔を顰《しか》める。彼らがシンをどのように思っているのかが良く分かる光景で、お仕置きは厳しめに行こうと誓うシンだった。

「ガキどもが引いてんじゃねえか。いいから普段どおりに喋《しゃべ》りやがれ、背中がむず痒《がゆ》くならぁ」

「……それじゃ遠慮なく。で、じいさまはこの四人とどんな関係で？」

「関係ってほどでもねえよ、コイツらが今より小せえ頃から知ってるってだけだ」

つまり、四人が子供の頃から、あれやこれやと世話を焼いてきたということらしい。

「顔と声のわりには優しいじいさまだな」

「ハン！　テメエは歳《とし》の割りにすれっからしてそうだがな」

――バチバチバチッ‼

一瞬、二人の間に激しい火花が散ったかと思うと、どちらともなく頷《うなず》きあう。

「「「「…………？」」」」

何が何やら、さっぱり分からない少年少女だった。

「まあなんだ、野垂《のた》れ死んだと思ってたガキどもがまさか、依頼を果たして帰ってきた上に一端《いっぱし》の顔《つら》してやがる。何があったか聞いたらお前さんの話をするんでな、興味が湧《わ》いたのよ」

（秘密とは一体……）

目を逸《そ》らす四人の姿に、お仕置きの質をさらに一段階上げることに決めたシンだった。

「ふぅ……それで、本人を前にしてどうだい？」

「ガキどものお守《も》りをしてくれてありがとよ、ホレ、これでも食いな」

差し出されたのは焼きたての串肉。シンは、数ヶ月前まで軽口《かるくち》を叩《たた》き合っていたおっちゃんのことを思い出し、当時を懐《なつ》かしむように小さく笑う。

「ありがとさん……うん、美味《うま》いな。お守《も》りといっても、あいつらが強くなりたいって言うから少しばかり鍛えてやっただけで、それで強くなったのはあいつら自身の頑張《がんば》りだよ」

「「「あ……」」」

「……なんだお前ら、口を揃えて？」

「いやあのシンさん、アタシたちが鍛えてもらった話は、おじいには言ってないんだよね……」

エイミーの言葉を聞き、シンは静かに目を閉じて天を見上げた。

「なんでぇお前ら、薬や食いモンを分けてもらっただけじゃなく、鍛えてもらったのかよ」

「……ニクス、さっきの謝罪は一体なんだったんだ？」

納得いかないシンが、ニクスに向かって力なく訴える。

「あの……バレた相手は、冒険者ギルドのギルドマスターなんです」

最悪だった。

一番関わりたくないところに知られ、とりあえず腹いせに四人のお仕置きをベリーハードに再設定したシンは、それでもどこかに逃げ道はないかと足掻《あが》く。

「……とりあえず、なんでバレた？」

「僕たちも絶対に喋《しゃべ》らないつもりだったんです。けど……」

「コイツが原因だよ」

ラドックが懐《ふところ》から取り出した、四人から回収するのを忘れていた紅の心臓《クリムゾンハート》を見たシンは、その場に崩れ落ちる。

「ああ……うん……こりゃしょうがねえわ……」

四人のお仕置きはイージーモードで済みそうだった。

「つまり、他所《よそ》からBランク冒険者のパーティが来るんで、オーガの件は他言無用ってことか？」

あの後なんとか立ち直ったシンは、オーガの件について、ギルドマスターが語ったという今後の詳細をニクスたちから聞き出した。

「うん、だから誰にも言っちゃダメだって――アイタッ！」

「言ってるそばから俺に話すんじゃない……」

エイミーの頭に、シンのゲンコツが落ちる。

オーガが森の出口付近に現れたなど、ギルド外に漏らしていい情報ではない。しかし、その辺の判断もできないFランク冒険者に、重要な話をする無能がギルドマスターのはずもない。

つまり、これはギルドマスターからシンへの伝言というわけだ。

「ちょっと、じゃあ今のって殴《なぐ》られ損⁉」

「勉強だと思え。そして言い渋《しぶ》るそぶりぐらい見せろ。お前たちの今後が不安になるわ」

ぶーたれるエイミーを無視して、シンは今後のことを考える。

このまま踵《きびす》を返して街を出てしまえば、少なくともシンが、これ以上の面倒事に巻き込まれる可能性は低い。しかし、それではわざわざこの街に来た意味がなく、ただ四人に薬と世話を焼いただけで終わってしまい、彼には一つも得がなかった。

「はあ……俺は目立たず騒がれず、静かに世界を旅したいだけなんだが」

「一人でマクノイドの森を突っ切る非常識が何言ってやがんだ？」

「そっちは喋《しゃべ》ってんのかよ、お前ら……」

今度は四人全員の頭にゲンコツが落ちる。

「薬師にとって森の中は宝の山だぞ？　のんびり街道を馬車に揺られるやつの気が知れんね」

シンは肩をすくめてそう嘯《うそぶ》くが、ここにいる全員が首を横に振った。

「味方がいねえなあ……ところで、このじいさまに俺を紹介したのは、何か理由があるのか？」

「そうなんです、おじいちゃんはこの街では顔が広いから、何かあったときのためにと思って師匠に紹介しておこうかと」

アデリアはそう言って微笑《ほほえ》む。確かに『この街の生き字引《いじびき》』と言って遜色《そんしょく》のなさそうな老人ではあるが、何かあったときに頼るには、シンも躊躇《ちゅうちょ》したくなるアクの強さだ。

街に来る前から厄介事《やっかいごと》に巻き込まれ、街について早々に騒動の種を播《ま》かれ、果たして種が芽吹《めぶ》くのは一体いつになるのかと、シンは自分の引きの強さを呪う。

「ま、どうにかなるか」

「ん、何か言ったか？」

「何も。ありがとよアデリア、それじゃ街にいる間の飯はじいさまに集《たか》ることにするわ」

「冗談《じょうだん》抜かせ、誰がタダで食わすか！　だがまあそうさな、エイミーが言うとった、テメエに支払う謝礼金《しゃれいきん》をチャラにするっつうんならナンボでも食うてけ」

「それこそ冗談《じょうだん》抜かせ、誰がチャラにするか！　そんなオンボロ屋台で金貨一〇〇枚分も食えるわけねえだろうが」

「ひゃ⁉」

背後で悲鳴めいた声が上がる。どうやらエイミーは、皆に報酬《ほうしゅう》のことは伝えていても、具体的な金額までは話していなかったようだ。

「おい！　金貨一〇〇枚ってのは何の話だ⁉」

「話も何もラドック、お前たちを鍛えてやったのと、大量に消費した薬と、用意してやった食事の代金に決まってるだろうが。まさか金貨二、三〇枚とか、そんな端金《はしたがね》であれだけのことをしてもらえると、クソみたいな考えを持っちゃいないだろうな？」

よもやの図星だったのか、シンの言葉を聞いてラドックは口ごもる。そしてどうやら、ニクスとアデリアも同様らしく、若さから来る金勘定《かねかんじょう》の弱さにシンは頭を抱えた。

「心配するな、エイミーには言ったが出世払いで構わん。利息もなしでいいから、ランクの低いうちから返済のために貯金《ちょきん》なんかして、装備や薬に使う金をケチるなんてことはするな。あと、一括《いっかつ》で返せるほどに強くなったら取り立ててやるからそれまで死ぬな、それが借金の条件だ」

今すぐ払う必要のない金だと分かると、ラドックたちの顔にも安堵《あんど》の表情が浮かぶ。借金であることに変わりはないのだが、それを言ってこの雰囲気《ふんいき》に水を差すほど、シンも野暮《やぼ》ではなかった。

溜《た》め息をつくシンに、じいさまはニヤついた笑顔を見せながら彼の背中を叩《たた》く。

「ほっほう、なんだかんだ言って甘ちゃんだな。まあ嫌いじゃねえ。シン、困ったことがあったらワシに言え、ここらじゃ名も顔も知れてるからよ！」

「……ありがとよ、とりあえず、部屋の中で薬の調合しても怒られない宿があったら教えてくれよ、そろそろ本業に戻りたいんで」

じいさまに宿の情報を聞いたシンは、串焼きを何本か購入すると四人と一緒に食べ、その場を後にする。

「宿は後回しにするとして……アデリア、この街の神殿まで案内してもらえるか？」

「え、師匠、神殿に何か御用ですか？」

「ああ、礼拝にな」

「「「「……………え？」」」」

四人の、珍獣《ちんじゅう》を見るような目付きに、シンは涙も出ない。

「あのなお前ら、俺をなんだと……いいよ、言わなくて……」

シンは、自分が神殿に赴《おもむ》くことを誰もが不思議がるのが、不思議で仕方がなかった。

彼は人前で女神を冒涜《ぼうとく》したこともなければ、最近は悪口すら言ったことがない。むしろ街の神殿には必ず立ち寄り、寄付までするナイスガイ（死語）だ。

世間には伏せているが、神威《しんい》の代行者たる『使徒《しと》』でもある。そろそろ司祭並みの風格《ふうかく》が表れてもおかしくない頃だと思っているが、まだその気配はなかった。

そんなことを考えていると、やがて住宅区の最奥《さいおう》にある神殿と、そこに併設《へいせつ》された孤児院が見えてきた。そして、神殿の前に誰かが立っていることに気付いたエイミーが走り出す。

「お姉ちゃーん！　帰ったよ〜」

「エイミーちゃん、神官様って呼びなさいっていつも言ってるで……あら、お客様？」

エイミーがお姉ちゃんと呼んだ女性は、残りの三人と一緒に神殿に近付いてくる見知らぬ男――シンに笑顔で会釈《えしゃく》をする。

同じく会釈《えしゃく》で返したシンは、顔を上げ、目の前の女性から目が離せなかった――

■

――はて、どこかで見たことがあるような……思い出せん。

目の前の女性は初対面のはず。だとするとこの既視感《デジャヴュ》にも似た感覚はなんだ？

「あの……？」

「あ‼　これは失礼しました。私は旅の薬師でシンと申します」

「そうですか、旅の薬師でらっしゃる……私はこの神殿の管理者をしております、神官のヘンリエッタと申します」

「そんでもって、アタシたちの恩人♪」

……なあエイミーよ、お前たち、もう俺のことを隠す気ないだろう？

恩人という言葉に困惑したのか、視線が俺とエイミーの間を往復する女神官《ヘンリエッタ》さん。

これ以上アレに喋《しゃべ》らせると何を言い出すのか分からないので、俺が事《こと》の顛末《てんまつ》を、オーガのくだりは抜きで説明する。

当然、話を聞いた神官さんの顔は青くなり、その後赤くなって四人を叱《しか》る。

「もう、みんな！　あれだけ危ないことはしないでって言ったのに‼」

「「「「ごめんなさい……」」」」

シュンとなる四人に背を向けた神官さんは、俺に向き直ると頭を下げた。

「ウチの子たちが大変お世話になりました……大変でしたでしょう、この子たちやんちゃですから」

「ええ、それはもう。所帯《しょたい》も持たぬうちから四人の子守など、男にとってこれほどの試練はありませんでした。長年ご苦労なされた神官殿には敬服《けいふく》せざるを得ません」

俺は、彼女の背後で何か言いたそうな四人の視線を無視して、仕返しとばかりにやつらの悪行《あくぎょう》を語って聞かせる。あん？　いいからそこで正座でもしてろ、約束も守れないお喋《しゃべ》りどもが！

「そういえば、先ほど管理者と仰《おっしゃ》っていましたが……？」

「はい……とは言っても、ここには私一人しかおりません」

そう言いながら振り向く神官さんにつられるように、俺も神殿に視線を移す。

小さな神殿だ、見ようによっては孤児施設の横に大きめの石蔵《いしぐら》が建っているようにしか見えない。

おそらく祭壇《さいだん》や神像《しんぞう》、祈りの間《ま》など最低限の機能しか有していないのだろう、地方都市ならまあ、一般的と言える。

「数年前までは先代様と私、そしてアデリアちゃんの三人で神殿にお仕えしていたんです」

孤児院に視線を向ける俺に神官さんがそう話す。確かラドックもそんなことを言っていたな。

「元々、この街には神殿も孤児院もありませんでした。それを先代様の尽力《じんりょく》によってこのように、小さくも立派な神殿を設《もう》けることができたんです」

それはまた先代様――確か司祭だったか――てのはよほどの傑物《けつぶつ》だな。街の有力者に資金も土地も提供させるとはね。

「ラドックに聞きましたが、司祭でしたか？　立派な方だったようですね」

「ラドック君に？　ええ、自慢のお婆様《ばあさま》、いえ、先代様でした」

まさかの女傑《じょけつ》だった、しかも肉親か。

しかしまあ、女傑《じょけつ》にしろ何にしろ、そういった大人物がいなくなると組織ってのは大抵弱体化するもんで……

「失礼ですが、神殿と孤児院の運営のほうは大丈夫なのですか？」

「…………」

これほど分かりやすい無言の回答もないな……俺は懐《ふところ》から革袋を取り出す。

「言い忘れておりましたが、私は一人で世界を気ままに旅する傍《かたわ》ら、巡礼者《じゅんれいしゃ》として各地の神殿にも足を運ぶようにしておりまして」

「まあ、それは立派なことです」

「というわけですので、私からこの神殿への寄進《きしん》、どうぞお受け取りください」

会話の流れ上、自分が催促《さいそく》をしたと考えなければいいんだけど……とりあえず金に貴賎《きせん》はないのだから素直に受け取ってもらいたい。

「え！　それは……でも……」

「古《いにしえ》より『貧《ひん》すれば鈍《どん》する』と申します。清貧《せいひん》は美徳《びとく》でしょうが、それも過ぎれば金銭の大切さすら見失いましょう。なにより、子供たちが飢《う》えるのは悲しいことです」

もっともらしいことを言う俺ってばイケメンだなあ……これはいよいよ、後光《ごこう》が差すレベルまで徳《とく》が積みあがってるかもしれんな（詐術《さじゅつ》レベル五、そろそろ六）。

子供というキーワードが効いたのか、神官さんは目を潤《うる》ませながら両手でしっかりと革袋を受け取って、俺に深々と頭を下げる。

「感謝いたします、神殿への寄進《きしん》もそうですが、なにより子供たちへの慈愛《じあい》とご配慮、ありがたくお受けいたします」

喜べティア、神様は後回しらしい。

「あー！　シンさんがお姉ちゃん泣かせてる‼」

……やだねえ子供は、いい雰囲気《ふんいき》ぶち壊すし、おかしな方向に話持ってくし。

「エイミーちゃん⁉　ち、違うのよ、これはっ！」

「エイミー……俺たちは今、オトナの会話の最中だ、飴玉《あめだま》あげるから大人しく正座してなさい」

「また子ども扱いして！　お姉ちゃん聞いてよ！　シンさんったらアタシが夜、下着姿でうろついても全然気にも留《と》めないんだよ、オマケに注意までするの！」

……俺のその行動のどこに責められる部分が？

「エイミー⁉　なんて格好《かっこう》で師匠の前にいたの⁉」

「エイミーちゃん！　はしたないことはやめなさいって何度も言ってるのに、まだ直ってないの⁉」

よかった、世論は俺の味方だった。

「エイミー、俺はともかくそっちの二人には、お前の裸同然の姿は刺激が強すぎる。いつオーク並みの野獣に変身するか本人にも分からんから、少しは自重《じちょう》してやれ」

「なっシンさん⁉」

「ふざけんな、オレはっ‼」

「ちなみに俺は落ち着いた大人の女性が好みだ。お姉ちゃんに話す内容は、俺がいかに頼れる男なのか、そこら辺を微《び》に入り細《さい》を穿《うが》つように伝えてくれると嬉しいぞ、お前たち」

「「「イヤだ（です）‼」」」

……お前たちは本当にヒドイな。

ちなみに神官さんは、四人がお姉ちゃんと呼ぶことから、おそらく一八～二〇くらいだろう。肩にかからない程度に短くした明るめのブラウンヘアーは理知的な雰囲気《ふんいき》をかもし出しているが、警戒心の感じられない眼差《まなざ》しは、純粋培養《じゅんすいばいよう》っぽい愛らしさと同時に危なっかしさを感じさせる。

着ている神官服はアデリアのものとよく似ており、おそらくアデリアの服はお下《さ》がりの神官服を冒険者仕様《しよう》に補強《ほきょう》や動きやすく改造したものなのだろう。

頭には修道帽《クロブーク》のような帽子をかぶっていて、垂《た》らされたベールの長さは、彼女が神官位であることを示している。

身長はエイミーとアデリアの間くらいだが、胸の膨《ふく》らみは……うん、コレを肴《さかな》におっちゃんと酒を酌《く》み交わしたくなるな。

「……あの？」

「お気になさらずに」

ちっ、ぽやんとした空気を漂わせていてもやはり女性か、特定の視線には敏感になりやがる。

「ダメだよシンさん、お姉ちゃんは世間知らずなんだから、こんなお金で釣《つ》るようなマネ――!?」

「エイミーちゃん、何言ってるの、シンさんは篤《あつ》い信仰心と慈悲《じひ》の心で――!?」

神官さんに渡した袋の紐《ひも》をエイミーが解《ほど》いて中身を見た途端、まるで世界が止まったように二人が硬直する。

「シ、シシシシシシ……」

「ああああああああああの‼」

覗《のぞ》き込んだ二人は、まるで壊れたCDプレーヤーのように、肩と声を震わせて俺を凝視《ぎょうし》する。

なあ、どうせなら熱い眼差《まなざ》しを送ってくれないものかね。

「シンさん、なにこの大金⁉」

「こんな大金、とても受け取れません‼」

「いいじゃないか、本人がどうぞって渡してるんだから。つき返されても困るぞ?」

残りの三人も寄ってくると、中身を確認した途端、俺の顔を二度見する。

「シンさん、お金持ちだったんですねえ」

「マジかよ、信じられねえ……」

「師匠が凄《すご》いのは分かってましたけど、お金持ちでもあったなんて」

……うん、だからお前ら、俺を過小評価《かしょう》しすぎだ。

「別に神官さんに差し上げたわけではありませんよ。孤児施設の運営や神殿の管理など、旅をして回る私にはできないことを、代わりにしてもらうためのお金なのですから」

……だから、俺が礼節《れいせつ》をもって話す度に、微妙な表情で二度見するのはやめろよ、お前ら！

一方、神官さんは俺の言葉にいたく感激した様子だ。

「シンさんのお気持ち、しかと受け取りました。お任せください、私がシンさんの代わりを立派に務めてみせますから‼」

熱血モードの神官さんを見ると、なるほどこの辺は四人と同じ環境で育ったんだなあと思う。

「シンさん……」

「……なんだよエイミー？」

「お姉ちゃん、シンさんにあげるからこの街に永住《えいじゅう》する気ない？」

エイミー、恐ろしいコ‼　……はともかく、お前はホント怖い子だよ。

「持参金《じさんきん》で借金をチャラにさせた上、神殿と孤児院の資金提供まで俺に一任しようと、一瞬で考えるお前の計算高さにドン引きだよ……」

「やだなあ、みんなが幸せになれる最高の選択じゃん」

「世界を旅して回るという俺の人生はどこへ行った？」

「亭主元気で留守がいい？」

……ニクス、頑張《がんば》れ。お前の恋の前途《ぜんと》は多難《たなん》すぎる。

結局その後はみんなに押しきられて孤児施設に寄った挙句《あげく》、食事と宿泊の世話になった。

自分以外の調理による食事は、大勢で囲んだこともあり、とても温かく……エイミーに、神官さんに夜這《よば》いするようけしかけられなければ、本当に最高だったよ……

ちなみに神官さんことヘンリエッタは、一八歳独身の彼氏なし。教義に結婚禁止や恋愛禁止などの縛《しば》りはないので、彼氏がいないのは本人がそっち方面に疎《うと》いのと、狙ってる男たちが相互《そうご》に牽制《けんせい》しあっての結果だそうだ。

まあ、信仰の対象があの天然女神では、熱心な信者はそれに引っ張られるのかもしれない……俺は違うからな？

■

どの街にいても、シンの一日の行動スケジュールは大体似たようなものだ。

朝起きると宿屋、または近くの食堂で朝食を取りながら、周りの噂話《うわさ》に聞き耳を立てる。日中は昼に屋台で軽食をつまみつつ街中《まちなか》を散策《さんさく》。夜は酒の飲めるところで食事を取るか、お姉さんと込み入った話ができるところに行く他、宿に戻って薬の調合。基本この繰り返しだ。

バラガの街では、そこに孤児院の訪問が含まれていたりする。

ただの成り行きなのだが、そう受け取らない者も少なくはない、主に若い男性限定で。

だから……

「じいさまよ、最近街中《まちなか》で俺に向けられる視線が情熱的過ぎて怖いんだが……」

「あん？ そりゃおめえ、決まってんだろ」

じいさまの半《なか》ば呆《あき》れた口調に、シンは気付かない。その代わり、周りで屋台を営《いとな》んでいるオヤジたちは含み笑いで、二人のやり取りを生温《なまあたた》かく見ている。

「……つまり、俺の美しさに嫉妬《しっと》しているわけか」

「鏡の前でその面《つら》ぁ、百遍《ひゃっぺん》見直してから抜かしやがれ！ おめえが孤児院と神殿に入り浸《びた》ってっからに決まってんじゃねえか」

「……ああ、なるほど」

得心《とくしん》のいったシンは、ポンと軽く手を叩《たた》く。

しかし、理解と納得は別物であり、シンにしてみれば「知らんがな」と言いたい気分だ。

「若さかねえ、それとも青さ？ どっちにしろ、女の子なら微笑《ほほえ》ましいで済むけど、厳《いか》つい男たちの恋の悩《なや》みなんぞ、嬉しくもなんともないな……」

「ハッハァ！　違《ちげ》ぇねえやな」

シンのボヤキを聞いたオヤジたちが大いに笑う中、じいさまだけが真剣な顔で彼を睨《にら》む。

「そういうおめえはどうなんでぇ？」

「……俺は風来坊《ふうらいぼう》なんでね、責任を負わなきゃならない女性に手を出すつもりはないよ」

遠くを見つめながら台詞《せりふ》を決めたつもりのシンに、これまた周りのオヤジたちは声を上げて笑う。

最近シンは、この屋台衆の間では人気者だ。

目の前のじいさまのお気に入りなのもさることながら、なにより——

「よう兄ちゃん！　今日もここにいたのかい？」

「おや、誰かと思えばゴダンさん……どうでした？」

「おうよ、兄ちゃんの薬は最高だな！　このところ仕事の疲れで構ってやれなかった女房だったが、あの薬のおかげで一晩中よ！　おかげで女房も最近機嫌がよくてよ！」

説明するまでもなく、男性が元気になるおクスリの話だ。

最近、いい具合に効力の高い材料が手に入ったので、肉体労働者の多いこの街にピッタリだろうと、いの一番に作った薬である。

「それはなにより。奥さんの機嫌さえよければ、男の悩みの七割は解消されますからねえ」

「兄ちゃん、若いのに人生が分かってんなあ！　てなわけであの薬、もう少しばかし都合しちゃあくんねえか？」

ゴダンはシンの首に腕を回すと、お願い！　とばかりに手の平を自分の顔の前で立てた。

「いいんですか？　安くないのは知ってるはずですよ？」

「安心しな、それで家ん中が平和になるってんなら安いモンよ！　それに、へそくり出してきた女房に『買えるだけ買ってこい』って言われちゃあ逆《さか》らえねえよ」

ゴシップと言っては大げさだが、よそ様《さま》の家庭の事情は、男女を問わず耳の保養である。

特に夜の話題は鉄板ネタだ。同世代のオヤジ連中はゴダンの話を聞きつつ、口笛を吹くわ囃《はや》し立てるわと、イイ雰囲気《ふんいき》ができ上がる。

「ハイハイご馳走様《ちそうさま》です、それじゃ少しオマケしておきますね」

「ありがとよ！　おうハンス、いつもの包んでくれや。オイてめえら、ウチの女房のこと想像してんじゃねえよ！」

「──おうシン坊、この前買った傷薬、よく効いたぜ。またいくつか分けてくれや」

薬を買いに来る客がそのまま屋台を利用してくれるので、最近は売り上げも上がっているらしく、それに伴い『客寄せパンダ』の人気も上昇中である。

そもそもシンは、こんなところで薬の路上販売をする予定はなく、普通に店に卸《おろ》すつもりだったのだが、街の組合側から、モグリが作った薬など店には置けないと断られた。

それなら、個人で販売するの構わないかと確認したら「売れるものなら売ってみろ」と言われ、現在の状況である。

個人の取引まで禁止されたわけではないのなら問題ない、いつものことだと言ってシンは、人の集まりそうな場所でのんびりやっていた。

というのも、不肖《ふしょう》の弟子たちに素材採取の手伝いをさせた『復元薬』の、ちょうどいい患者が見つかったため、現在その結果を待っているのだ。あれの効果が広まれば、今度は逆に目の回る忙しさになってしまう。なのでシンは、せめて今くらいはと、まったり過ごしていた。

「話の途中に邪魔が入ったがシンよ、正直なところどうなんでぇ？」

「……しつこいなじいさまも、俺は手を出すつもりはないって」

（目の保養には行くけどな）

分厚い神官服の上からでも主張をやめない圧倒的な存在感、にもかかわらず『清楚《せいそ》』という言葉でしか表現し得ない神官さんの姿を思い出し、シンは我知《われし》らずウンウンと頷《うなず》く。

「んだとてめえ！　アイツに魅力がないとでも言うつもりかあ⁉」

「手を出して欲しいのか欲しくないのかどっちだ、じいさま⁉」

「出しやがったらぶっ殺すぞ‼」

「だーーはっはっは……ひぃーおかしい。許してやれよシン、じいさまはあの子が可愛《かわい》くて仕方がないんだよ」

横でやりとりを見て大笑いしていた屋台衆の一人が、目に涙を浮かべながらシンを宥《なだ》める。

シンは呆《あき》れ顔とともに哀《あわ》れみの視線をじいさまに向けた。

「……じいさまよ、老《お》いらくの恋とはいえ、年の差がありすぎやしないか？」

「阿呆《あほ》！　ありゃワシの孫娘だ‼」

「はぁっ⁉　……じいさま、いくら俺が薬師でも、耄碌《もうろく》を治す薬は持ってないぞ？」

かの美女と目の前の老人の間に、欠片《かけら》ほどの類似点《るいじてん》も見つけられないシンは、じいさまの言葉を老人の戯言《たわごと》だと結論付ける。

そんなシンの生温かい視線に、じいさまはゆでだこのように顔を赤くし、周りの男たちはまた笑う。

「アイツはカカァ似だ！　ガキん頃はワシにそっくりだったけどな」

聞き捨てならない一言にシンは一瞬目を見張り、周りを見渡す。そして、周りの皆が頷《うなず》く様子を見て、目頭を熱くさせた。

「良かった……本当に良かった」

「訳わからんわ‼」

「まだ言いやがるか、オメエは」

会ったことのない女性に、シンは頭の中で何度も何度も感謝をし、じいさまに向き直った。

「神官さんは俺が見てきた中でもとびきりの美人さんだ。だからといって、ホイホイ手を出していい相手じゃないのもよく分かってる。だから心配するなよ、じいさま」

多少投げ遣《や》りではあったが、シンの言葉選びが気に入ったのか、やっと納得したじいさまはウンウンと深く頷《うなず》く。

なんとも面倒くさいじいさまだった。

「――話は変わるがシンよ、おめえヒマか？」

「じいさまよ、さっきの様子を見てなかったのか？　まあ、ヒマだけど」

「そうか、そんなら頼みてえことがある」

「頼み？」

「おう、孤児院のことでな……まあなんだ、運営の助けになるようなことを考えてくれねえか？」

「……それは、金儲《かねもう》けの方法を考えろってことか？」

ザックリ過ぎる内容だった。

とはいえシンも、じいさまの言わんとすることは理解している。

周りに目を向けると、小さな子供たちが通行人に声をかけ、屋台に呼び込む姿が見られる。

彼らは、収容限界の孤児院に入れない子供たちだ。こうして屋台を手伝い、売れ残りを報酬《ほうしゅう》代わりとしてもらうことで、日々の飢《う》えを凌《しの》いでいる。もう少し大きくなると、今度は鉱山の下働きとして安価で使われ、さらに大きくなると、そのままなし崩しで鉱夫として生きることになる。

この街は鉱山都市で、鉱夫は常に人手不足だ。鉱夫になれば少なくとも飢《う》えることはない。

問題は、鉱夫になる将来しか選べないことだ。

とはいえ――

「じいさまよ……」

俺は薬師だと言おうとするシンを手で制し、じいさまは神妙な面持ちで話を続ける。

「なんでもいいんだよ、孤児院の運営にゃ金がいるが、集まる寄付もかつかつでな……聞いたんだろ、四人が冒険者になった理由」

ラドックたちはそれ以外の道がなかったと言うが、冒険者への道を選べるほどには恵まれていた。少なくとも素養を持ち、装備を揃えられるくらいには、周りの助力を当てにできたのだから。

孤児院に今より金が集まれば、そんな選択肢を手に入れることのできる子供も増える。

「神官さんにホの字のやつらに相談は？」

「ハッ！　あんなやつらに話せるもんけぇ！　金持ちが援助を条件に妾《めかけ》に誘ってくるか、上手く行く保証もねぇ儲《もう》け話をエサに、前払いを要求してくるのが関の山よ‼」

目の前の男はそんな連中よりはマシとのことだが、先日ヘンリエッタに高額の寄進《きしん》をしたことをじいさまが知ったらさて、シンの評価はどうなっていたことか。

「じいさまよ、孤児院の運営ってえと、そりゃあもう商売ですらない。やり手の商人でもなければ領主でもない俺には――」

「上手く事が運んだら、この街イチの美人を紹介してやるよ」

「――そんな俺だからこそ、別の視点から物事を捉《とら》える余地《よち》があると思うんだよ、じいさま」

「へっ！　おめえならそう言ってくれると信じてたぜ！」

あのじいさまが、可愛《かわい》い孫娘を差し置いて『街一番』と太鼓判《たいこばん》を押す美人である。

これはシンの本気を、イヤ、自重を止めるには充分な理由だった。

「任せろじいさま、軍艦の艦長の気分で待っているがいいさ……ときにじいさまよ、街一番の美人『だった』とか、とんちのきいたことぬかしやがったらそのときは……」

「安心しろ、現在の一番だからよ」

「楽しみにしてるぜ!」

普段は目立たない人生を望んでいるくせに、割とシンは腰が軽かった――

■

神殿と孤児院はバラガの東端《とうたん》に建てられており、神殿の左手側には外壁がそびえる。

コンクリートブロックで造られた高さ五メートルほどの壁は、防壁と呼ぶにはあまりに低い。なぜなら戦争を想定していないせいである。

これは、マクノイド森林地帯の魔物に対してのものであり、各国の思惑により緩衝《かんしょう》地域となっているこの都市相手に、大規模戦闘を仕掛ける勢力がないことが理由だ。

だからといって、国家というものが一切手を出さないはずもなく、この都市には各国からの密偵《みってい》が相当数入り込んでいる。職人、商人といった形で。

彼らの仕事は、都市の運営や組織の内部に入り込むことではなく、あくまで、産出された資源という利益の供給が、特定の勢力に偏《かたよ》っていないかの監視である。輸出される物資の量から、各国の現在の国力を測《はか》るのも重要な目的だ。

仮に、どこかの国が圧力をかけて流通量に制限や利益誘導を行おうとすれば、ただちにそれ以外の国から突き上げを食らう。外交面での孤立《こりつ》を招くため、どこの国も自分たちはやらないが、どこかの国が足並みを乱すのを待ち構えてはいた。

余談ではあるが、施設を出た孤児たちが丁稚《でっち》として働いている先の半数以上は、そういった国の紐《ひも》付きだったりする。死んだ親が『そう』だった者もいれば、この土地で生まれ育った者の方が密偵として疑《うたが》われることも低いという理由で拾われ、時間をかけて教育されるのだ。

そのため、孤児院がなくなり、ストリートチルドレンが増えることによって起きる、孤児という存在のイメージ低下は彼らにとってもありがたくない。わずかだが神殿への寄進《きしん》という施設運営の援助は、そんな各国が民間（密偵）を通じて行《おこな》っていたりもする。

神殿は、日光が背後から中に入るよう、入り口が街路《がいろ》の南側に北に向けて建てられている。

その右側に孤児院が建っているのだが、建物裏に当たる南側には、鉱山を隔《へだ》てる川と神殿の間に建つ家屋、いや、廃屋《はいおく》と言っていいほどに朽《く》ちた空《あ》き家が並んでいた。

「あらシンさん、こんにちは」

「やあ神官さん、お元気そうで」

「ええ、元気だけがとりえですから！　それで今日はどうしました？」

小首を傾《かし》げながら聞いてくるヘンリエッタの仕草に、「男たちが熱狂するわけだ」とシンが心の中で独《ひと》りごちると――

「師匠！　今日はどうしたんですか？」

「シンさんヤッホー！　どうしたの、お姉ちゃんを口説《くど》きに来たの？」

「不穏当な物言いはよせ、じいさまに殺されるだろうが。じいさまに難題《なんだい》を吹っかけられたんで、その下見《したみ》だよ」

オーガの一件で冒険者は森に入れないらしく、奉仕活動兼息抜きをしている彼女たちに絡まれた。男二人は鉱山とのこと。日銭目的と鍛錬《たんれん》を兼ねているらしい。

「おじいさまが、ですか？」

「神殿と孤児院、二つの施設の運営を細腕一つで頑張《がんば》る、可愛《かわい》い孫娘の窮状《きゅうじょう》を心配するおじいちゃんから、『なんとかしろ』の一言をいただきましてね」

「も、申し訳ありません！　おじいさまにはキツく言っておきます‼」

シンは冗談《じょうだん》めかして話したが、それがどれだけ無理難題《むりなんだい》であるかを知るヘンリエッタは、申し訳なさから、ペコペコと何度もお辞儀《じぎ》をする。

その際、ピンと伸ばした腕が胸元を挟み込んだために、いつもより強調された豊かな膨らみが何度も上下する。その光景にご満悦《まんえつ》のシンは、無理難題を吹っかけられてよかったと喜んだ。同時に「そりゃあ男どもが熱狂するわけだ」と、再確認する。

そして、そんなシンの様子を冷めた目で眺めるエイミーとアデリアだった……

「おじいちゃんは、師匠以外には相談しなかったんですか？」

「街の男に話しても、どうせ交換条件に神官さんとの結婚を申し込むから却下《きゃっか》だとよ」

実際はもっと生々《なまなま》しい内容だったのだが、うら若き乙女《おとめ》たちの男性に対する嫌悪感を助長するわけにもいかないので、シンはマイルドな表現にとどめおく。

「シンさんはいいんだ？」

「結婚か旅か、どっちか選べと言われたら、俺は旅を選ぶんでね」

結婚と聞いて顔を赤くして慌《あわ》てる神官をよそに、シンは顎《あご》に手をやり考え込む。

（臨時《りんじ》収入ならどうとでもなる。しかし継続的な収入源となると、農業、漁業、あとは鉱山での作業くらいしかないんだが……）

ちなみに、目の前の川で魚を獲《と》るのも鉱山で採掘をするのもギルドへの届出《とどけで》が当然必要で、勝手に商売はできない。森の資源は自由に採っても構わないが、当然、命のリスクが生じる。そのため、冒険者以外が森に入ることはないし、むしろ、そういうときのための冒険者だ。つまり――

「農業一択なんだよな……」

問題は、孤児院が運営する農場ということは、農作業は当然、子供たちが行う。となれば街の外に農場は作れない。都市内の狭い土地で生産可能かつ利益率の高い作物。かなり高いハードルだ。

しかも、利益率の高い作物であれば、盗みを働く輩《やから》が出てこないとも限らない。

「何事も農地の確保からなんだが……神官さん、一つ聞きたいんだけど、孤児院と川の間に空《あ》き家が並んでるのはなんでだか知ってるかい？」

「あの廃屋《はいおく》ですか……危険だからです」

バラガの街は、入場や移住の審査が比較的緩《ゆる》いため、密偵も正面から堂々と入ってくる。外壁はあくまで魔物を対象としたもので、東西に二ヶ所ある川に面した壁の終端《しゅうたん》は、断崖《だんがい》に沿って切れており、過去に何度かここから野盗に侵入されたことがあった。

活動拠点や、盗品を運び出す際の目撃者対策として、外壁付近の住人が殺害される事件が何度も起きたため、警邏《けいら》を強化したものの、住もうとする者がいなくなったのである。

「なるほど。ちなみに、この街は土地の所有についてはどうなってるんだ？」

「土地は全て、都市の行政部門が管理していて、住民はみんな、土地を借りてそこに住んでいる形になっています」

つまり、あの土地は現在誰のものでもないということだ。

シンは廃屋《はいおく》の周りを歩くと、その地面を確認する。

「師匠、何を？」

「ん、ああ、ちょっと確認をな――【組成解析《そせいかいせき》】」

組成解析《そせいかいせき》
物質に含まれる成分や素材を教えてくれる。鑑定の上位互換《ごかん》として扱われるため、鑑定スキルのレベルが上がれば、魔法や武器・道具に含まれる効果や威力も解析できるようになる。

シンは転生時に授《さず》かった加護《かご》による異能を発動させ、地面の成分を分析する。

農地として使用可能かどうかを確認するためだ。

「まあ予想通り、火山灰が堆積《たいせき》して作られた土地のようだな。長年そのままにされた分、窒素《ちっそ》やリン、その他の養分も問題なさそうだが……」

独り言を呟《つぶや》くシンの顔を覗《のぞ》き込んだアデリアは、驚きのあまり大声を上げる。

「師匠、一体どうしたんですか⁉ 目が金色に光ってますよ？」

「ここの土の成分を調べてたんだよ。目は、まあアレだな。俺は〝異能持ち《いのうもち》〟だから、異能を使うときは目が金色に光るのさ。あと声が大きいぞ、はしたないのはエイミーだけで充分だ」

異能持ち《いのうもち》
女神より特別な加護を授かった人間を指して使う言葉。また、その総称《そうしょう》。

その中でも戦闘系のスキルで、限界突破のレベルEXを所持する者は、武器スキルの名を冠《かん》した「剣聖《けんせい》」や、魔法属性から「火聖《かせい》」といったように、「聖」の称号を付けて呼ばれる。


シンの異能である【組成解析】は鑑定に属する異能のため、使用時に目が光るのである。

「うそ！　シンさん、異能持ちなの⁉　それとアタシの扱いがヒドイ‼」

「物質の構成や成分が見えるくらいで、戦闘に使ええる能力じゃないけどな。今は土に含まれてる栄養分を見ていたんだ。あと、悔しかったら神官さんみたいな、たおやかな女性になってみろ」

実際には、相手の肉体組成から能力まで見ることのできる、かなりえげつない異能なのだが、さすがにシンも、そこまで暴露《ばくろ》はしない。

「言っておくが、くれぐれも喋《しゃべ》るなよ」

「任せといて！　絶対誰にも喋《しゃべ》らないから‼」

「…………………うん、頼むな」

シンは途端に不安になった……

その後も周辺の状態を見て回る。

「うん、充分農地として使えそうだな。となれば、できるだけ利益率の高くて盗難《とうなん》被害に遭《あ》いにくい作物なんだが……やっぱりアレだよな」

シンは目を瞑《つむ》ると再度、力の込もった言葉を発する。

「【必要条件】――シュガルの栽培《さいばい》」

必要条件
目的のために何が必要か教えてくれる。しかし、目的の物品を作るために必要な材料は教えてくれるが、必要な量や薬品の配合率など、細かいことは教えてくれない。

「石灰が必要？　んーどこかで調達するか？」

「シンさん、石灰がどうかしたの？」

「ああ、ちょっと石灰が欲しいんだが、どこか安く手に入るとこ知ってるか？」

「……もしかして、それも異能？」

「…………頼むから内緒にしてくれよ」

シンも色々と脇が甘いようだ。

「それはいいけど。ていうか、石灰なら目の前にたくさんあるよ、ホラ」

「何!?」

エイミーの指差す方向にシンが目を向けると、そこには――

「……なるほど」

ガリアラ鉱山が聳《そび》え立っていた。

一旦《いったん》方針を決めると、その後は驚くほどスムーズに物事が進んだ。

空《あ》き家となっている一帯の土地の賃貸と、農地転用は果たして可能か。シンがじいさまに相談したところ、翌日には許可が下りていた。驚きの早さである。

借り手の付かない土地のため、賃料は相場《そうば》の半分、また、農地への転用も可能とのことだった。ただし、耕作予定地に残っている家屋の解体・撤去《てっきょ》にかかる費用は、シンたちの負担《ふたん》である。

結果、ざっと二〇戸以上、五〇メートル四方の土地が、農業予定地として確保できた。

「というわけでお前たち、面倒見のいい師匠による『追加特訓』だ。泣いて感謝するように」

四人を集めたシンは、ラドックはハンマーで、エイミーとニクスは、シンから攻撃補助の魔法を手足にかけられ素手《すで》で、鍛錬《たんれん》の名目《めいもく》で破壊させている。

はじめは文句タラタラだった三人も、一戸目を破壊するとノってきたようで、エイミーにいたっては、恐ろしく良い笑顔で破壊活動に勤《いそ》しんでいた。

そんな中アデリアだけは、シンの直接指導のもと、魔法の特訓を行う予定だったのだが――

「アデリア、この前は遠隔地《えんかくち》の魔素に干渉《かんしょう》し、その場で魔法を発動する方法を教えたな。これはそれの応用だ。これはできると凄《すご》く便利な技だから、頑張《がんば》って覚えるように」

「はい、師匠！」

「はい、シン先生！」

生徒が増えた。

別に複雑な話ではない。アデリアが、自分の魔法技術の飛躍《ひやく》的な向上に加え、スキルレベルまで上がったことを、嬉しげに神官さんに語ったことが始まりである。

祖母であり師匠でもあった先代が亡くなり、魔法の訓練を独学《どくがく》で頑張《がんば》ってきたヘンリエッタは、シンという非常識な存在に、躊躇《ためら》うことなく教えを請《こ》うてきた。

シンも、あっち《アデリア》は教えてこっち《ヘンリエッタ》はダメ、などと言えるはずもなく、彼女にも手ほどきをしたのだが、これが思いの他ハマったらしく、こっちも朝起きたらスキルレベルが上昇していたという。

「今回は、魔法の遠隔発動のさらに次、視界を遮《さえぎ》られた場所で魔法を発動させる方法、これを会得《えとく》してもらう」

「見えない場所、ですか？　例えば、扉の向こうにいきなり魔法を発動させる、とか？」

「そうだ。とはいえ、コイツの本領《ほんりょう》はそんなところじゃないんだが、まずは使えるようになることだ。それじゃあ二人とも、その場から、俺の目の前に何か魔法を発動させてみろ」

シンは訓練場所である家の扉をくぐり、玄関に立つと、指を差して促《うなが》す。

――カッ！

――ボッ！

指差した場所に、光の玉と火の玉が発現した。それを見たシンは大きく頷《うなず》く。

「それじゃあ今度は扉を閉める。同じ場所に同じ魔法を発動させてみろ」

扉を閉めてしばし待つが、今度はいつまで経っても何も起きない。

家から出たシンが二人の前に戻ると――

「できなかったみたいだな、どうしてだと思う？」

「視界を遮《さえぎ》られたせいで、そこにある魔素が見えません……」

「そういうことだな。つまり今の二人は、その空間の魔素を『目で』見なければ、魔法を発動させることができないと言っているわけだ。おかしな話だな」

「「えっ⁉」」

二人は、シンの言葉に鳩《はと》が豆鉄砲《まめでっぽう》を食ったかのように、目をまん丸にする。

「二人とも、神聖魔法で相手の怪我《けが》を治すとき、目を閉じたことがないのか？」

神聖魔法は大抵、呪文＝神への祈りとして、集中力を高めるために目を閉じて詠唱を行う。要するに、魔素など見ていない。しかし、魔法が発動する以上、魔素は認識しているのだ。

「でも、そういったときは、怪我人《けがにん》を全く見ないわけでもなければ、目を瞑《つむ》ったままその場に行くわけでもありません」

「つまり、一度認識してしまえば、それからは目線を外しても、魔素をたどることは可能なわけだな」

「そうです、ね……」

シンは右手を上げると、本来見えない魔力の代わりに、光の糸のような物を指先から放出、扉の向こうまでそれをゆっくりと伸ばす。

「見えないはずの魔素が魔道士に見えるのは、目じゃなく魔力で見ているからだ。その『二つの視界』が普段は同調《シンクロ》しているから、魔素を目で見ていると錯覚《さっかく》する。呪文の詠唱をするように、魔力自体に集中するんだ」

概念《がいねん》を説明し、実例を目の前で見せてもらった二人は、シンが再度家の中に入ると、言われた通り指先から細い魔力を伸ばし、その先端に意識を集中させ続ける。そしてしばらくすると……

――シュン！

――ポフ！

「……二人の魔法は、時間はかかったものの、確かに扉の向こう、見えないはずの空間で発動した。冗談《じょうだん》だろ？」

難しい顔で家の中から出てくる彼を見て、二人は不安な表情を浮かべる。

「あ、あの、ダメ……でしたか？」

「いや……確かに時間もかかったし、威力も小さかったが、発動した……うん、したんだ……」

シンの言葉に、二人の顔に笑顔が生まれたものの、言いよどむシンの態度に、何かまずいことでも起きたのかと、一気に不安になった。

しかし杞憂《きゆう》で、それどころか――

「まさか、いきなり成功するとは……一日中練習して、二、三日はかかると思ってたんだが……」

なんのことはない、二人の魔法の才能に、シンが戸惑《とまど》っているだけなのである。

「あの、それじゃあ……？」

「心配しなくてもいい、二人が天才過ぎて俺がドン引きしてるだけだから。凄《すご》いぞ、本当に」

「「やったー‼」」

彼女たちが無邪気《むじゃき》に喜ぶ姿を見てシンも微笑《ほほえ》む。そして同時に、こんな二人にこれ以上を教えてもいいものだろうかと、かなり真剣に悩む。

「さて、今のができたのなら、次の段階に進んでもいいんだが……いいんだが、この調子でいくとなあ……。いいか二人とも、次に教える技は、危険はないけどただただ疲れる。そのうえ、身につくかどうかも分からない、だから無理に――」

「「やります！　やらせてくださいっ‼」」

「ですよねー……」

悪意や害意の圧力ならいくらでも受け流せるシンだが、こうも好意的かつやる気に満ちた眼差《まなざ》しで迫られては逆らえなかった。元より教える予定だとしても、弟子に気圧《けお》され促される姿は、師の態度としてはいささか情けなく映る。

「次の訓練は、やること自体は変わらない。家の中に入ったら目隠しをして、さっき教えた魔力感知の糸を今度は複数出して、家全体の構造や調度品、設備を同時に把握《はあく》してもらうだけだ」

さっきのが特定の場所を把握《はあく》する技なら、今度は自分の周囲全体を把握《はあく》する技だ。

糸による知覚範囲は数十センチ程度、しかも魔力だけで行う探知は手探りと同じだ。今回のように広範囲を把握《はあく》しようとすると、消費魔力だけでなく、脳への負荷もかなりのものになるだろう。

シンの忠告に嘘はなかった。

「いいか、くれぐれも無理はするな、疲れたと思ったらすぐにポーションを飲むように。これは簡単にできるものじゃないし、今すぐできる必要もない。ただ、二人なら比較的早く会得しそうだから……うん、まあ、頑張《がんば》れ」

最後は半ば投げやりな激励《げきれい》の言葉をかけてその場を離れたシンは、三人の様子を見に行く。

「ヒャッホー‼」

「おう……ら、よっ！」

「なんで僕まで……」

こちらは彼の想像の範中《はんちゅう》に収まっているらしく、ほっと胸を撫《な》で下ろすと、一〇戸目の家を破壊して次へ行こうとする三人を呼び止めた。

「どうだ、調子は？」

「絶好調～♪」

「だろうな」

「シンさん、なんで僕はラドックみたいにハンマーを使わせてもらえないんですか……？」

「ハンマーを振り回すレンジャーがいるとでも？　今のニクスは身体の動かし方から変える必要があるからな。とりあえずはエイミーの動きをよく見ろ。攻撃の方はオマケでいいから、身のこなし、特に下半身の使い方をよ～く見ろ」

「……ハイ！」

急に気合の入ったニクスを生温かい目で見送りながら、シンは破壊活動の様子を眺める。

今のところペースは順調、むしろ若干《じゃっかん》早めなほどで、疲労さえ気にしなければ、今日中に終わるだろう。

成長期とはいえ、無理をさせすぎるのも良くない。ここらで休憩《きゅうけい》を取らせようと、シンは三人に作業の中断を告げ、食事に誘う。

「食い放題なんだろうな⁉」

「ラドックよ、俺は孤児院のためにこうやって色々と……分かったよ、好きなだけ食え」

欠食《けっしょく》児童に理性を求め、道理を説くことの愚を悟《さと》り、渋々《しぶしぶ》シンは譲歩《じょうほ》する。すると、背後で三つの歓声が上がったため、彼も苦笑せざるをえなかった。

じいさまたちの屋台がある商業区は、ここからかなり歩く必要があるのだが、今日はその必要がない……なぜなら、三人の破壊活動が良い具合に見世物《みせもの》になっているおかげで、見物人が集まり、屋台が出張しているからである。じいさまを筆頭《ひっとう》に、金の匂《にお》いには敏感な連中だった。

「となると、二人の訓練も一旦《いったん》やめさせるか」

「二人と言えばシンさん、お姉ちゃんとアデリアの様子はどう？」

「……教えた俺が言うのもなんだが、ドン引きするぐらい優秀《ゆうしゅう》で、将来が怖《こえ》えよ」

大真面目《おおまじめ》に語るシンの顔に、エイミーは思わず噴き出す。シンはいたって真剣なのだが、門外漢《もんがいかん》の彼女はおそらく、いくら説明しても理解はしてくれないだろう。

訓練中の家屋に四人が着き、扉を開けようと近付けば……

「あ、エイミー、向こうはもういいの？」

「あら、皆さんお揃いでどうしました？」

「うん、二人ともお昼だって」

目隠しをしたままの二人が、振り向くことなく先頭のエイミーに声をかける。

「あ～チョット待て、二人とも、誰が誰だか分かるのか？」

「ハイ、なんだか見た目は、薄《うす》ボンヤリとした人影みたいですけど」

「見知った人たちの魔力ですからなんとなく」

質問に対し、当然のことのように答える彼女たちの態度に、シンは手で顔を覆う。

魔力による空間認識でできることは、せいぜいそれがなんであるか『区別』するくらいで、見知っているからと言って固有の魔力を『選別』できるのは、また別の能力だ。

（……よし、忘れよう）

「師匠？」

「昼メシにしよう、俺が奢《おご》るから好きなだけ食っていいぞ」

「いよっ！　シンさん太《ふと》っ腹《ぱら》！」

「もう、エイミーちゃん！　シンさん、ありがとうございます。でも、その……」

「大丈夫大丈夫、孤児院のチビも全員まとめて面倒見てやるから」

「ありがとうございます‼」

現実逃避《とうひ》することを決め込んだシンは、テンションが高かった。

修業《しゅぎょう》中の五人と孤児院の子供たちは、屋台で大量に買い込んだ料理を、破壊された家屋の瓦礫《がれき》の上に腰を下ろして楽しそうに食べている。

一方、食欲の湧《わ》かないシンは、串肉をチビチビと啄《ついば》みながら、じいさまと駄弁《だべ》っている。

「じいさまよ、大道芸を披露してるわけじゃないんだが……」

「かてぇコト言うんじゃねえよ！　にしてもおめえ、一体何をやったらアイツらをあんなに強くできるんだぁ？」

シンのボヤキを受け流しつつ、逆にじいさまはシンに問いかける。

家屋を易々《やすやす》と破壊する三人の変貌《へんぼう》ぶりは、それこそ子供の頃から知っている者にしてみれば、何があったのかと疑問に思っても不思議ではないだろう。

「大したことはしてないはずだがなあ……身体に負荷をかけた状態で一日中走らせ続けただけだよ。レベル四〇になるまで」

「……ワシがボケてるんじゃなけりゃあ、アイツら、どいつもこいつもレベル二〇にもなってなかったはずだが？」

「ああ、それで当ってる。アデリアなんかレベル一三だったぞ、アレで冒険者になろうってんだから正気を疑うよな」

「…………」

「……………………」

四人とて状況が許すのであれば、もっと鍛えてから冒険者になっていた。なってからも、分相応な仕事からコツコツと、地道にやっていく選択肢を選びもしたはずだ。

ただ、四人にはそういった選択肢が与えられなかっただけだ。

とはいえ、そのおかげでシンと出会うことができたのは、彼らにとって幸運以外のなにものでもなかっただろう。

「ありがとよ」

「そう思ってるんならタダで食わせてくれてもいいんだぜ？」

「ケチくせぇこと言うやつぁモテねえぞ？」

「景気の良いこと言ったってモテた試しはねえよ……」

誰も幸せにならない会話はしばらく続いた。

「……そういやおめえ、ヘンリエッタとアデリアを連れて、三人で何してやがった？」

思い出したようにじいさまが、不埒《ふらち》な輩《やから》を見る眼差《まなざ》しを向けながらシンに詰め寄る。

「別に疚《やま》しいことは何もしてねえよ、魔法の特訓だ」

「ほう、おめえ、魔法も使えるのかよ、しかもヘンリエッタに教えられるほどに」

「…………」

ポリフィアの街では何ヶ月もの間、ただの薬師で通してきたシンも、こっちでは四人と出会った直後から色々と脇が甘い。

自分は一体どうしてしまったのか。自問する彼ではあるが、答えが見つかる様子はない。

それは数ヶ月前の、アトワルド王国での出来事に起因する。シンは、今まで心の奥に澱《おり》のように溜《た》まっていた負《ふ》の感情、それを一度全て解き放った。結果、自身の世界に対する向き合い方に、自覚はないものの変化が起きたのだ。これは、そこで出会った人たちの功罪と言えた。

「で、どうよ、生徒の出来は？」

「天才過ぎて辛《つら》いわ。俺の方こそ聞きたい、アデリアといい神官さんといい、ここの孤児院は天才ばかり集めてるのか？」

「ほう、そんなに凄《すげ》えのかよ？」

シンの返答にじいさまは気を良くし、相好《そうごう》を崩す。彼も、吐露《とろ》しなければやってられない気分だったのか、言葉を続ける。

「並の魔道士なら一週間ぶっ続けで特訓しても、適性がなけりゃ習得に相当苦労する技を、一度やり方を教えただけで成功させやがった」

「ほう、そりゃ凄《すげ》え！」

ますます上機嫌のじいさまだが、シンは反対に暗い表情を浮かべた。

「その一言で済ませられる内はいいんだがな……」

冒険者になったアデリアはともかく、ヘンリエッタは神官だ。あまりに優秀だと別の神殿から引き抜き、ともすれば帝国の大神殿に持っていかれる可能性もある。

神官としては名誉なことだろうが、果たして彼女《ヘンリエッタ》がそれを喜ぶかどうかは別の話だ。あまり才能を開花させるのも困りものだと、シンは呟《つぶや》く。

「なあに、アイツはカカァに似て、芯《しん》の強い娘だ。自分が行きたいと思わねえ限り、よその神殿に移ることはねえな」

そう断言するじいさまの声には力がある。おそらくその通りなのだろう。

ならば、シンのすることは一つだった。

「それじゃあ昼からは、二人の才能をもう一つくらい開花させてやろうかね……」

「おう、頼んだぜ！」

威勢のいいじいさまと、少しばかりやる気の出たシンだったが、彼らの本来の目的は、農地の開墾《かいこん》のための前準備である。

それを全員、訓練に夢中で、微妙に忘れていた……

魔法特訓中の二人には午前中と同じ訓練をさせながら、シンは三人の方に足を向ける。

こっちも、すでに要領《ようりょう》をつかんでいるらしく、淡々《たんたん》と家の破壊を続けている。

「おー、頑張《がんば》ってるな……と言いたいところだが、すでにマンネリ気味だな」

「まあね～、シンさんもやる？」

三人は作業を中断すると、シンのもとに集まる。指示が入るのを察したのだろう。

「やらんよ。代わりに、ニクスには別のことを、二人には破壊の仕方に注文をつけよう」

「注文？」

「ああ、お前たち、壁を叩《たた》き壊すつもりで攻撃してるだろう。それを今度は打ち抜く感じで。そうだな、壁の向こう二〇センチの位置に狙いを定めて、攻撃を押し込め」

シンは自分の両手を壁とハンマーに見立てて、打ち抜くイメージを伝える。

理解はしたが、何の意味があるのか納得のいっていない二人は、シンに聞き返した。

「それが何の役に立つんだ？　衝撃点《ポイント》がずれてダメージが小さくなるだけじゃねえのか？」

「確かにな。ただ、ポイントを表面に定めた攻撃だと、受け流されたり耐えられやすいんだよ。このやり方だと多少強引でも相手にダメージを通せるんだ。ちょっと見せてやろう」

シンは壁の前に立つと、拳《こぶし》を作って壁を殴《なぐ》りつける。

バキャ――‼

壁に放射状の亀裂《きれつ》が入るとブロック製の壁は砕け、四〇センチほどの穴が空く。

「コイツが午前中にお前たちがやっていた攻撃だな、次は押し込む形の攻撃だ」

シンがさっきと同様、拳《こぶし》を壁に打ちつける。

ボゴッ――‼

今度は腕がめり込むように、家の壁を打ち抜く。空いた穴は小さく、腕の太さと大差ない。

「どうだ、こんな風にやるんだが、二つの攻撃の何が決定的に違うのか、体験させてやろう。三人ともそこに並んで腹に力を込めろ、身体能力強化も使っていい、いいぞ」

言葉の裏に隠された物騒《ぶっそう》な意味を正しく理解した三人は、急いで腹筋を強化する。

「まずは普通に殴《なぐ》る、いくぞ！」

ゴスッ！　ゴスッ！　ゴスッ！

「「「んぐっ‼」」」

三人は予想以上だった攻撃に苦悶《くもん》の声を上げるが、なんとか動かず立ったまま耐え切る。

「どうだ、痛いが我慢できないことはないだろう、次は同じ力で拳《こぶし》を押し込む、ホラ！」

ズンッ！　ズンッ！　ズンッ！

「「「――ぐほっ‼」」」

さっきと同じように耐えようとした三人だったが、今度は受け止めきれず、そのまま拳《こぶし》を腹にめり込ませ、膝《ひざ》をつく羽目になった。

シンは、そんな三人を見下ろす。

「はじめの攻撃が棍棒なら、今のはさしずめ杭を打ちつけたような感じじゃないか？　どうだ、同じ攻撃でも違うだろう？」

残念ながら、悶絶《もんぜつ》する彼らの耳に、彼の言葉は届かない。ただ、三人とも、眼前の男の非常識さだけは再確認できた。

「この攻撃の厄介な点は、受け止めたと思っても、そのまま押し込まれることだ。バランスは崩されるし、攻撃が止まったわけでもない。さて、どうする？」

「そうか！　シンさんがやってた」

「そういうことだ。さっきの攻撃を耐えようとするなら、オーガのとき見せたように、攻撃の速度を殺すようにしないといけない。まあ、避けられればそちらの方がいいんだが、ラドックはそうもいかんだろう。エイミーとニクスに攻撃を『殺す』練習を手伝ってもらうようにな」

「分かった」

短く答えるラドックを見て、シンは目を細めて小さく笑う。

最近はラドックも、シンの言葉にいちいち突っかかるようなことはない。もっとも、アデリアが彼と話をする度、不機嫌になるのは相変わらずだが。

「それじゃあ、今教えたやり方でドンドン壊していけ。注意しておくが、この攻撃は相手の防御を『抜く』効果がある反面、避けられたり受け流されると、自分の体勢を大きく崩す危険がある。くれぐれも使いどきには注意しろ。あと、ニクスはこっちな」

二人を残して、シンとニクスは瓦礫《がれき》と化した家の跡に移動する。

「シンさん、僕は何をするんですか？」

「ニクスにはレンジャーとしての技術を身につけさせたいところなんだが、俺もそっちは門外漢《もんがいかん》でな。代わりに、レンジャーっぽいことができる技を教えてやろうと思う」

「レンジャーっぽいこと？」

「ああ、アデリアたちに教えた技と同じく、魔力で作った糸を伸ばして、空間を認識する方法だ。使いこなせば周囲の警戒や索敵に役立つぞ」

ニクスは、シンの言葉の意味を理解すると、厳しい表情になる。

表情から、彼が言わんとすることはシンにも容易に推察できる。魔道士ではない自分に、アデリアと同じことができるはずがない――と。

シンは、説明よりも実際にやった方が早いと、ニクスの両手を地面につけるよう指示する。

「魔力展開のときみたいに、最初のとっかかりは作ってやる。目を閉じてじっとしてろ」

シンはニクスの頭に手を当て、魔力展開を教えたときのように、体内の魔力を体外に引っ張り出した。そして、その魔力を搾《しぼ》り出すように、ニクスの両手から地面へ放出させる。

「うっ――シンさん、これは！」

「ジッとしていろ。目を開けると頭がパニックを起こす」

魔力が体外に漏《も》れ出た瞬間、ニクスの身体を、魔力で世界に触れる魔道士特有の感覚が襲い、初めての体験に、船酔いと二日酔いが同時に来たような不快さに苛《さいな》まれる。

……そんな感覚が三〇秒ほど続いただろうか、目を閉じたニクスの頭の中が急にスッキリしたかと思えば、目を閉じているのに周りが『視《み》えた』。

「シンさん‼」

「おっ、ようやく回線が繋がったな。で、どうだ？」

「ボクの目の前に、おそらくシンさんの足があるのが分かります。周りの瓦礫《がれき》も……つっ！」

興奮し、さらに言葉を続けようとニクスが顔を上げた途端――

ドスン！

「あ……」

「魔力切れだな。こいつは身体能力強化と違って、外に向かって魔力を放出する技だ。今のは加減が分からずに、バケツの水をひっくり返したように満遍《まんべん》なく魔力を垂れ流していたせいで、魔力切れを起こしたんだ。もっと糸のように細い魔力を、地面に蜘蛛《くも》の巣を張るイメージだ」

魔力回復薬を飲ませてもらって復活したニクスは、いきなり高いハードルを設定する男を恨《うら》めしそうに見上げながら、弱々しく訴えた。

「シンさん……そんな高度な技、やれと言われてできるなら誰も苦労は――」

「頑張《がんば》れ」

「だから、アドバイスが『イメージだ！』だけでは」

「気合だ」

会話にならなかった。というかシンが会話をする気がなかった。

彼としても、これ以上掻《か》い摘《つま》んで指導することができない。専門的に説明しようとしても、きっとニクスの理解力を超える。だから、これでできなければ諦《あきら》めるしかない。そんな状況だ。

「分かりました。やればいいんでしょう、やりますよ……シンさんの鬼、悪魔」

――ピシリ。

何気《なにげ》ない愚痴《ぐち》のつもりだった。しかしそれを聞いたシンは、そっとニクスの肩に手を置くと、優しく、ねっとりと、全く目の笑っていない笑みを浮かべて諭すように語りかける。

「ニクスはおかしなことを言う。いいか、悪魔っていうのはな……テメエで全身の骨を砕いておきながら、魔力で手足を固定しろ、内臓を保護しろ、ただの剣で鉄塊《てっかい》を斬れ、狼よりも速く走れ、そんなことをぬかすクソ野郎を指す言葉だ。俺はニクスに一度でもそんなことを言ったか？　ん？」

「いいいいいいいいえええええいえいえいいえ‼　滅相《めっそう》もない、頑張《がんば》りますぅ‼」

ドラゴンの尾を思い切り踏んづけたことに気が付いたニクスは、これ以上シンが何かを喋《しゃべ》り出す前に、必死に訓練に取り組んだ。

その必死さが功を奏したのか、わずかではあるが、細い糸状の魔力を伸ばすことにニクスは成功する。世の中、何がどう転ぶか分からないものだ。

今は未熟な分、知覚範囲は狭い。魔力の消費も激しく、長時間の行使には耐えられないだろう。だが、この調子ならそういった問題も、じきに解決するはずだ。

シンはニクスに、もう一つアドバイスをする。

「この技も、魔力そのものは見えないが、勘《かん》の良い魔物や獣、魔力展開が使える冒険者なら、自分に何かが触れたってことが分かっちまう。だから糸はできるだけ細く、そして触れたときの違和感を少なくするため、これを敷くのは空中よりも地面にだ」

「はい！」

なぜか気合の入りまくった返事に、シンは思わず苦笑し、小さく頷《うなず》いた。

レンジャーに転向したニクスは現在、四人の中で一番弱いと言ってもよい。

パーティの将来を考えての、本人たちも納得しての決断だった。だからといって、なんのわだかまりもなく全てが上手く回るほど、ニクスの精神も成熟しているわけではない。

ストレスも溜《た》まるだろう。現に午前中の作業では珍しく愚痴《ぐち》をこぼしていた。

だからこの技を教えた。レンジャーとしては鍛えてやれない分、せめてニクスが自信を取り戻せるようにと。

「上手く使いこなせば、野営時の警戒に使える他、洞窟《どうくつ》や迷宮の先を事前に調べることもできる。戦闘時にわざと気付かれるよう展開して、相手の気勢《きせい》を削《そ》ぐなんてことも。色々便利だぞ」

「はい、頑張《がんば》ります！」

それからシンは、アデリアたちのもとへ移動したのだが――

「――師匠、おかえりなさい！」

「シン先生、新しい課題ですか？」

やる気に満ちた才女二人が、シンが扉に手をかける前から声をかけてくる。

苦笑するしかない彼は、目隠しをした状態の彼女たちに聞いた。

「はいはい。その前に、二人とも今はどんな状態かな？」

もちろん、二人には周囲がどう見えているか、という意味である。

「ハイ、どれも輪郭《りんかく》がぼやけて見えます。薄暗い中で目を開けている感じです」

「それと、色がとても薄く感じます。アデリアちゃんらしき人影が少し光って見えるのは、多分魔力だと思うんですが、先生は……ほとんど光ってませんね。あ、でも靴《くつ》や腰の鞄《カバン》――」

「はいストップー！　その辺で結構！」

ヘンリエッタの言葉を遮《さえぎ》ったシンは、彼女たちが、魔力による空間認識を完全に会得していることに、感心と同時に、習得のあまりの早さに恐れ入る。

ニクスの平面的な存在感知と違い、二人がやっているのは立体的な空間把握《はあく》だ。文字通り難易度《なんいど》の次元が違う。魔道士の中でも、限られた者しか使いこなせない高度な技だ。

シンは、いろいろ何かを諦《あきら》めた曖昧《あいまい》な表情を浮かべると、やがてそれを引き締《し》め、頬《ほお》をペチペチと叩《たた》いて気合を入れ直してから、二人に指導を始める。

「それじゃあ二人とも、俺が指定する場所に、午前中と同じ魔法を発動させてみろ」

「「はい！」」

二人は、シンが指差す度、正確にそこへ魔法を発動させた。

結果に満足したシンは、真剣な表情で頷《うなず》くと、二人に向かって右手を突き出す。

「それじゃあ、今からとっておきを二人に伝授《でんじゅ》してやる。目隠しした状態のまま、周囲の

「魔素の流れをよく視てろよ……〝集《つど》え〟」

シンの口から、魔力の込められた言葉がたった一言、発せられた。すると――

「――!!」

言葉に呼応するように、周囲の魔素がシンの右手に集まっていく。やがて、それまでの数倍もの濃度の魔素が、右手の周囲に集まり……シンは呪文を唱えた。

「火精《かせい》よ、我が示す先に導きの炎を、〝燭台《キャンドル》〟」

ボウッ――!!

シンが先日アデリアに教えた魔法は、燭台の名に似つかわしくない大きな炎を生み出す。

そして、驚きのあまり声の出ない二人に向かって、シンが話し出した。

「とまあ、周囲の魔素を一ヶ所に集める技なんだが、効果は視ての通りだな。どうだ、驚いたか？」

目隠しをしたままコクコク頷《うなず》く二人の姿に、シンは小さく笑うと、説明を続ける。

「同じ魔法でも、魔力に変換《へんかん》する魔素の量が多ければ、魔法の威力は上がる。多くの魔道士が一度は考えることなんだが、いざ試してみても、これがなかなか上手く行かない。これを成功させるためにはな、周囲の魔素を正確に把握《はあく》しておく必要があるんだ」

その言葉に、二人はハッとしたように硬直した。それを見たシンが頷《うなず》く。

「そういうことだ。二人ともやってみろ、かける言葉はなんでもいい」

「はい――〝集《つど》え〟」

なんでもいいと言われて、二人ともシンの使った言葉を選ぶのはゲン担《かつ》ぎなのだろうか。ともあれ、彼女たちの魔力を帯びた呼びかけに、周囲の魔素はわずかなりとも反応して、少しだけ魔素が集まる。続けて発動させた魔法は、ほんの少しではあるが、確かに威力が増していた。

「師匠‼　できまし、た……師匠？」

「なんですぐできるかねえ……」

ここまで来ると、むしろシンの方に泣きが入る。

大きな溜《た》め息をついたシンは、二人に目隠しを取るように指示すると、小さく拍手《はくしゅ》をした。

「――ハイ、これで俺が教えることはなくなったな。おめでとう」

シンの言葉にしかし、二人はいまいち喜んだ表情を見せない。なぜなら彼女たちには、何かができたという確たる実感が持てていなかった。

彼に教わったことは、見えない場所でも魔法を発動させる方法、周囲を魔力だけで認識する方法、魔素を集めて魔法の威力を上げる方法、この三つである。確かにどれも役に立つ技術だが、そこまでか？　と問われれば首を傾《かし》げざるをえない。最後の技だけは凄《すご》いと思うが、まだまだ効果も小さく、どこまで使いこなせるかも、彼女たちには分からない。

「ん〜、あまり嬉しそうに見えないな。アデリアはもちろんのこと、神官さんにとっても、とんでもなく役立つ技を教えたつもりなんだが」

「あ、あの……できれば名前で呼んでいただけませんか」

「……じいさまに殺されなけりゃいいなあ……まあいいか。それじゃあヘンリエッタ、俺が教えた三つの技、別々にじゃなく同時に使うと、どんなことができると思う？」

「同時に、ですか？　ええと……遠い場所、魔力で周囲を把握《はあく》、効果の高い魔法――‼」

確認するように、それぞれの特徴《とくちょう》を並べて喋《しゃべ》ったヘンリエッタは、ハッと何かに気付いて顔を上げ、シンに向かって震えた声で問いかける。

「あああのっ！　それって……どこにいるか分からない怪我人《けがにん》を見つけて治療《ちりょう》できる、ということですか？」

そう、シンの教えた三つの技を同時に使いこなせれば、もし鉱山で落盤事故があっても、現場の外から生存者の捜索が可能なばかりか、内部の怪我人《けがにん》に治癒魔法を施《ほどこ》すことも可能なのだ。

「ああ、ヘンリエッタの考えてる通りだよ。そもそもこの『遠隔発動』『擬似千里眼《ぎじせんりがん》』『威力増大』は、前の二つを掴みだけでもと思ってたんだがなあ。二人の才能が予想以上だったんで、つい最後の『威力増大』まで教えちまったよ」

ついでに教える方も大概《たいがい》だが、できる方はもっと非常識だった。

「凄《すご》い！　凄《すご》いです師匠‼」

　何かを堪《こら》えるように目を閉じ、感極《かんきわ》まったように身体をプルプルと震わせるヘンリエッタの代わりに、アデリアがシンを手放しで賞賛する。それを聞く彼は、こうも明け透《す》けに褒《ほ》められることになれていないのか、照れくさそうに鼻の頭を掻《か》いて、顔がニヤケそうになるのを堪《こら》える。

「あ～、まあなんだ、さっきまでは目隠し状態で、魔素だけを見るようにしていたから、訓練も上手くいった。しかし外では、周囲を目で見ながら魔力で周囲の魔素をコントロールする、なんてことになる分、脳にかなりの負担をかける。魔力も消費するしな。なので二人とも、訓練するのは安全な場所で行うように。いいな？」

　最後に訓練時のアドバイスをすると、さっきまで静かだったヘンリエッタがついに我慢できなくなったのか、両手で顔を覆い、声を出さずにしゃくり上げて泣きはじめた。

　今まで諦《あきら》めるしかなかった命が助かる、親を失う子供が少なくなる、将来確実に少なくなる悲劇と、増えるであろう笑顔を思い、ヘンリエッタの目からは涙が溢《あふ》れる。

　そして、シンの両手をギュッと強く握り締《し》めると、流れる涙をそのままに笑みを浮かべ、力強く宣言した。

「シンさん！　私頑張《がんば》ります！　シン先生から教えてもらった技で、この街の皆を守っていきますから‼」

「ああ、うん……くれぐれも頑張《がんば》り過ぎないようにね。それから、魔力の消費には注意するように。いざというときに魔力切れなんてのは目も当てられないから」

「はいっ‼ 頑張《がんば》るわよ、アデリアちゃん！」

「はい、お姉ちゃん！」

ヤル気スイッチが入りまくった挙句《あげく》、スイッチにロックまでかかった二人を遠くに眺めつつも、シンは大事なことを思い出した。

「二人とも、これはお願いというか懇願《こんがん》というか、とにかく守って欲しいことなんだが……」

シンは歯切れの悪い物言いで話を切り出す。

「明日、もし自分のステータスを確認したとしても、決して大騒ぎしないでくれ。アデリアは特に興奮して仲間に言いふらすとか、ギルドマスターとやらに報告とか絶対やめて、お願い。ご飯でもなんでも奢《おご》るから」

「「はあ……」」

これまた歯切れの悪い返答だったが、二人がシンの願いを断るはずもなく、素直に頷《うなず》いた。

今日の訓練は終わりにし、孤児院に帰ろうと三人が家から出てきたら、じいさまとエイミーたちが待ち構えていた。どうやらこの家が最後らしく、シンたちが出るのを待っていたらしい。

泣き腫《は》らした様子のヘンリエッタを見て、悪鬼《あっき》の形相《ぎょうそう》を浮かべたじいさまがシンに掴みかかる。そんなひと悶着《もんちゃく》があったものの、最後の家も無事破壊され、周りの拍手喝采《かっさい》によって、この日の作業はお開きとなった。

――そして翌日、早朝。

その日の孤児院は、アデリアとヘンリエッタ両名の、悲鳴にも似た声で目を覚ました。

シンの忠告が気になっていた彼女たちは、翌朝、当然のように自分のステータスを確認し、結果とんでもないものを目にする。

『魔力制御スキル　レベル五』

シンの教えた三つの技は、どれも高度な魔力制御技術を要するものであり、それが使える彼女たちは逆説的に、魔力制御のスキルレベルを大幅にアップさせた。

朝から孤児院に赴《おもむ》いたシンは、またも感極まった二人から、熱烈な歓迎やらハグやらを受ける。そして、それを見たラドックが切れ、おまけに目撃者の証言によって、シンは若い独身者たちのさらなる怨嗟《えんさ》の声を背に受ける羽目になったのは、別のお話である……

ところで、翌日になってもシンの仕事は家庭（？）菜園を作るための作業だ……薬師なのに。

チビッ子アンド弟子たちをこき使い、瓦礫《がれき》の撤去にゴミの分別、それから家の基礎を掘《ほ》り起こす。石材は細かく砕いて都市外へ撤去という名の川への投棄、木材は燃やして灰を土に混ぜて肥料代わり……改めて言う、彼は薬師であり、決して農家ではない。

「シンさ〜ん、何してるの？」

周りから離れ、一人黙々と作業をするシンに向かって、エイミーが声をかける。

「これか？　侵入者対策だ」

シンは今、過去に何度も悪党の侵入を許した外壁の端《はし》に、分別の際に出てきた不燃ゴミ、つまりガラス片《へん》を埋《う》め込む作業をしているところだ。

やつらの侵入口は、篝火《かがりび》が焚《た》かれ見張りも立つ壁上ではなく、川に面した外壁の切れ目である。しかも、壁にあるわずかな凹凸《おうとつ》を利用してのフリークライミングという、気合の入ったものだ。

ならば、ゴールしたご褒美《ほうび》はトラップのプレゼント――シンにとって当然すぎる選択である。

「まったく、この街の防犯意識はどうなっているのやら……」

そう愚痴《ぐち》をこぼす彼は、努力の果てに壁を突破した勇者が、手を差し伸べるであろう箇《か》所《しょ》の壁を削《けず》っては、ガラス片を指し込みモルタルで固め、ガラスの剣山《けんざん》を作り上げた。

完成した剣山トラップを満ち足りた笑顔で眺めるシン。エイミーは、そんな彼を見て――

「シンさんの性格の悪さが具現化《ぐげんか》したような代物《しろもの》だね」

「なんて失礼な！　法令遵守《コンプライアンス》は健全な社会の根幹《こんかん》だぞ。それを乱すクソッタレにくれてやる慈悲《じひ》を、俺はたまたま持ち合わせてないだけだ」

　むしろ、ガラスに毒を塗《ぬ》らない俺の慈悲《じひ》に感謝して欲しい――そう自信満々に語り、エイミーをさらに引かせるシンだった。もっとも、やんちゃな子供たちがうっかり触ってしまう危険がゼロではない以上、さすがにシンもそこまではできない。

「それより、頼んでいたものは揃えたのか？」

「うん、全部集めてきたけど、こんなの何に使うの……？」

「そんなの決まってるだろう――肥料作りだ」

　そう、農業と言えば肥料である。本来なら人糞《じんぷん》も利用したいところだが、さすがに住宅区に肥溜《こえだ》めを作るわけにもいかない。シンも、壁の中にそんなものを作るようなテロリストではなかった。

　ここバラガの街は、魚や獣は獲《と》れるものの、青果《せいか》に関しては完全輸入に頼るという、なかなかエキセントリックな食糧事情を抱えている。というのも、この街に移住してきた者の中には、農村出身者も結構な割合でいた。だが生憎《あいにく》、故郷を捨てた先の鉱山都市でまた畑を耕したがる、そんな、農業が骨の髄《ずい》まで染み込んでいる酔狂《すいきょう》な者はそうそういない。

　代を重ねる度に、彼らの持つ農業のノウハウは失われ、そして現在に至る。

　無論、目の前の元気な格闘少女は言うに及ばず、じいさまですら知らない始末で、シンの仕事は増えるばかりだった。

「とりあえずコイツの作り方を教える。なのでヘンリエッタと、あと、賢《かしこ》そうな子供を連れてきてくれ。なんだったらエイミーが覚えて――」

振り向くと既に彼女の姿はない。実に自分に素直なコだった。

ほどなくして、ヘンリエッタが利発《りはつ》そうな子供数人を連れてやって来る。当然エイミーは来なかった。本当に分かりやすい。

「シン先生、また何か教えてくれるってエイミーちゃんが言っていましたけど？」

「魔法とかじゃないから、先生はやめてくれ。今から畑に撒《ま》く肥料の作り方を教えるんで、それを覚えて、俺がいなくなった後も作れるようになってくれ」

「はあ……肥料、ですか？」

「ああ、うん。やっぱりそこからか……要は、良い作物を作るために土に混ぜる、畑のご飯だよ。いいか、まず――」

シンは、先程作った剣山トラップ付近の角地に、解体時に出たブロックで囲いを造る。

そこに、二メートルほどの木桶《きおけ》を設置すると、その中を三分の一ほど、水で満たす。

次に、錬金術などで使う素材を扱う店で買ってきた、新鮮な『パキラの葉』を一〇枚、磨《す》り潰《つぶ》して桶《おけ》に投入。さらに、周辺の民家から貰《もら》ってきた廃棄《はいき》予定の生ゴミを、細かく切ってこれも磨《す》り潰《つぶ》し、同様に投入すると、それをゆっくり攪拌《かくはん》する。

そうすることで、水に溶《と》けたパキラの成分が、弱性ながら有機物を分解する消化液に変

わり、桶《おけ》の中では生ゴミを分解するための反応が始まった。

「パキラの葉は最初だけで構わない。そして毎日少しずつ、生ゴミをこの桶《おけ》に入れるように」

囲いの上に白い花の鉢植《はちう》えを置きながら、シンは説明を続ける。

「一〇日間生ゴミを入れ続けたら、その後一〇日ほど、桶《おけ》の中身がキレイに分解されるよう朝と晩、この棒でかき混ぜる。そうしている間は、キツイ臭いが発生するので、この花を置いておく」

「この花は？」

「コイツは『アルマーナ』と言って、周囲のアンモニア――刺激臭を吸収して、代わりに良い香りを発生させる、天然の芳香剤《ほうこうざい》だな。コイツが出す香りには虫除《むしよ》けの効果もあるから、ハエがたかるのも防げる。種を渡すので、孤児院の花壇《かだん》にでも植えて増やすといい」

アルマーナの種を袋ごと渡すと、中にあるゴマ粒《つぶ》のような種を、みんなで珍しそうに見ている。東大陸で栽培《さいばい》されているこの花だが、ここ南大陸ではまず見かけない。騒動にならないことを祈るシンだった。

「生ゴミ投入に一〇日、その後さらに一〇日、合計二〇日で肥料の完成。コイツと石灰の粉を畑に撒《ま》いて耕せば、土が元気になるって寸法だ」

「「「おお～～～」」」

シンの言葉に感心し、憧憬《どうけい》の眼差《まなざ》しを向けてくるチビッ子たちの姿を見て、彼は深く大きく頷《うなず》く。

（まったく、アイツらは一体どこで道を踏み外したのか……）

そして、自分を素直に尊敬しない連中のことを思い浮かべ、目頭を熱くした。

「――ほう、おめえ農業の知識もあるんかよ？」

そこへ、今日は派手な作業がないため野次馬《やじうま》もいない空《あ》き地に、仕事そっちのけで手ぶらのじいさまがやって来た。

「なんだじいさまか。あいにく俺は薬師なんでな、こういった知識もある程度は押さえてある。ていうか、俺は剣とか魔法より、コッチが本職に近いんだよ」

「あら、おじいさま」

「おう、元気かヘンリエッタ？　おめえがこのケダモノに襲われたって話を聞いて飛んできたんだが、なんともねえか？」

じいさま訪問の理由が判明すると、ヘンリエッタは顔を赤くし、シンは溜《た》め息をつく。

「じいさまよ、どこでそんな嘘話を……」

「おじいさま!?　ち、違います！　アレは……」

「そうだぞじいさま、俺がヘンリエッタを襲ったなんて話は根も葉もないデタラメだ。むしろ俺が、興奮したヘンリエッタに抱きつかれたんだ！」

「シンさん!?」

じいさまに弁明をしようとしていたヘンリエッタは、思わぬ方向からの不意打ちに「はわわわ」と、頬を染めて慌てている。あたふたと体が左右に振れる度、豊かな二つの膨らみが大きく揺れ、それを見たシンは、誰にも気付かれないよう後ろ手でサムズアップしていた。

「……オイ、聞いた話より酷《ひで》えじゃねえか」

「（俺が色々教えた翌日、スキルレベルが上がってたんだよ）」

「（……ああ、そういうことかよ）」

その説明だけでじいさまも、一応の納得はしたようである。

「で、じいさま、今日はなんの用があって？」

「別に用事なんかねえよ、暇つぶしだ」

金にならない仕事を人にさせておきながら、当人は、子供たちと一緒にアルマーナの種を珍しそうにつついている。年を取っても人生が楽しそうなじいさまだった。

そんなじいさまが、そういえば……と言いながら顔を上げた。

「例のBランク冒険者たち、今朝《けさ》方街に到着したらしいぜ。んで早速、森の中に入ったんだとよ」

「ふうん、ソウデスカ……話は変わるがじいさまよ。よくこれだけの土地の賃貸と農地転用の許可なんか下りたな、お偉いさんの弱みでも握ってんのか？」

楽しそうな顔で話を振ってくるじいさまに、シンもお返しとばかりに話題を変える。質問についてじいさまは「許可なら真っ当な手続きを踏んだわ！」などと言うものの、土地取引と運用に関しての手続きが、たった一日で済むはずがなかった。

睨《にら》みつけるようなじいさまの視線と、それを欠片《かけら》も信じていないシンの冷めた眼差《まなざ》し。その二つが交錯《こうさく》する中、ヘンリエッタがおずおずと、シンに向かって耳打ちをする。

「シンさん、おじいさまは、この都市の前代表なんです……」

「…………ん？」

「ですから、各ギルドからギルド長以外の幹部《かんぶ》や行政官、その他現場の有力者を集めた都市の自治機構、それを束ねる代表を務めていたんです」

シンは以前、アデリアが言っていた言葉を思い出す。

――おじいちゃんはこの街では顔が広いから――

（アデリア、それは「顔が広い」んじゃない、「都市の顔」って言うんだ……）

説明下手の少女に心の中でツッコミを入れながら、シンは判明した意外な事実に、「それならそれで好都合」などと頭の中で算盤《そろばん》を弾く。

「昔のことはいいんだよ。んで、農地と言やぁおめえ、ココに何を植えるつもりなんだ？」

「昔、ねえ……まあいいけどよ。ほら、植えるのはこの『シュガル』さ」

シンはそう言って、異空間バッグからそれを取り出す。

シュガル
サザント大陸の南側で栽培《さいばい》されている多年草の植物。
短期間で四メートルほどに成長し、節《ふし》くれ立った硬い茎《くき》の中には砂糖《さとう》の原料となる甘い液体が詰まっている——異世界サトウキビ。

「成長したコイツからは砂糖《さとう》が作れる。まあ、控《ひか》え目に言って金の成る木だな」

「……おめえ、今サラッととんでもないこと言わなかったかよ?」

「コイツは俺が品種改良したやつで、一ヶ月で収穫《しゅうかく》可能な優《すぐ》れものなんだが、その分一度の収穫量が若干《じゃっかん》少ない。それでも、そこの肥料と定期的に畑を休ませてを繰り返せば……」

じいさまの呟《つぶや》きを流しつつ、シンは頭の中で収穫量を予測する。

「土地全てを農地にってわけにはいかないか。せいぜい四〇メートル四方が栽培《さいばい》可能だとして、そこで年六回……まあ、四〇トン前後はいけるか」

「よんっ!? ちょ、てめぇ‼」

シンの独り言に反応したじいさまが、歳に似合わぬ素早さで彼の口を塞《ふさ》ぐ。

(おめえ正気か、自分が何言ってるのか分かってんのか!?)

「ひふへええな、ほえあいふあっへおほあひえあ（失礼な、俺はいつだって大真面目《おおまじめ》だ）」

さすがは異世界、砂糖の価値は現代日本の比ではなかった。

とはいえ、そこまで非常識な値段でもない。南方に位置するサザント大陸の、さらに南でしか栽培《さいばい》できない熱帯植物のため、多少高額で取引されはするものの、相場は概《おおむ》ね、栽《さい》培《ばい》地域で一キロが大銀貨一枚（一万円）程度だ。無論、遠方になるほど運搬《うんぱん》コストはかかり、価格は上昇する。

そうは言っても、年間四〇トン収穫できるということは……じいさまが慌《あわ》てるのも無理からぬことで、その顔を赤くしたり青くしたりと忙しい。そんなじいさまを、子供たちとヘンリエッタは不思議そうに眺め、シンは、じいさまが落ち着くまで、首をガクガクと揺らされながら待っていた。

「……今日が一番、おめえに……驚か、された……わい、オエ……」

「じいさまが元都市代表で助かったよ。流通やら価格設定やら、部外者の俺が仕切るわけにはいかないからな。その辺の取り決めは全面的に任せるわ」

一つも楽しくない手続きを他人《ひと》任せにできるとあって、シンは上機嫌だ。

一方、丸投げされたじいさまも――

「ちっ！　言い出しっぺはワシだからやってはやるが、もう少し大人しいモンにできなかったのかよ？」

都市運営に関わってたじいさまは、まだゼエハアと荒い息をついている。金勘定《かねかんじょう》が得意な者は、この手の爆弾がもたらす影響もよく分かっているようで、顔には喜びよりも、困惑と怒りの方が強く出ていた。

「普通に野菜とか作っても盗まれる心配があるしな。コイツならすぐに足がつくだろ？」

これでも一応、シンも考えた末での選択であって、決して愉快犯《ゆかいはん》的な思惑はない。

「けっ！　まあええわい、その辺はワシがなんとかしといてやる。ただし、おめえも話し合いの場には出てもらうかんな！　ああ、それはそうとおめえ……」

「まだ何かあんのかよ？」

勘弁《かんべん》してくれといった表情で顔を向けたシンは、じいさまの様子におや、と首を傾《かし》げる。声はいつもより低く、地の底から響いてくるという表現が適切だろうか。どことなく怒っているようにも感じられた。

ただ、シンには心当たりがなく、ただ首を捻《ひね》るばかりである。

ガシッ‼

次の瞬間、じいさまはシンの襟首《えりくび》を掴むと、ツバを散らしながら怒鳴《どな》り散らした。

「やいてめえ！　さっきワシの可愛《かわい》い可愛《かわい》い孫娘を『ヘンリエッタ』と呼び捨てにしやがったな！　言え、おめえ、やっぱり手ぇ出しやがったのか⁉」

「ひゃう、おじいさま⁉」

「なっ⁉　出してねえよ！　ヘンリエッタがそうしてくれって言うからそうしてんだよ」

「また言いやがったな！　んじゃ何か？　つまりてめえ、ヘンリエッタを誑《たぶら》かしやがったか‼」

「なんでそうなる⁉」

「うるせぇ！　やっぱりぶっ殺してやる！」

話が通じないと、シンはたまらず逃げ出すが、それをじいさまが追いかける。

じいさまは、ジジイとは到底思えぬ健脚《けんきゃく》ぶりでシンを追いかけ、振り切ることのできない彼はその後、じいさまの燃料が切れるまでの三時間、街の中を走り回る羽目になった。

結局、この日予定していた畑の開墾が遅れてしまい、日が暮れた後も、光球を作り出して耕し続けることになったという。そしてその中には当然、シンとじいさまの姿があった。

五〇メートル四方の更地《さらち》に、畦《あぜ》を挟んで二〇×四〇メートルの広さの畑が二つ。そこでは、数日前に植えたシュガルの苗《なえ》が順調に育っていた。

子供たちもそうだが、旦那を仕事に送り出した近所の奥様方も、物珍《ものめずら》しそうに眺めている。日毎《ひごと》に二〇センチ近くも伸びる奇怪《きかい》な植物とあれば、気になるのは当然のことだろう。

「不思議な植物があるもんだな」

「興味があるんなら、冒険者なんか辞《や》めて農業に鞍替《くらが》えするか、ラドック？」

「しねえよ！　それより、なんで半分しか植えてないんだよ？」

ラドックの言葉に、シンも目の前のシュガル畑に目を移す。

彼の言葉通り、現在シュガルの苗《なえ》は、二つに分けた畑の片側にしか植えていない。

理由は明白《めいはく》で、定期的に収穫するためである。

このシュガルはシンが改良した品種で、一ヶ月というスピードで収穫できる代物《しろもの》だ。しかし、いかに早く収穫できるとはいえ、畑の方はそうはいかない。養分を搾《しぼ》り取られたスカスカの土地、そこに次を植えたとしても、同じ収穫量は期待できない。

そのため、シュガルの栽培《さいばい》に一ヶ月、収穫した後休息に一ヶ月と、二ヶ月を一セットで、二つの畑を交互に栽培《さいばい》、収穫する形で回すことにしていた。これなら、二ヶ月毎《ごと》に大仕事を抱えるより、作業効率も生活サイクルも安定する。

「それに、もし病気や虫、色んな災難《さいなん》に見舞われても被害は半分で済むだろ？」

「へえ、シンさんも色々考えてるんですねえ」

「……ニクス、お前たちはもう少し俺を尊敬するべきだ」

余談だが、この世界の暦《こよみ》は週、月、年と、前世の世界と単位は一緒だが、内訳が若干《じゃっかん》違う。

一週間は七日、一年は一二ヶ月と一緒だが、一月は五週間の三五日だ。

つまり、一年は三五×一二で四二〇日と、シンの前世の世界よりも、二ヶ月近く日数が多い。

シンが以前、このことについてエルダーに『なんでこんな計算方法に？』と聞いたら一言——

『簡単だから』

それでいいのかと聞いたら、さらに一言——

『最高神のボクがルールブックだ！』

そんな風に言い切られた上に胸を張られては、何も言い返せなかった。

——話を戻そう。

「ここまでくれば、残りの仕事は収穫まで定期的に水を撒《ま》くぐらいだ。後はヘンリエッタと子供たちに任せるさ。それよりニクスとラドック、今日はよろしくな」

「任せてください！　それで、今日は入山だけで、採掘作業はしなくてもいいんですか？」

そう、今日はシンが、ガリアラ鉱山に初めて入る日である。

元々、壊れてしまった彼のガントレットを新しく作るため、その材料を求めてこの街に来たはずだった。それが、気が付けば押しかけ弟子を鍛え、孤児院のために畑を作り、なんとも遠回《とおまわ》りをしたものである。

「ああ、何が採《と》れるか知らないんでな、今日は見るだけにするよ。二人は？」

「全部の坑道を紹介すると時間がかかる。俺らも今日はただ入るだけだ」

鉱山に入る料金は三タイプある。

一つ目は個人採掘。当日限りの採掘権料に加え、持ち出す重量によっては追加料金が発生するため、一番金がかかる。

次は採掘ギルドの集団採掘。現場作業員として雇われるので、各種料金はギルド持ちで日当も貰《もら》えるが、個人での持ち出しは禁止。

最後は、今日シンたちが利用する、ただ入山するだけのプラン。

鉱山を近くで見たいという酔狂な旅行者のために設けられたもので、坑道の奥に入ることはできないが、入り口から数メートル程度の進入は許される。

また、入山時に渡された布袋に入る程度の鉱石なら、手土産《てみやげ》代わりに持ち出しが可能。

「それじゃあシンさん、行きますよ」

「あいよ」

そう返事をするシンの顔は、今からハイキングに行く子供のそれのようだった。

——そして日も暮れる頃。

「いやあ、実に有意義な時間だった」

鉱山から都市内へ戻った三人は、屋台でお土産《みやげ》を買いながら孤児院へ戻る。

シンは、これでもかというほどに上機嫌だ。だが、残りの二人は、何がそんなに嬉しいのか分からず、布袋に詰まったソレを取り出し、彼の顔と交互に見比べつつ首を傾《かし》げている。

「しっかしなんでこんなモンを？　硬すぎて使えねえゴミ石って、鍛冶屋で聞いたことがあるぜ？」

「そのはずだよね……シンさん？」

「コレか？　コイツは灰重石《かいじゅうせき》って言うんだが、そうか、鍛冶屋も使わないか……」

灰重石――タングステン鉱石のことだ。

シンの持つ鍛冶スキルのレベルでは製錬不可、錬金術と火属性魔法を使って、やっと加工にこぎつけた『問題児』でもある。

鍛冶師もゴミ石扱いするということは、今のところシンが用いた方法以外での製錬はできないということでもあり、今なら文字通りゴミ同然の価格で手に入る。彼にはありがたい話だった。

「畑の方は、俺がこれ以上何かをする必要もないし、明日からは鉱山にでも潜るとするかな」

明日以降のことを思い、シンの表情はどこまでも緩《ゆる》んでいく。

鉱山《それ》が、大騒動へと誘う入り口であるなどとは思いもせず……

■

とある冒険者パーティ――

「なんだぁ、こりゃあ⁉」

男は目の前の光景に足を止めると、頓狂《とんきょう》な声を上げた。

「ガロン、アナタがそうやって先を行ってしまったら、アタシの立場がないんだけど？」

棒立ちになる男に背後からかけた女性の声は、若干《じゃっかん》の苛立《いらだ》ちと、もう慣れたのか、多分に諦《あきら》めの混じった感情が含まれていた。

ガロンと呼ばれた男は、バツの悪そうな表情を浮かべながら振り向く。

「いいだろミューラ、こんな森の入り口で警戒するようなことなんか起きねえよ」

「……ガロン、その警戒するような事態が森の入り口付近で起きたから、わざわざ私たちが呼ばれたんじゃないか」

二人に向けて、別の男から声がかかると、男を含め四人の男女が合流する。そして、合計六人となった冒険者たちは、ガロンと呼ばれた男が見た光景を目にし、押し黙った。

「これは……スゴイな」

「木々が薙《な》ぎ倒されていますね、間違いなくオーガ、聞いていた赤鬼《レッドオーガ》が暴れた跡でしょう」

否定する者はここには誰もいない、しかし疑問は残る。

誰かと戦ったのか？

オーガが踏みならした足跡がそこかしこに散見《さんけん》するが、相手のものは？

奇妙なことは他にもあった――血の跡が見られない。

最近雨が降ったなどの話は聞いていない。地面に染み込んだとしても、相手の体を引き千切《ちぎ》るような凄惨《せいさん》な戦いをするレッドオーガの戦闘跡に、血溜《ちだ》まりができないはずがない。

「結論を出すには情報が足りないな。ここからは危険を避けるため、一つに固まって周囲を探索しよう。ガロン、今度は先走るなよ？」

「分かってるよ、ヴァイス」

パーティの方針が決まる中、ミューラと呼ばれた女性はただ一人それを見つけた。

（足跡、いえ靴跡《くつあと》？）

生《お》い茂《しげ》る草のせいでパッと見には分からないが、人の倍以上のサイズにもなる大きなオーガの足跡に隠れ、人間サイズのそれは、オーガの足跡と向き合うような形で並んでいる。

その、地面に深くめり込んださまは、まるでオーガの一撃を受け止めたかのようで――

「ミューラ、どうした？」

「……なんでもないわ、今行く」

立ち上がった褐色《かっしょく》の肌《はだ》で肉感的なエルフ――ミューラは、気持ちを切り替え、仲間たちのもとへ駆け寄る。

見たことのない特徴的な靴《ミリタリーブーツ》の跡を、頭の中に焼きつけて――

やがて六人は、オーガが暴れたと思われる場所から少し離れたところで、別のものを見つけた。

「棍棒だな、オーガのものか？」

「そりゃそうだろ、こんなデケェもん、ヘルムートでも使いこなせねえって！　なあ？」

「ん……」

ガロンに声をかけられた、二メートルを超える巨躯《きょく》の持ち主は短く答えると、打ち捨てられた棍棒に手をかけ、両手でそれを持ち上げる。しかし――

ドスン‼

自在に扱うことはおよそ無理のようで、棍棒を下ろしたヘルムートは静かに首を横に振る。

「オーガが暴れたと思《おぼ》しき薙《な》ぎ倒された木々に、離れた場所に放置されたままの棍棒か。ヘルガ、キミの意見は？」

「戦闘があったのは確実、結果オーガが負けた。何と戦ったのかは分からない。ただ、周囲に大量出血の跡も、魔法の痕跡もない。だから、どうなったのかは不明」

ヘルガと呼ばれた魔道士の女性は、クセなのか、短く言葉を切りながら端的《たんてき》に話す。

彼女の話を聞いた男――ヴァイスは、オーガを退《しりぞ》けた相手について、思考を巡らせる。

オーガに勝てるとすれば、森の中なら同じBランクモンスターのフォレストバイパーが挙げられる。だがそれなら、巨大なヘビが地面を引き摺《ず》った後や剥《は》がれた鱗など、それらしい戦闘の跡があってしかるべきだ。しかし、そういったものは周囲に見られない。

「なあガロン、お前の格闘術でオーガを殴《なぐ》り殺せるか？」

「昼間から寝惚《ねぼ》けてんじゃねえよヴァイス、無理に決まってんだろ。しかも赤だぜ？」

「ガロンでも無理、か……だったらヘルムートのハンマーはどうだ？」

「……無理だ」

ブオン――!!

ヘルムートのウォーハンマーが、激しい唸《うな》りをあげて風を巻き起こす。これが当たれば、さすがのオーガもただでは済まないだろう……そう、あくまで当たればの話だ。

オーガは巨体だが、だからといって動きが鈍《にぶ》いわけではない。弱った状態ならともかく、通常時にモーションの大きなウォーハンマーには、そうそう当たってくれないだろう。

「少なくとも、オーガを退けるほどの何かが、この森にいる可能性が出てきたんですね？」

アデリアたちが着ていた神官服に似たローブを羽織った男がそう言うと、この場にいる全員が顔を顰《しか》め、ある者は腕を組み、またある者は天を仰《あお》ぐ。

「勘弁《かんべん》してくれよ、アレックス。オーガよりヤバイやつと戦うかもしれねえなんて聞いてねえぞ？」

「あくまで可能性の話ですよ」

とはいえ、オーガ討伐に彼らが呼ばれた以上、この街にはオーガを討伐しうる冒険者はいない。ならば当然、それは魔物の可能性が濃厚《のうこう》だと言わざるをえない。

そんな中、ただひとりミューラだけが、一つの可能性を求めて棍棒を観察する。

そして――

(……あった)

その棍棒は、激しく打ち合ったような大きな損傷《そんしょう》はなかったが、代わりに何かを穿《うが》たれたようにも見える小さな凹《へこ》みが合計一〇ヶ所、棍棒の両側についていた。

彼女は棍棒に手を添《そ》え、五つの凹《へこ》みが指の位置にピタリと収まるのを見て、何かを確信したのか、楽しそうな表情を浮かべて立ち上がる。

「――オーガを探してたら、もっとヤバイのが出てきたかもってか？　笑えねぇな」

「仮にそうだとしても、ここで帰るわけにもいきませんよ」

「そういうことだな。なに、相手がオーガからフォレストバイパーに替わったところで、俺たちならどうということはない。もっとヤバイのが出た場合は……逃げるか」

そう言って話を締《し》めるヴァイスの言葉に、ガロンたちは不敵《ふてき》に笑う。

冒険者にとって、臆病《おくびょう》さと慎重さは肩を並べて歩く仲間だが、弱気と逃げ腰は後ろから刃を突き立ててくる敵だ。ゆえに冒険者は、危険を前にしてこそ、気力を奮《ふる》い立たせるために笑う。

「へっ、そんじゃあ鬼が出るか蛇《じゃ》が出るか、白黒つけてやろうじゃねえか。まったく、楽しくなってきやがったぜ！」

「そうね、本当に楽しみだわ……」

威勢のいいガロンの言葉を背に受け、先頭を進むレンジャーのミューラは楽しそうに呟《つぶや》く。

探索《それ》が、大騒動へと誘う入り口であるなどとは思いもせず……。

■

——シュガルを植えてから三週間、初めての土地での試みにもかかわらず、生育は順調すぎるほど順調だった。

元来《がんらい》、気温と水分と日照時間さえ確保できれば、生育に必要な条件が満たされる種である。シンもその点は心配していなかった。

住宅区の一角に三メートルを超えるそれが生い茂るというシュールな光景をシンが眺めていると、ちびっこたちを引き連れたヘンリエッタがやって来る。

「「「こんにちは、シンにいちゃん！」」」

「おうガキンチョたち、元気にしてたようだな。それにヘンリエッタも」

子供たちの元気な挨拶《あいさつ》に答えつつ、シンはヘンリエッタに声をかけた。

「シンさん、お久しぶりです。お仕事で手が放せないとのことでしたけど」

「ああ、それなら全部終わったよ」

シュガルの植えつけが終わった後、シンは仕事でしばらく離れると言い残して街から離れ、転移魔法で『隠れ家』に戻った。そこでタングステンの加工から諸々《もろもろ》、『装備』の新《しん》調《ちょう》や薬の調合を行い、全ての作業が終了したので、今朝ようやく街に戻ってきたというわけである。

そんなことを軽く話していると、シンに近付いてくる四人連れの姿があった。

それを見たシンは、にこやかに笑う。

「おやご主人、どうやら治ったみたいですね」

四人の先頭を歩く男――家族の主人に向かって話しかける。

主人と呼ばれた男は、数ヶ月前の落盤事故で右腕を失い、以降、鉱山で働けなくなっていた。

そんな状況にあっても酒に逃げるようなことはせず、内職と少ない蓄《たくわ》えを切り崩しながら、現状を変えようと頑張《がんば》っていたが、徐々に立ち行かなくなる。このままでは家族のために、妻が夜の街へ流れるしかないと悩んでいた主人に対して、シンは声をかけたのだった。

男に『復元薬』を飲ませてから一ヶ月、失われたはずの腕は元に戻り、表情も明るい。

「このとおりです！　あのときは半信半疑《はんしんはんぎ》でしたが、今はまた、こうやって仕事ができる身体に戻って……戻って……オレ‼」

「もうアンタ！　すいません、ウチの人ったら」

最初は諦《あきら》めと、それでももしかしたら、との感情で揺れていた夫婦も、徐々に腕の肉が増えていくのを見るにつれ、次第に笑顔が増えていったそうだ。

そして一週間前、指先まで完全に戻った男は、感謝を述べたくて毎日、街に戻ってくるであろうシンに会いに、孤児院まで詣《もう》でていたらしい。

「以前の働き先には明日から戻ることになってます。最初は驚いていた親方も凄《すご》く喜んでくれて、先生の薬をぜひ、まとめ買いさせて欲しいと言ってましたよ‼」

「せんせー、ありがとう！」

「それはなによりです。あ、先生は恥ずかしいからやめてくださいね」

照れくさそうに笑うシンは、優しい笑顔で手を振って立ち去る家族を見送った。

感謝の笑顔と、大量顧客《こきゃく》もゲットしたおかげで、心も懐《ふところ》具合も潤《うるお》うシンのもとへ、今度はニクスたちが挨拶《あいさつ》にやって来る。

「あ、シンさんお久しぶりです！　今日はどうしたんですか？」

「ああ、用事を済ませたんでな、こっちの様子を見に来た。それより聞いたぞ、オーガの件。依頼ももう受けられるそうだが、行かなくていいのか？」

シンが一旦《いったん》街を離れた後、例のBランク冒険者たちが森から戻ってきた。

彼らの話ではかなり奥まで森を探索したが、件《くだん》のオーガは発見できず、代わりに森の外縁部付近に、オーガのものらしき棍棒と、何者かの戦闘跡を発見したという。

そのことから、オーガは何者かによって外縁部まで追いたてられ、そして戦闘、結果は不明なれど、勝者は森の奥へ戻っていったのだろうと結論付けたそうだ。

ギルドは、オーガに関する依頼を変則的ながら完了とし、冒険者たちの森への侵入規制は解除、Bランク冒険者たちも念のため、しばらくこの街に逗留《とうりゅう》するらしい。

「依頼なら昨日、無事に果たしました。なので僕たちもしばらくは街にいます。休息は大事だとシンさんに教えられましたからね」

「それよりシンさん、用事ってなんだったの？」

「装備の新調や薬の調合だよ。ホレ、いつも持ち歩いている棒の改良型」

そう言うとシンは、愛用の炭化タングステン製の棒をエイミーに投げて寄越《よこ》した。

見た目より随分重いそれを受け取った彼女は、モノを見て一瞬無言になる。

その棒の両側に填《は》められた金属筒は、一方は表面に四角錘型《ピラミッド》の鋲《リベット》が規則的に並んでおり、もう一方も同様に、こちらは台座型のものが並んでいた。

打撃力とグリップを向上させた棒《コレ》で殴《なぐ》られる相手は悲惨《ひさん》だな……と、思い切り顔に書いたエイミーは、シンが異空間バッグから取り出したもう一つのモノを見て、視線が釘付《くぎづ》けになる。

「それでコッチが、新作のガントレットだな」

「「「……え？」」」

それは、不眠作業のシンが若干《じゃっかん》ハイになっていた影響もあり、以前使用していたトゲ付きのモノよりも見た目がアレだった。

肘《ひじ》まで覆う手袋は、レッドオーガの皮膚《ひふ》を特殊な染料《せんりょう》で黒く染めたもので、金属パーツは炭化タングステン、指は魔物の鱗を模し、握り拳《こぶし》を作ると拳頭部に突起《スパイク》が張り出す。前腕部は大きな一枚鱗を筒状に加工した形状をしており、肘《ひじ》の部分は槍の穂先《ほさき》のように尖《とが》っている。

そして色物パーツの最《さい》たるところは、まるでドラゴンの巨大な鱗を彷彿《ほうふつ》させるアームシールドを、両腕の前腕部《アームガード》に貼《は》りつけていることだった。

魔力の伝導効率を上げるため、粉末状の魔石、ミスリル、オリハルコンを用いた特性塗《と》料《りょう》で、各部品の表面処理を施している。光を浴びる度に金、銀、白青と、色鮮《いろあざ》やかに変化するそれは、誰もが注視せざるを得ないほど悪目立ちしていた。

「「「…………」」」

明らかにやり過ぎたモノを、そしてその製作者を見る多数の視線から逃げるように顔を背けるシンの耳に――

「いいじゃんコレ！　スゴくカッコイイよ‼」

ただ一人、このガントレットを絶賛《ぜっさん》するエイミーの声が届いた。

思いがけない反応に、シンが一瞬呆《ほう》けたスキをついてガントレットを奪い取ると、その重量に驚きながらもエイミーは、喜色満面《きしょくまんめん》の表情を浮かべて隅々《すみずみ》まで観察する。

「ねねっ、シンさん、コレ着けていい？　いいよね？　いいって言って‼」

「おっおう……」

「ありがとー‼　……ん～、手袋がブカブカ」

「……ああ、そいつは魔力を通すと、自動的にサイズを合わせてくれるぞ」

そこで取り上げておけばいいものを、ご親切にも使い方を教えるシンだった。おかげで、不満そうだったエイミーの顔はまた喜びに変わる。

アドバイスの通りに魔力を流せば、手袋は彼女の肌《はだ》にピタリとフィットした。変化はそれだけに止《とど》まらず、表面を覆う特殊塗料が魔力に反応し、ガントレット全体が輝きを強める。

「おお～～～‼」

興奮した彼女がシャドースパーリングを始めると、ガントレットによって増幅《ぞうふく》された魔力は、光の粒という形でその場に現れた。そしてそれは、腕を振り回す度に鮮《あざ》やかな軌跡《きせき》を描き、ビシリと止めた反動で、飛沫《ひまつ》のように飛散《ひさん》する。

周囲も、エイミーによる光の演舞《えんぶ》に徐々に魅《み》せられ、真剣な顔で見入るようになった。

五分ほど踊《おど》っていただろうか、満足したエイミーは動きを止めると、指だけをしきりに動かしガントレットの装着感を確認し、シンに向かって目を輝かせて開口一番――

「これちょうだい！」

「やるかバカ！」

「いーじゃん!!」

「よくねーよ!!　そいつがどれほどの武器か分かってんのか!?」

気軽に強請《ねだ》るエイミーに向かって、半ば本気でキレたシンが、そ《ヽ》れ《ヽ》の凄《すご》さを語って聞かせる。

ディヴァイン・パニッシャー　製作者：シン

ガントレット本体は、炭化タングステンと魔石粉の合金製。表面処理された特殊塗料は、装着者の魔力に反応してガントレットの強度を高めるとともに、攻撃力と防御力を上昇させる。

オーガの皮膚《ひふ》を使用した手袋は防刃・衝撃吸収に優《すぐ》れ、魔剣もしくは効果付与《エンチャント》のかかった武器、またはスキルを使用しなければ傷付くことはない。

両腕に装着してあるアームシールド――聖盾《ブレスリフレクター》は、周囲に斥力場《せきりょくば》を発生させて物理攻撃の勢いを弱める他、攻撃魔法の威力も減衰《げんすい》させる。

拳頭に施された効果付与《エンチャント》、魔術殺し《マギス・ディバイダー》は、発動させれば魔法障壁《しょうへき》や防御魔法を無効化し、攻撃を届かせることが可能（アラルコンとの戦闘時、風の結界に悩まされたシンが作った対抗策）。

「まさに至高《しこう》の逸品《いっぴん》！　巷《ちまた》に出せば価格は天井知らず、そんな国宝級のお宝をお前は――」

「凄《すご》い！　ちょうだい‼」

「だからやらんと言ってるだろうが‼」

「いーじゃん、ケチ‼」

「俺の説明を聞いとらんかったんか‼」

ますます欲しくなるような説明を延々としておいて、酷い言い草のシンだった。

その後、なんとかエイミーから神器のガントレット《ディヴァイン・バニッシャー》を取り戻したシンは、名残惜《なごりお》しそうにしている彼女を睨《ね》めつけながら、諭すように言い聞かせる。

「こういう魔法武器《マジックアイテム》はお前らにはまだ早いんだよ、今のお前たちじゃ道具を使いこなす前に、逆に道具に振り回されるのがオチだ、諦《あきら》めろ」

「ちぇーっ」

「ったく……それにしても、今日はどうするかな」

連日の作業が終わり、シンとしてもゆっくり過ごしたいところではあるが、いざ何かをしようにも特に思い浮かばない。

そんなシンの心を読んだわけではないだろうが、ヘンリエッタが声をかけてきた。

「そうだシンさん、神殿で祈祷《きとう》をなさってみませんか？」

「祈祷《きとう》？」

「ええ、たくさんの方のためにこれだけ尽力《じんりょく》なさっているシンさんですもの、お祈りを捧《ささ》げればきっと、女神様からお言葉をいただけると思います。もしかしたら、祝福を授けてくださるかも」

――いえ、これ以上は結構です。

とは口が裂けても言えないシンは、そういえば忙しさにかまけて、礼拝すらしていなかったことに今更ながら気付いた。とんだ女神の使徒である。

「確かに神殿があるのに礼拝もしないとなったらアイツら、確実に怒るか拗《す》ねるな。それで済むならまだしも、絶対イヤがらせをする。あのときみたいに……全く、あの暇神《ひまじん》め」

難しい顔を浮かべてブチブチと小声で呟《つぶや》くシンを不思議そうに見つつも、ヘンリエッタは彼の腕を引いて神殿まで引っ張った。当然、他の連中もゾロゾロとついてくる。

そして、神殿内部に足を踏み入れた瞬間、シンは気付いた。

「ここは……まさか、聖域指定がされている？」

王都や大都市の神殿は、そこに高司祭などが常駐《じょうちゅう》していることもあり、多くの信仰心を集める場所として神殿の『格』が高くなり、祈りを捧げる祭壇が、聖域として昇華《しょうか》されることがある。

信じがたいことだが、この小さな神殿に設けられている祭壇も、聖域として機能しているらしい。

そして、聖域は神域へと至る、回廊《かいろう》の役割も果たすのだ。

「まずい――‼」

シンの叫《さけ》び声と胸元に隠したクリスタル、そして神殿の天井から光が溢《あふ》れ出し――

■

「――――」

眩い光の渦《うず》から解放された俺の目の前には、よく見た顔、しかし何度見ても見飽《みあ》きるということがない美しい女性が佇《たたず》んでいる――ティアだ。

「お久しぶりですね、シン。目の前に神殿があるにもかかわらず、一ヶ月も無視し続けた理由を聞いてもいいかしら？」

ああティアさんや、美女は怒ったときですら美女なのですね。でも、できることならいつだって、美女には笑顔でいてもらいたいんです、男の子は……。

「り・ゆ・う！　聞いてもいいかしら？」

「すんません、忘れてました」

自分でも不思議なくらい忘れていたのはなぜなのか？

「もう！　どうやったら目の前に神殿があるのに忘れられるっていうんですか!?」

「ホントです！　なんだったら頭ん中覗《のぞ》いても結構ですから‼」

何度でも言おう、本当に忘れていた。実に不思議としか言いようがない。

「う〜〜〜本当みたいですね……そうなると、私たちのことなんかすぐに忘れちゃうような存在でしかないってことですか？」

信じてくれたのは結構なことなんだが……今度はそっちかよ！

「ちがう‼　色々と立て込んでいただけで、決してそんなことはない！　来るのが遅れたのは、向こうが緊急性の高い頼まれ事だったんで、優先せざるを得なかったんだ。俺がティアを蔑《ないがし》ろにしたことなんか一度だってない！　むしろお前なら、俺の事情も分かってくれると信じていたからだ！」

……なにこの修羅場《しゅらば》？　「仕事と私、どっちが大事？」ってやつか？

「本当に……？」

「あったりまえじゃないか！　ティア、俺はお前の使徒だぞ！」

「そうですよね……うん、良かった。お父様が変なことを言うものだから心配しちゃいました」

――エルダー、またお前か!?　この諸悪《しょあく》の根源《こんげん》めが‼

しかしそうなると、俺を強制的に呼び出したのはエルダーなのだろうか？

「いいえ、シンを呼び出したのはお父様じゃありませんよ」

「ってことはティアなの――」

「――私です」

俺の言葉を遮《さえぎ》って、俺とティアの間に割り込んできたのは、彼女の従者《じゅうしゃ》だった。

「あ――」

次の瞬間、俺は膝《ひざ》から崩れ落ちると、足元に突っ伏す。

最近よく見た顔立ちと声色《こわいろ》――

彼女がもっと長髪で、目つきが鋭くなったら、きっとこんな感じだろう。

――そう。

「向こうでは私の孫娘がお世話になっているようで、シン殿」

ジュリエッタ、てめえ！　ヘンリエッタのばあちゃんかよ‼　あんときの既視感《デジャビュ》の正体はこいつだったか。若くなったその姿、見れば見るほどよく似てやがる！

まさかの出来事に、俺の頭が現在思考停止――

「どうしたのですか、シン殿？　――ふむ……なるほど、シン殿はケダモノですね」

――する暇さえ与えてはくれないらしい、こいつらは。

「待てや！　黙考《もっこう》の末の答えがソレって何なんだよ⁉」

「母娘ならまだしも、祖母と孫娘をまとめてなどとは……いけませんティアリーゼ様！　あの淫獣《いんじゅう》は、近付くだけで御身《おんみ》が汚《よご》されてしまいます！」

「え？　え？」

冤罪《えんざい》、ダメ！　ゼッタイ!!

「言いがかりも甚《はなは》だしいわ！　アンタまたエルダーと変なモン見たのか!?」

「変なものとは失礼な。文化とは尊重するもの、冒涜《ぼうとく》は野蛮人の証《あかし》ですよ？　それでシン殿は、孤児院の運営状況を改善した後、見返りとして我が孫娘に肉体関係を迫る、と。ええ確かに、殿方《とのがた》がただの親切心、しかも無償で何かをしてくれる、そう無邪気に信じられるほど、あの子も子供ではないでしょう……ああ、可哀想なヘンリエッタ！　蜘蛛《くも》の巣に絡《から》めとられた蝶《ちょう》のごとく、その身を貪《むさぼ》られると分かっていてもなお、あなたは……守りたいもののために自らの身を捧げるのですね!!」

アンタたちがハマってるそれは、文化じゃなくてサブカルっつうんだよ！

そして孫娘をネタにノリノリだな!?

「何を言ってるのジュリエッタ、シンは街の住人のため、色々と手を尽くしているじゃない？」

ああ、うん、今はその無垢《むく》なまでの優しさが愛《いと》おしい――少し論点ズレてるけどさ。

「なりません！　いつだって男はそう、優しいのは最初だけで、一度でもヤってしまえばすぐに本性《ほんしょう》を現すのですよ。シン殿だってそうです、一人の例外もありません‼」

「そうなんだ……シン……」

――前言撤回《ぜんげんてっかい》、ティア、お前の無垢《むく》なればこその素直さが憎いよ！

「だーーー‼ あることないこと、じゃない！ ないことないこと好き放題言いやがって……アンタの周りの男はそうだったかもしれねえが、それで男を一括《ひとくく》りにするんじゃねえよ‼」

「馬鹿なことを言わないでください、私のダーリンはそんなケダモノじゃありません」

例外いるじゃねえか！

「あれのことをダーリンとか呼ぶんじゃねえよ、戻ってからどんな顔すればいいか困るわ！」

「笑えばいいと思いますよ、シン殿」

このババア、もうそんなとこまで侵食《しんしょく》されて……。

うん、もう知らん。

俺はその場に寝転がると大の字になり、虚《うつ》ろな目つきで一点を見つめる。

「早々に敗北を認めましたか……状況把握《はあく》は早めですね。男としては情けないですが、生物としては立派ですよ……男としては情けない限りですが」

そんな挑発《ちょうはつ》には乗りませーん。

「ふむ……ティアリーゼ様、どうやらシン殿は拗《す》ねたようでございます」

「もう、ジュリエッタがからかいすぎたからでしょ！　可哀想にシン、あんなにイジけて……」

……無邪気に追い討ちをかけるんじゃねえよ。

「そうお思いでしたら、ティアリーゼ様がお慰《なぐさ》めしたらいかがですか？　殿方は美しい女性に膝枕《ひざまくら》をしてもらえば、たちどころに元気になりますわよ……色々と」

「ひゃぇ⁉　ひっ、膝枕《ひざまくら》って、えええ⁉」

ティアア、まだ前回のこと引きずってんのかよ。いいぞジュリエッタ、もっと言え！

「ほら、心なしかシン殿も元気が戻られた様子、ここは一気にグワっと、さあ‼」

「え、あの、その……」

会話が聞こえてませんアピールのために目を瞑《つむ》っていたら、いつしか声が聞こえなくなり、その代わり俺のもとへ、何者かがおずおずと近付く気配を感じる。

気配は俺のすぐ後ろに立つと、少し逡巡《しゅんじゅん》した後、膝《ひざ》をついたようだ。そしてそのまま小さな両手が俺の頭をやさしく包み――

ポスン。

柔《やわ》らかい太腿《ふともも》は、低反発枕のように優しく柔肉《やわにく》を沈ませ、俺の頭を受け止める。

この姿勢から見上げる女神の双丘《そうきゅう》はさぞや絶景《ぜっけい》だろう！　おれは身じろぎする素振《そぶ》り

を見せながら顔を真上に向け、薄目を開けるとそこに天国が――

「――やあ♪」

無かった――エルダー！　テメェかよ‼

「……おう、目下《もっか》のところ、絶賛傷心《しょうしん》中の俺に何か言うことはないのか、邪神《じゃしん》野郎」

「ボクの膝枕《ひざまくら》の感触《かんしょく》はどうかな？」

考えたくないことをハッキリ言うな！

そして逃げられないように、動きを封じるんじゃねえよ‼

「最悪です、そこの女神様とチェンジしてください」

「次回のお楽しみに♪」

おウチ帰りたい……

「ティアリーゼ様、よくご覧《らん》ください、アレがBLというものです！」

向こうは向こうで最悪だ。

「び、びいえる？」

「はい、この世で最も崇高《すうこう》な愛の形と、一部の方々の間で噂《うわさ》されております」

い、ここはこの世じゃないし！　俺とエルダーの間に愛は芽生《めば》えてないし！

もうヤメテ！　最後の良心であるその子まで堕《お》とさないで‼

「なあ、いい加減解放してくれないか？」

「はっはは、自由になるには呪文が必要だね、魔法の言葉《オープンセサミ》を言ってごらん？」

「……来るのが遅れてごめんなさい、許して」

「全くだよ、おかげでジュリエッタの他にも布教活動が捗《はかど》って――」

「マジすんませんした‼」

ヤベェ、神域マジやべぇ……。

「で、今回は最初から色々動いてるねえ、お兄さんは嬉しいよ」

誰だよお兄さんって。あと謝ったんだから、解放するかチェンジしてくれよ。

「別に好きで動いてるわけじゃねえよ」

「そういうことにしておこうかね。あ、ちょっとコッチに来て膝枕《ひざまくら》代わってくれる？」

もう飽《あ》きたのか、エルダーが俺の膝枕《ひざまくら》役を放棄する。本当に気分屋だな、コイツは。

「それではシン殿、これよりは私の足の感触をお楽しみくださいませ」

「チェンジ‼」

あんたじゃねえよ、おばあちゃん！

ティアさん助けてプリーズ！

「シン、最初に言ったと思うけど、今回シンを呼び出したのはジュリエッタなの。だから彼女の話を聞いてあげて」

「え、そうなの？」

「シン殿、まずは感謝を。神殿と孤児院に対するあなたのお力添えに関しましては何度頭を下げても足りません」

膝枕《ひざまくら》の体勢のままお辞儀《じぎ》をするから当たってますよ、ジュリエッタさん――もっとやって。

視線を横にずらすと、ティアは言葉の内容だけを聞いてニコニコしているが、エルダーは俺に向かってサムズアップをしてきやがる。

俺もサムズアップで返してやりたいが、いまだに身体は動かせない、エルダーよ……

「私は死後、ティアリーゼ様の従者となりましたが、そのおかげもありまして、シン殿が彼《か》の地に滞在している間は、残した家族の様子も見ることができました、重ねて感謝を」

聞いた話じゃかなりの女傑《じょけつ》の印象だったが、それでも妻であり母であり、祖母だったか……下界に未練はないのだろうか。

「ダーリンや周りの子たちにシン殿が振り回される姿を肴《さかな》に、エルディアス様や先輩たちと酌《く》み交わす酒は、最近の私のマイブームでございます」

だから！　なんでお前たちは、俺を上げて落とすことに熱心なんだ⁉

あと、エルディアスって誰？　……ああ、お前か、エルダー……いや、泣くなよ、悪かったよ。

てかジュリエッタさん、あんたティアの従者なのに、主人そっちのけで酒飲むなよ。

「ウチは〝ぶらっくきぎょう〟ではありませんので、ローテーションは完璧《かんぺき》です」

「さいですか、その割には最近顔を合わせるのがジュリエッタさんばかりなんだけど？」

「偶然《ぐうぜん》でしょう。他の先輩方は、まあ、お忙しい身ですので……そう、色々と」

分かりました、聞きません……聞きたくないから喋《しゃべ》りたそうな顔はやめて！

「それで、ここからが本題なのですが――」

枕が本当に長いな、ここの連中……

オーケイ、聞くから、どうせならティアの膝枕《ひざまくら》も体験させてください……だから、ティアの膝枕《ひざまくら》で話を聞かせてください！

――うん、ホントここの連中は、俺の意見を当然のように無視しやがる。

■

「――さん、シンさん‼」

シンが目を覚ますと、彼の周りを取り囲むように心配そうな子供たちの顔が並んでいた。

意識のない身体を介抱《かいほう》していたのだろう、彼はヘンリエッタに膝枕《ひざまくら》をされている。

（絶景かな）

目の前に移る光景を前につい、シンが目を細めていると――

「気がついたんですか、シンさん！　大丈夫ですか⁉」

「ジュリエッタ、さん……？」

「え？　あの……ヘンリエッタ、ですけど。シンさん、どこか具合の悪いところはありませんか？」

祖母と孫娘の名前を間違えたシンは、一瞬マズイなと思いながらも、すぐに起き上がる。

「ああ、ぜんぜん大丈夫、どこも問題はないよ」

「良かった～、シンさんってばイキナリ倒れるから、ビックリしたよ」

「でもホント、なんともないみたいで良かったです」

「ったく、人騒がせな」

「師匠、いきなり光って何があったんですか？」

どうやら全員にバッチリ見られていたらしい。どう言い逃れをするべきか頭を捻《ひね》っていると、深刻《しんこく》そうな顔のヘンリエッタに声をかけられる。

「あの……シンさん、どうしてお婆様の名前を？」

（言い逃れはできそうにないか……まあ、あのタイミングで呼ばれた時点で土台無理な話だよな）

「まあ、その……今までお話ししてまして──」

シンは適当に話を作り、切り抜けることにした。

使徒であることには触れず、この街での働きに対して女神様に神域に呼ばれて、直々《じきじき》にお褒《ほ》めの言葉を賜《たまわ》ったと。そうしたらまさか、生前徳を積みまくったおばあちゃんが女神様の従者になっていて、孫娘とダーリン（笑）にくれぐれもよろしくと言っていた、と。

ヘンリエッタと違い、話半分に聞いていた四人だったが、「ダーリン」の言葉を聞いた途端、なぜか全員が信じた……

「嘘じゃないみたいね」

「ダーリンで信じるお前たちもどうかと思うんだが……」

「それでシンさん、お婆様は元気でしたか？」

「無視かよ……死んだ人を元気と表現していいのか分からないけど、まあ、やり込められたよ」

「ふふっ、お婆様らしいです。気に入った方には色々と口喧《くちやかま》しかったんですよ、お婆様は」

それを聞いて、シンは微妙な顔をした。気に入られては堪《たま》らないと、目が訴える。

その後もシンはジュリエッタの話をせがまれ、この日は結局孤児院に泊まる羽目になった。

第三章　崩《くず》れる日常

バラガの街の住宅区を歩く、見慣れない六人の姿。

この街で活動している冒険者とは素人目にも違う、力を秘めているであろう上等な装備を身につけた、威圧的ではないものの、近寄りがたいオーラを醸《かも》し出している集団だ。

彼らは、オーガ討伐のために都市外から呼ばれた全員がBランク冒険者で構成されたパーティで、現在このバラガの街に逗留中《とうりゅうちゅう》の状態である。

というのも、依頼対象のオーガが、痕跡はあったが発見に至っていないからだ。もちろん、冒険者ギルドのギルドマスターであるリオンは裏の事情を把握《はあく》している。だからと言ってそれを彼らに告げるわけにもいかず、さりとて達成不可能な依頼でいつまでも拘束《こうそく》できない。

苦肉《くにく》の策として、六人にはマクノイド森林地帯を一定期間調査してもらいながら、ギルドの高ランク依頼を受けてもらうという、落としどころを作ったのだ。

そんな彼らは現在、この街にある神殿へと向かっている最中である。というのも――

「はあ……この街にも神殿があったとは、神官として汗顔《かんがん》の至りです」

「あまり気にするなよ、アレックス。住宅区の一番奥に神殿があるなんて、聞かなきゃ分からなかったんだから」

メンバーの一人、アレックスによる神殿への参拝《さんぱい》が目的らしかった。

「それにしても妙ね」

「あん、何がだよミューラ？」

「今は昼間でここは住宅区でしょ？　なのに、歩く先に人の気配がたくさんあるのよね。こんな時期にお祭りでもしてるのかしら？」

首を傾《かし》げるミューラだが、街独特の行事や風習があったところで、何も不思議ではない。

彼女が気にしているのは、情報収集担当の自分がそれを知らない、その点についてだった。

「この先ってえと、神殿のある方向だな」

「神殿と言えば噂《うわさ》を聞いた。最近、街に妙な薬師がやって来て、神殿に入り浸っていると」

急に会話に割り込んできたヘルガに、普段は自分から決して話さない彼女を知っている彼らは皆、驚いたように振り返る。当の彼女は、そんな周囲を無視してさらに続けた。

「噂《うわさ》の内容は、その薬師が女神官の気を引くため、孤児院の手助けをしているとのことだった」

「妙な薬師？」

「おいヘルガ、女神官ってのは、やっぱり美人なのか⁉」

「さあ？　でも若い男たちは苦い顔で話していた」

薬師が女神官に接近することを苦々しく思う、つまりはそういうことである。

「マジか、神殿詣《もう》でなんて下《くだ》らねえと思ってたが、そんな美味《おい》しいイベントがあったなんてよお！」

「ガロン、君は神殿の存在を軽《かろ》んじて――」

「細《こま》けえことは気にすんなよ、アレックス。んなことで女神様もバチなんか落としたりしねえって」

ヘルガとガロンのせいで話があらぬ方向へと逸《そ》れていくが、空気を読まない彼《ガロン》と空気の読めない彼女《ヘルガ》の会話は、止《とど》まる気配を見せない。

そろそろ落ち着かせようと、ミューラがヘルガのローブに手をかけようとしたところ――

「その薬師、この街の中に畑を作って『シュガル』なる野菜を植えたらしい。それがそろそろ収穫時期と聞いた」

「あら、シュガルですって？　懐《なつ》かしいわねえ」

今度はミューラが話に食いついた。

「うん？　ミューラ、シュガルのこと知ってるのか？」

「ええ知ってるわ。だけど野菜じゃないわよ、中身の詰まった竹みたいな植物でね、中の液体を搾《しぼ》って煮詰《につ》めると砂糖ができるの」

「「「砂糖⁉」」」

寡黙《かもく》なヘルムート以外のメンバーは、揃って驚きの声を上げる。中でもヘルガの声が一番大きかった。

砂糖――甘味という幸福感をもたらす砂糖は、言うまでもなく高級品だ。砂糖を使った菓子などは当然高値になってしまうが、一度その味の虜《とりこ》になった者は、財布の中身に無理をさせてでも、また食べたいと思わせる魔力を持っている。

無論、ヴァイスたち六人も大好きなのだが、最近はとんとご無沙汰《ぶさた》だった。

というのも、砂糖を使った甘味は一般庶民にとって高嶺《たかね》の花であり、店を出そうにも、小さな街では経営が成り立たない。だから、砂糖菓子を出すような店は、都市部にしかないのだ。

活動拠点《ホームタウン》から遠路《えんろ》はるばるやって来たバラガの街は、とてもそれが可能な街とは言えない。

金があろうとモノ自体がなければ買うことはできず、結果、現在の彼らは甘味に飢《う》えていた。

そんな中、砂糖の素《もと》がこの先で栽培《さいばい》されていると知った彼らが黙っているはずもなく。

「急ぐ‼」

「あ、待ちやがれヘルガ！　俺が先だ！」

「こら、二人とも勝手に先走るんじゃない‼　……ああ、もうあんなところに」

砂糖と聞いたヘルガとガロンは、既に声の届かない彼方《かなた》へと消えていった。

「ガロンはともかくヘルガ、あんなに速く走れたんですね」

「ヘルガも、あれで一応女だってことよね。それよりも、ガロンってそんなに甘いもの好きだったかしら？　そっちの方が驚きだわ」

「そういうミューラは急がなくても？　あなただって女でしょう」

「アタシは故郷で栽培《さいばい》してたのを散々食べたからねえ、今さら珍しくもないのよ」

なんとも贅沢《ぜいたく》な話である。

その場に残った面々は肩をすくめたり苦笑しながら、二人の後をゆっくり追っていった。

そして――

「「「おおおーーーーーー‼」」」

切り倒され葉を落とされたシュガルが、鉄製の二つのローラーに挟まれ中の液体が搾《しぼ》り出される度に、周囲から感嘆《かんたん》の声が広がる。

鉄製のハンドルを回すと、連動した歯車機構によってローラーが回転、押し当てられたシュガルを挟み込んで中の液体を搾《しぼ》り出す。シンが鍛冶屋に頼んで特注で作ってもらった搾《しぼ》り機が二台、街の住民の前で喝采《かっさい》を浴びていた。

今日の主な目的は、シュガルの収穫、そして、住民にシュガルを振る舞うことである。

そうすることで、砂糖を使った商品の将来的な顧客を育てる、言わばプレゼンの場でもあった。

搾《しぼ》り汁のジュースを飲む者や、外皮を剥《む》いた茎《くき》を直接かじる者、全て大銅貨一枚（一〇〇円）で提供という大盤振《おおばんぶ》る舞《ま》いだ。

販売をエイミーとアデリア、搾《しぼ》り機での力作業をラドックとニクスに任せる中、シンは畑で子供たちと地味な収穫作業である。

「んーーーーしょ‼」

バツンッ‼

太い木の枝をハサミで断《た》ち切ったような音を響かせ、シュガルが地面に倒れる。

「おー上手い上手い、上出来だ」

「エヘヘヘヘ」

今しがたシュガルを切り倒した、柄《え》の長いハサミを持った子供の頭を撫《な》でながら、シンはその仕事ぶりを褒《ほ》める。

シンの役目は、シュガル収穫を行う子供たちの指導だった。なにせフットサルのコートいっぱいに数千本のシュガルが生えている、とにかく手際《てぎわ》よくやらなければ間に合わない。

子供に労働させて自分たちは食べるばかりでは気が引けると、シュガルを堪能《たんのう》した大人たちが手伝いを申し出もしたが、シンはこれを辞退《じたい》した。子供たちには労働と対価の重要さを教えなければならない。なにより子供たちが楽しんでいるからと断り、子供たちが疲れて動けなくなることがあったら、そのときは代わって欲しいと、重ねてお願いする。

普段はヘンリエッタ以外の大人と触れ合う機会の少ない子供たちも、親を思い出しているのか、涙は見せずむしろ自分たちの頑張《がんば》りを褒《ほ》めてもらおうと、一生懸命自分たちの仕事に熱中していた。

――そんなときであった、珍客《ちんきゃく》が乱入してきたのは。

「砂糖‼」

「おー、コイツがシュガルってやつか？　ホントに竹みたいだな‼」

順番待ちの列が見えないかのようにシュガル搾《しぼ》り機の前にイキナリ現れた二人は、周りの視線もなんのその、積まれたシュガルの山に興味津々《しんしん》である。

「オイ、兄ちゃんたち、順番くらいまも……イヤ、あの……」

Bランク冒険者であるガロンの「アァン？」と言わんばかりの目つきに、窘《たしな》めようとした男が萎縮《いしゅく》する。

「あ、あの、みなさん順番を待っていますので、列の後ろに並んでいただけませんでしょうか？」

代わりにヘンリエッタがガロンに声をかけるのだが、むしろ逆効果だった。

「うひょー、こんなところでこんな美女に出逢《であ》えるとは思わなかったぜ、ラッキー！」

「え、あの……？」

「なあなあお嬢さん、大人しく後ろに並ぶからよ。代わりに列で待ってる間、俺とお話ししようぜ。な、そうすりゃ何時間でも待ってやるからよ」

「馬鹿は休み休み言う。砂糖の方が大事！」

「黙ってろ無愛想《ぶあいそう》。なあいいだろ？」

「オイ！　ヘンリエッタ姉から離れろ‼」

目の前の光景に我慢しきれなくなったラドックが、ガロンに食ってかかる。

「ああ？」

その言葉に、ガロンはヘンリエッタから視線を外すと、値踏《ねぶ》みをするようにラドックを睨《にら》んだ。

（へえ……）

鍛えてはいる、顔つきから判断するにまだ成人前、それを考慮すれば頭抜《ずぬ》けて強いが、浴びせてくるプレッシャーは大したことはない。おそらく、冒険者にはまだ成りたてだろう。

このくらいの年頃なら、自身の力を過信《かしん》して闇雲《やみくも》に突っかかって返り討ちとなるのが普通だが、それもない。彼我《ひが》の実力差をある程度把握《はあく》できるくらいには、経験を積んでいると見るべきか。

一見しただけでラドックを正確に見極めるガロンは、さすがBランク冒険者といったところか。

「坊主、威勢はいいようだが、かかって来ねえのか？ 今なら怪我《けが》するだけで許してやるぜ」

ガロンは面白がってラドックを挑発《ちょうはつ》するが――

「てめえとやって無事に済むとは思わねえよ。だからと言って、黙って見過ごすつもりもねえ。とっととヘンリエッタ姉から離れろ」

「面白えこと言うなあ坊主、もし俺が離れなかったらどうするんだ？」

「もちろん、ギルドマスターに報告させていただきます」

もう一台の搾《しぼ》り機の前に立っているニクスが、ガロンに向かって笑顔でそう告げた。

ラドック同様、ガロンが睨《にら》みつけるが、ニクスは笑顔を崩さない。

「お行儀《ぎょうぎ》よく列に並んでいただけるのでしたら、シュガルのジュースも切り出した茎《くき》もお売りします。ですが、それができないようであれば、そちらの女性ともども、販売はお断りさせていただきます。ああ、ちなみに、バラガの冒険者ギルドのマスターとは子供の頃からの付き合いです。なので、ここで騒ぎを起こすようであれば、直《ただ》ちにその首に賞金を懸《か》けてくれると思いますよ」

ガロンが威圧する中、ニクスは必死になって表面上だけでも平静を保つ。

そんな彼らの態度にガロンは相好《そうごう》を崩すと、二人を交互に見ながらヘンリエッタから離れた。

「はっはあ、悪かったな。お前らの言うとおり、大人しく列に並ぶから許してくれや」

「ガロン、くだらないことで時間を無駄にしない。さっさと並ぶ！」

「わーってるよ。あ、美人のねーちゃん、嫌じゃなけりゃあ一緒にいてくれてもいいんだぜ？」

「さっさとあっち行け‼」

二人の声を背中に受けたガロンは、カラカラと笑いながら列の後ろに向かう。

しかし、そんなガロンたちに、今度は別の人物から声がかかった。

「――ああ、構いませんよ。お望みとあらば、お二人にはすぐにご用意させていただきます」

「本当⁉」

「本当ですとも。無論、条件はありますけどね」

ヘルガの期待に満ちた眼差《まなざ》しを受けたこの人物――シンは、にこやか、あるいはイヤらしい笑みを浮かべて二人に条件を語る。

そして――

「んくんく……シュガルのジュースは素晴らしい。シン、おかわり」

井戸水で適度に薄めたシュガルのジュースはほどよく冷たく、喉越《のどご》しと風味《ふうみ》豊かな自然の甘みと相《あい》まって、ヘルガの胃の中に次々と吸い込まれていく。

「ハイどうぞ、くれぐれも飲み過ぎには注意してくださいね。搾《しぼ》っただけで濾過《ろか》などはしていないので、大量に摂取《せっしゅ》するとお腹を下《くだ》すかもしれません」

そんなヘルガとシンのやり取りを、恨《うら》めしそうに睨《にら》みつける男が一人――ガロンである。

「くっそ……いつまでこうしてりゃいいんだよ」

「黙って搾《しぼ》る。男の泣き言は見苦しいの一言」

「ガロンさん、『疲れたら』早めに言ってくださいね。いくら『Bランク冒険者』とはいえ、体力に『限界』もあるでしょう。『もうダメだ』と言ってくれれば『私が代わり』に搾《しぼ》りますから！」

シンが出した条件、それは、一台あるシュガル搾《しぼ》り機の一台を、ガロンにお願いするという実にシンプルなもの。その代わり、彼が作業に従事する間、好きなだけシュガルのジュースを無料提供するとの言葉に、ヘルガが飛びついた。かくしてガロンの意思は無視され、現在に至る。

無論、シンとて過酷《かこく》な労働を課すつもりはない。何度か「疲れたら自分が代わる」と声をかけているのだが、ガロンはなぜかこれを拒否《きょひ》、文句を言いつつも黙々と作業を続けているのだ。

やがて彼らの仲間が到着し、妙な状況に混乱しているところをシンが事情を説明すると、仲間の非礼《ひれい》の侘《わ》びということで、もう一台の搾《しぼ》り機も仲間の男たちが交代で回してくれている。

「いやあ、Bランク冒険者の方にこんなことをしてもらって、なんだか申し訳ないですねえ」

ヌケヌケと言い放つシンに苦笑しながらも、ヴァイスは差し出されたジュースを飲みつつ、口を開く。

「イヤ、一般人と騒動を起こすようなマネをしたガロンが全面的に悪い。上手く収めてもらってむしろ感謝しているよ」

「そう言っていただけると助かります。おかげで胸のつかえが取れましたよ」

そんな二人のやり取りをラドックとニクスは、ジュースを飲みながら微妙な顔で眺めていた。

「アイツ、えげつねえな……」

「本当にね」

「――聞こえてるぞ。さっさと畑の子供たちにもジュースを渡して、皆でメシでも食ってこい」

この言葉を聞いて、逃げるように畑へ走る二人の姿を眺めていたミューラは、ジュース片手にシンに声をかける。

「しっかりと躾《しつ》けてるのねえ。あの子たち、あの年じゃ考えられないくらい強そうだけど、やり返されたりしないのかしら？」

「ははは、年は私の方が上ですからね、彼らを育てた方の教えが行き届いているのでしょう」

「あらそうなの？　てっきりアナタの強さに服従《ふくじゅう》してるのかと思ってたわ」

「おいおい、彼は薬師だぞ？　多少腕に覚えがあったとしても、到底彼らには勝てないさ」

笑って否定するヴァイスの言葉を聞き、布地と革地からなる、意匠《いしょう》を凝《こ》らしたライダースーツのような衣装に身を包んだ女性は肩をすくめると、シンに妖《あや》しく微笑《ほほえ》みかける。

背負ったクロスボウに、腕や太腿《ふともも》のポケットに挟んだ投擲用《とうてきよう》のナイフ――出《い》で立《た》ちから、彼女がレンジャーだと容易に想像がつく。

しかし、彼女を見た者に最も強く印象付けられるのは、その美貌《びぼう》であろうか。

エルフ――人間のものとは違う幻想的な顔《かんばせ》は、男であれば誰もが見とれるだろう。

ただし、およそ華奢《きゃしゃ》で知られるエルフとは似ても似つかぬ、服の上からでも分かる肉感的で扇情的《せんじょうてき》なスタイルに、健康的な褐色《かっしょく》の肌《はだ》。

彼女はエルフはエルフでも別種――俗《ぞく》に陸《おか》エルフと呼ばれる種族である。

陸《ランディア》エルフ
海《マリード》エルフなどとも呼ばれる、南大陸の、海辺に近い陸地で暮らすエルフ。

外界から隔絶《かくぜつ》された森の奥深く、世界樹や聖樹《せいじゅ》の麓《ふもと》でひっそり暮らす森《フォルディア》エルフと違い、ヒト種や他の亜人種《あじんしゅ》とも広く交流を深める種族。

一説には、聖樹の加護を失い故郷を追われた森《フォルディア》エルフが、外の世界で生きるためヒト種と交わり世代を重ねた結果として生まれた新しい種族との俗説《ぞくせつ》もあるが、単に別種である。

かつての魔族との大戦の折《おり》、魔族側の陣営《じんえい》にいたダークエルフ、これとも違う種族で、陸《ランディア》エルフは赤褐色でダークエルフは青褐色と、肌《はだ》の色で区別される。


そういった美女に笑顔を向けられて無反応でいられるほど、シンは朴念仁《ぼくねんじん》でもなければ絶食《ぜっしょく》系男子でもない。相好《そうごう》を崩し、ニヤついた笑顔を返す。

「ヴァイス、人を肩書きや見かけで判断してちゃ、痛い目を見るわよ。そこの馬鹿みたいに」

「うるせー‼」

そう言って吼《ほ》えるガロンも、シンに笑顔を向けられた途端、黙って搾《しぼ》り機を回し続ける。

これ以上文句を言えば、あの薬師が口を開く。こちらのプライドを刺激する台詞《せりふ》で、逃げ道をわざわざ塞《ふさ》いだ上で煽《あお》ってくるのだ。それが分かっているから、彼は口を噤《つぐ》む。

(底の見えねえ野郎だ)

さっきの未熟な二人とは違い、自分の殺気を軽く受け流すかと思いきや、ああして他のメンバーには遜《へりくだ》った態度で懐《ふところ》に飛び込み、自身の安全を確保する。

強いのか、それともただ保身に長《た》けているのか、ガロンは判断に迷うところだった。

そんなシンを、ミューラは頭の先からつま先まで値踏みするように観察する。

「ふ〜ん……あら、なんだか変わった靴を履いてるのね。軍履《カリガ》とも違うようだし？」

「ああ、コレは自作の運動靴ですよ。ゴムと革と金属部品を少々使いましてね、山地や森の中を歩くのにとても重宝《ちょうほう》しているんです」

「そうなのね……ところで」

ミューラは流れるような動きでシンに密着し、耳元に自分の顔を近付けると、蠱惑的《こわくてき》な声音で囁《ささや》く。

「アタシ、その独特な靴の跡を、森の中で偶然見た記憶があるのよ……ねえ、どこだと思う？」

「っ‼……さあ、どこでしょうねえ。薬師という職業柄、いろんなところを歩きますので、それこそ山岳だろうと森の中だろうと」

シンを纏《まと》う気配が一瞬——それこそ、ここまで接近しているミューラだからこそ気付けた——不穏《ふおん》なものに変化するが、すぐに何事もなかったかのように元に戻る。

「それもそうね。とても珍しい場所で見つけたものだから気になっていたんだけど……あら、どこだったかしら、忘れちゃったわ」

シンから離れたミューラはそう言ってまた、魅力的な笑顔をシンに向ける。

「物忘れですか？　それはいけませんね。手前味噌《みそ》ですが、薬でしたら各種取り揃えておりますので、御用の際にはお気軽に仰《おっしゃ》ってください」

「ありがとう、覚えておくわ」

「——シン、おかわり」

「はいはい、ただいま」

平和な日の一幕であった——

そしてその夜。

「約束を覚えていたようだな、じいさま」

「当たりめえだろ、約束を違《たが》えるようなやつぁ男じゃねえよ……あん、どうした？」

「イヤ、別に……そうだな、男じゃねえな」

どこぞの二人を思い出していたシンは、じいさまの言葉を流す。

二人がいるのは、およそ鉱山都市には似つかわしくない、豪華でかつ洗練《せんれん》された外観《がいかん》の建物。

一応酒場らしいが、ドレスコードが必要そうな店の前に二人がいる理由は、じいさまの――

『上手く事が運んだら、この街イチの美人を紹介してやるよ』

とシンと交わした約束を果たすために、用意した店だった。

恭《うやうや》しい態度の店員が、ボロシャツ一枚のじいさまを先導する姿は実にシュールで、呆《あき》れ顔のまま後ろをついて歩くシンはやがて、酒場の二階にある個室に案内される。

「ここに街一番の美人が？」

「おうよ――おい、連れてきたぞ！」

孫娘《ヘンリエッタ》を溺愛《できあい》するじいさまが、彼女を差し置いて街一番の美人と称する相手。

はたして一体、どれほどの美人が待っているのか、シンは期待に胸を膨らませ、部屋に入った。

「――どうもはじめまして、あなたがシンさんですね？」

目も眩《くら》むような眩《まばゆ》い輝きを放つ長い金髪、見つめられた者を魅了《みりょう》する長い睫毛《まつげ》と優しげな眼差《まなざ》し。強く抱きしめると折れてしまいそうな細い身体、まるで森の奥にひっそりと咲く可憐《かれん》な花を思わせる――エルフ。

それは昼間会ったミューラのような、肉感的な魅力に溢《あふ》れた陸エルフ《ランディア》ではなく、森の奥で暮らす深層《しんそう》の麗人《れいじん》、森エルフ《フォルディア》……ただし、男だった。

「……おう、じじい」

「あん？　嘘は言ってねえぞ、リオンはどこからどう見てもこの街一番の〝美人〟だ」

この街イチの美人――確かに、性別に関しては言及《げんきゅう》していない。

無言でじいさまを睨《にら》み続けるシンの姿に、森エルフ《フォルディア》の男性はある程度事情を察したらしく、彼に向かって笑みを浮かべて話しかけてきた。

「どうやらユーリに一杯食わされて連れてこられたようですね。まったく、彼もこの年にもなっていまだにイタズラ好きで困ったものです」

「はん！　大きなお世話だぜ。それよりシン、呆《ほう》けてないで挨拶《あいさつ》ぐらいしやがれ」

「誰のせいだ！　それよりも……ユーリ……ダーリンだけでもきついのに、名前がユーリって……」

「なんでえ、その酸《す》っぺえモンでも口に入れたような面《ツラ》は？」

「なんでもねえよ……あー、はじめまして。私はシン、薬師をやっています」

「ええ、知っていますとも、前々から会いたいと思っていたんです。では改めて――はじ

めまして、私はリオン、この街の冒険者ギルドのギルドマスターをしています」

「…………………」

シンの眉間《みけん》のシワは、ますます険《けわ》しくなったという……

人はなぜ、酒を飲むのか？

アルコールは思考を鈍《にぶ》らせ、肉体は己の制御下から離れる。気は大きくなり、心にもないことを――もしくは、心の奥底に隠していた本性を吐露《とろ》してしまう。

それでも人は酒を飲む。酔いという、素面《しらふ》では味わえぬ解放感を味わうために。

あるいは、目の前の現実から逃避するために。

「……何が悲しゅうて、男三人で酒を飲まねえといけねえんだよ」

「あん、キレイどころなら用意してやったじゃねえか？」

「どんなに見た目が麗《うるわ》しかろうが、同じモンぶら下げてりゃ意味ねえだろうが。むしろ虚《むな》しさ倍増だわ。それぐらい分かれよ、どチクショウが‼」

酒場の二階に用意された個室に、シンの嘆《なげ》きの声が響き渡る。

見た目も豪奢《ごうしゃ》な一室は、普段は大商人や街のお偉方《えらがた》の接待などに使われているのだろう。

調度品をはじめ、酒を注ぐグラス一つに至るまでが逸品《いっぴん》揃いである。

そんな特別な空間に、ボロシャツに身を包んだ老人と、旅装束《たびしょうぞく》にマントを羽織った青年、そして最後に美貌《びぼう》の森エルフ《フォルディア》の男性。三人三様の男たちは、テーブルを挟んで酒を酌《く》み交わしていた。

場違いなどと言うなかれ、シンはともかく残りの二人は、鉱山都市バラガを長年取り仕切っていた元都市代表、並びに冒険者ギルドで現役バリバリのギルドマスターである。

もっとも、この場の三人にそんなものは関係ないらしく、特にシンとじいさまなどは、年齢すら無視して、下《くだ》らない話題で盛り上がるかと思えば、些細《ささい》なことで睨《にら》み合ったりしていた。

ただリオンだけは、二人のやり取りには交ざらず、一歩引いた場所から眺めている。

――リオンは長命のエルフ種である。おそらく、この場の誰よりも年上だろう。

だから、リオンには目の前でじいさまとシンがギャースカ言い合いをする姿は、童《わらべ》が戯《たわむ》れているように見えるのだろう。二人に向けられた視線が、彼の心情を雄弁に語っていた。

「申し訳ありませんね、私が女性ならシンさんに喜んでもらえたのでしょうが」

「気にすんなやリオン、女がいねえなんて不貞腐《ふてくさ》れるなんざ、いまだにオッパイが恋しいガキンチョの戯言《ざれごと》よ」

「言ってろ枯れ木。ったく、酒の相手が美女じゃなくて年寄り二人じゃあ、高い酒飲んでも大して嬉しくねえよ……」

「なんでえ、だったら安酒に替えてもらうか？　せっかくの高級品がもったいねえ」

「誰も不味《まず》いとは言ってないだろ。美味《おい》しく飲んでるんだから、ボトルを引っ込めるのはよせって」

テーブルから取り上げようとするじいさま――ユーリの手から酒瓶を取り戻したシンは、自分の手元にそれを置き、大事そうにガードする。

「だったらいい加減、愚痴《ぐち》をこぼすのはやめて、機嫌を直しやがれ！　ったく、辛気《しんき》くせえ」

「少しくらい愚痴《ぐち》ってもいいじゃねえか。俺は人を罠《わな》に嵌《は》めるのは大好きだが、嵌《は》められるのは大嫌いなんだよ」

「あん、奇遇だな、ワシもだ」

「私もですよ」

酷い連中の集まりだった……。

「ったく、どこにも救いがねえな……で、俺をここに呼んだ目的は？」

これ以上酒が回ると思考が鈍《にぶ》ると考えたか、シンが単刀直入に切り出す。

名目上は、依頼を果たしたシンへの慰労《いろう》と報酬《ほうしゅう》といった形の宴席《えんせき》ではあるが、彼をもてなしているのは先代の都市代表と、現冒険者ギルドの長《おさ》、どちらも街の中枢《ちゅうすう》に席を置く人間だ。ただの飲み会であろうはずがない。そうシンが勘繰《かんぐ》るのは無理からぬことである。

「……ああ、なるほど。誤解《ごかい》ですよシンさん。確かに頼みたいこともありはしますが、今日はあなたに直接お礼が言いたくてユーリに骨を折ってもらったんです」

「お礼？」

「ええ、あの四人を無事この街に帰していただき、ありがとうございました」

ギルドマスターという立場上、まだ年若いというだけで彼らを特別扱いはできないが、幼い頃から見知っているリオンにとって、安否《あんぴ》不明の日々は辛《つら》かっただろう。彼の見せる、シンに感謝を述べるときの笑顔と、事情を話すときの苦悩《くのう》の表情がそれを物語っていた。

若者が無謀な〝冒険〟に走るのは世の習《なら》いだというのなら、数少ない成功者と、その他大勢の落伍者《らくごしゃ》を生み出すのが、冒険者という生き方である。

「だから、あの子たちが元気な姿で帰ってきてくれたのは本当に嬉しかった。しかも、見違えるような成長を見せて。本当に感謝しています」

照れくさそうに頬《ほお》をポリポリと掻《か》きつつ、深々と頭を下げるリオンから視線をずらすシンだったが、逸《そ》らした先でニヤニヤと笑うじいさまと目が合い、慌《あわ》てて反対方向を向く。

「どうかお気になさらずに。慈善《じぜん》事業をするつもりもありませんし、対価は彼らからキチンと取り立てるつもりですので……じいさま、なに悶《もだ》えてんだよ？」

「気味が悪くて震えてたに決まってんだろ！　誰だテメェ、丁寧な話し方しやがって⁉」

「ボケてんのか⁉　屋台の前で客に薬売ってるときは丁寧な言葉遣いだっただろうが！」

二人のやり取りを見ていたリオンは、思わずクスクスと笑い出す。

この場にそぐわない――あるいは本来あるべき――優雅《ゆうが》な笑い声に二人は毒気《どくけ》を抜かれると、どちらともなく酒をお互いのグラスに注ぎ、飲み干す。それで手打ちということらしい。

これを見たリオンは楽しそうにまた笑い、そしてシンに声をかけた。

「ユーリが楽しそうに罵《ののし》り合う相手は、かの細君《ジュリエッタ》以来ですね……おや、どうしましたシンさん、おかしな顔をして？　それはそうと、今後は私のこともリオンとだけお呼びください。もちろん、口調も同様にね、仲間はずれはイヤですよ？」

リオンの言葉にシンは肩をすくめるだけで返すと、今度は三人仲良くグラスを交わす。

それからは他愛もない会話が続いていく中で、先日、シンがニクスを介《かい》して冒険者ギルドに依頼を出した案件が無事に受理《じゅり》されたと聞いて、リオンに謝意《しゃい》を告げた。

「ありがとよ。特に急ぎってわけじゃないんだが、あんまり遅いと、ある方面からクレームが発生しそうなんでね」

「クレーム……？　それはそうとシンよ、シュガルの件だが本当にいいのか？　今日、収穫時に振る舞った以外のシュガルは全て、都市の行政部にくれてやるってえ話だが」

話題が仕事関係に移ったところで、じいさまはシンに聞いてくる。

内容は言葉の通りで、孤児院の裏手の農地で収穫されたシュガルを、流通から収益の取り扱いまで一切合切《いっさいがっさい》、鉱山都市バラガに譲渡《じょうと》するというものだ。それも継続的に。

年間の収穫量が数十トンになる砂糖の利権《りけん》を手放す。普通に考えて正気の沙汰《さた》ではない。

「問題ない。目に見える現金なら、今日みたいに収穫日のイベント売り上げだけで結構な金額になるからな。こちらの条件は、神殿と孤児院の維持費並びに畑の借地料など、かかる費用の全てを都市側が負担すること。あ、収穫前には泥棒《どろぼう》も出るかもしれないから、警備なんかの経費も追加でな」

金の成る木は、金に換《か》えなければ意味がない。いかに砂糖が高級品だとしても、販路《はんろ》の開拓や価格設定など、何のノウハウも持たないヘンリエッタには不可能だ。

栽培《さいばい》自体に特殊な技術を必要としないため、簡単に真似《まね》ができてしまうのも問題である。

そしてなにより、なまじ大金を持っていると、孤児院そのものが狙われる危険性があった。

それら全てを解決するには、これは都市が孤児院に委託《いたく》している公共事業の一つであり、侵害《しんがい》する者は都市行政に喧嘩《けんか》を売るということだと、世間に周知《しゅうち》させる。そうすることで、孤児院は今後、鉱山都市バラガの管理、庇護《ひご》下に置かれ、運営は行政府が責任を持つことになった。

「まあ、餅《もち》は餅屋《もちや》ってな」

「上手くすりゃあ一財産できるっつうのに、もったいねえ話だな」

「残念ながら彼女《ヘンリエッタ》に金勘定《かねかんじょう》はできねえよ。よからぬ連中に利益を掠《かす》め取られるのがオチさ。

収穫にかこつけて住民連中には安価で振る舞いもしたからな、上も無茶な値段にはできねえだろう」

砂糖が貴重品であることは誰もが知っている事実だが、原料が目の前にあり、安価で振る舞ってなお大量に余る姿を見ている以上、高い値段では住民は満足しないし、逆に反感を買う。そして、買うぐらいならと、収穫前のシュガルを盗み出す輩《やから》も出てくるかもしれないし、そこから闇取引が行われたりと、治安の悪化を招く可能性もゼロとは言えない。

シンは、そういったことも全て、行政に丸投げしたのである。

モグリで流れの薬師《シン》は、どうやら劇薬《げきやく》の取り扱いが大好きらしかった。

「シン、おめえよう……」

「降って湧《わ》いたような今回の儲《もう》け話、上の人間が『高貴なる者の責務《ノーブル・オブリゲーション》』って言葉を知ってるといいんだがなあ……」

つくづくえげつない性格のシンは、くつくつと笑いながらグラスを傾《かたむ》ける。

そんな彼の様子を面白そうに見ていたリオンは、残っていたもう一つの用件を切り出した。

「ところでシン、先ほども言いましたけど、頼みたいことがあるんです。報酬《ほうしゅう》は弾《はず》みますよ」

「それは冒険者ギルド絡みの依頼で？」

「なら断る、金には困ってない」

にべもない答えに、横で見ていたじいさまが苦笑するも、当のリオンは大して気にした風もなく話を続ける。

「報酬《ほうしゅう》はお金ではなく、私の所有する魔道具です。シンならきっと気に入ると思いますよ」

「魔道具ねえ……ま、効果次第かな」

魔道具と聞いてシンの興味がそちらに傾く。魔道具にも興味はあるが、なにより会って間もないはずのリオンが「シンなら気に入る」という言葉が気になった。

リオンは懐《ふところ》から一つの指輪を取り出すと、シンの前に置く。

「これは嘘吐きの指輪《ライアーリング》と呼ばれる魔道具で、装着者のステータスを擬装《ぎそう》する――」

「お前《リオン》の頼みを俺が断る？　冗談《じょうだん》でもありえない話だな。さあ親友、頼み事ってのは一体なんだ、なんでも言ってくれ。で、報酬《ほうしゅう》は『先払い』か『前払い』のどっちだ？」

お手本のような手の平返しに、ユーリはただただ呆《あき》れ、リオンは笑顔を返す。

「もちろん、依頼を受けてくれた時点でシンに差し上げますよ。それにしても良いのですか、内容も聞かずに依頼を受けるなんて言って？」

「ギルド絡みなら討伐か採集だろ？　ドラゴンの討伐だとか無茶な話でもない限り、問題ないさ」

　ドラゴン以外なら倒せるとも取れる発言なのだが、聞いた二人はその発言を気にも留めない。

「それを聞いて安心しましたよ。シンは、この街にBランク冒険者のパーティが滞在しているのは知っていますね。実は彼らが、近々自分たちのホームに帰るらしいんです」

「ああ、あの……それが？」

　リオンの話によれば――

『オーガ討伐のために遠路はるばる来てみれば、肝心の討伐対象はいない。このまま大した依頼も受けずに帰ってはBランク冒険者の沽券《こけん》に関わる』

と、冒険者ギルドのカウンターでゴネたらしい。

　シンも、昼間出会ったアクの強い連中を思い浮かべ、ありそうな話だとひとり納得する。

とはいえ、Bランク相当の高難易度依頼など、このバラガには存在しない。そんな依頼があっても、受ける冒険者がまずいない。いるのであれば、そもそも彼らを遠くから呼んだりしない。

　――そう、普段ならば。

　現在ギルドには、Bランク冒険者がいる今のうちに希少素材を！　とばかりに、錬金術ギルドと鍛冶ギルドから出された『フォレストバイパーの素材採取依頼』があった。

「当然のように依頼を受けた彼らですが、いかんせんここは彼らのホームグラウンドではありません。フォレストバイパーの縄張りを見つけられずに、時間を浪費《ろうひ》するのは避けたいということで、魔物の探索に長《た》けたアドバイザーはいないかと注文がありましてね」

「その話からなんで俺が出てくるのかな……？」

「シンならフォレストバイパーの居場所くらい、簡単に探せると思ったのですが？」

「……まあ、分かるけど」

「ですよね！　彼らには案内役は手配済みと伝えていますので、後はよろしくお願いしますね」

「話ついてんのかよ！」

シンのつっこみにリオンは動じず、ただニコニコと笑うばかり。じいさまに負けず劣《おと》らず、人を振り回すのが得意なタイプのようだ。

「ったく……で、あちらさんはいつから探索に出かけるつもりなんだ？」

「明日だそうです」

「早えよ‼」

リオンの方が容赦《ようしゃ》なかった。

……酒も進み、三人ともアルコールが頭に回ってきた頃、話題はまた別のものに移る。

「そういやシンよ、おめえ鉱山に入っちゃあゴミ石ばっかり拾って帰ってたらしいじゃねえか？　鉱夫の連中、不思議がってたぞ」

「ゴミ石？　ああ、灰重石《かいじゅうせき》（タングステン鉱石）のことか……ここの連中にはゴミかもしれないが、俺にとってはお宝なんだよ。安く仕入れることができてありがたいかぎりだ」

「お宝？　どういうことでぃ？」

「興味深いですね、詳しく教えてくださいよ」

街の鍛冶屋がゴミ石扱いするアレを、シンはお宝だと言う。二人が気にならないはずがない。

――酔いというのは恐ろしい。普段なら決してやらないことも、平然とやってのけてしまう。

シンは異空間バッグから、新調したガントレットをはじめ、四人にも見せていない面白武器を取り出しては二人に見せびらかし、あまつさえ詳細まで語って聞かせるという暴挙《ぼうきょ》をかます。

「……しっかし、あのゴミ石がこんな風になるとはなあ」

眺めて触って、ひとしきり堪能《たんのう》したじいさまが、感心したように溜《た》め息をつく。

「ゴミ扱いってことは、ここの鍛冶屋でも精製できないってことなんだろうな」

「精製方法を知りたい人間は多いでしょうね」

リオンはギルドマスターの目になり、色々と考えている。が――

「使いものになることくらいは見せてやったが、製法まで教える義理はないなあ……」

素材の差はそのまま武器の性能に繋がってくる。大事な精製方法をホイホイと教えてやるほど、シンはお人好《ひとよ》しではなかった。

「ま、ワシにはどうでもいいことだな」

「冒険者ギルドとしては強力な武器や防具が出回るのはありがたいことですが、無理強《じ》いすることもできませんしね、いやはや残念です」

シンの言葉に、二人ともさして残念そうではなかった。

じいさまはともかく、リオンの立場であれば高性能な武具は是非《ぜひ》とも欲しいところだろう。それでも素直に引き下がるのは、シンの事情を酌《く》んでのこともあるが、冒険者たちが、武具の性能を己の実力と勘違《かんちが》いすることを危惧《きぐ》したためでもあった。

そんなリオンの態度に、シンも自分から美味《おい》しそうな餌《えさ》をちらつかせ、いざとなったらおあずけ、というのはさすがに気が引けたらしく、教えても問題なさそうな別の情報を提供する。

「……そういえばここの鉱山って、鉄とか、武具に使えるものしか掘ってないのか？」

「いんや、金や銀も掘ってるぜ。ただ、埋蔵《まいぞう》量自体が少ないもんでよ、最初に見つけた連中が独占《どくせん》してんのよ。まあ当然っちゃあ当然なんだが。それが？」

「いや、宝石の類《たぐい》は掘らないのかと思ってさ」

「宝石ですか……あれば嬉しいのですが」

「なんだ、リオンは宝石が好きなのか？　森エルフ《フォルディア》なのに珍しいな」

エルフ、特に森エルフは木工や織物など、非金属の美術品をよく好み、宝石・貴金属や金属加工品はドワーフの領分と一般には言われている。

「種族は関係ありません、私は宝石が大好きなんです！　ああ、あの光沢《こうたく》、光を浴びて様々な表情を見せるあの輝き……自然によって生み出され、人の手によって完成を見る美の結晶《けっしょう》‼」

何か、押してはいけないスイッチをシンが誤って押してしまったらしく、今まで大人しかったリオンがいきなりヒートアップし、宝石愛を滔々《とうとう》と語り出した。

リオンは宝石だけが殊更《ことさら》好きというわけではなく、キラキラしたもの全般が好きなのだそうで、金属の光沢《こうたく》も、染め上げられた織物の艶《つや》やかさも満遍《まんべん》なく好きだと言う。

カラスか！　とシンが心の中で突っ込む中、ようやくリオンも落ち着いたらしい。

「スミマセン、最近はコレクションの追加もなく、悶々としておりまして」

「おっおう……」

「……ところでシンよう、唐突に宝石なんて言葉が出るあたり、おめえ何か隠してやがるな？」

「っ!! それは確かに――シン、何か知っているのですか？ 隠すとためになりませんよ？」

じいさまの言葉に反応したリオンは、柔和《にゅうわ》な目つきを猛獣《もうじゅう》のそれに変え、シンの顔をガッシと掴み、鼻と鼻を突っつき合わせた。

シンも、同性とはいえ目も眩《くら》むような美貌《びぼう》に迫られ、たまらず正直に白状する。

「いや、別に隠すとかじゃなくて……ほら、あの一七番坑道だっけ、廃坑になってるヤツ？」

「あれか？ あそこならもう何年も前に閉じちまったぞ、それこそゴミ石並みに硬《かて》え岩盤に先を塞《ふさ》がれちまってな」

硬い岩盤――鋼玉《コランダム》の鉱床《こうしょう》を思い出し、じいさまが忌々《いまいま》しげに呟《つぶや》く。

研磨剤《けんまざい》として利用するため、工房に頼まれて拾ってくる程度のものではあるが、シンは、その先にあるモノを、己の異能【組成解析】で偶然発見していた。

「あの岩盤の先に、紅玉《ルビー》があったり、なかったり……？」

「なんだと!?」

「シン!! 今言ったことは本当ですか!? ル、ルビーがあの先に？ あるんですか、ないんですか、どっちなんです!?」

「リオン、顔が近いって!! 詳しくは言えないけど、俺の特殊能力が、あの奥にルビーがあるのを教えてくれてる……たくさん——ぬおぅっ⁉」

ガバッ‼

喜びのあまりシンを強く抱きしめるリオンからは、草花のような優しい香りがふわりと漂う。

しかし、男の、薄くも引き締《し》まった筋肉質の胸板を顔に押しつけられ、シンの表情は無になる。

「ああシン、アナタと知り合えて本当に良かった‼　ユーリ‼」

「おう、こうしちゃいられねえやな！　明日の朝イチで人を集めんぞ。ありがとよシン、ここの払いは済ませとくからゆっくりしてけや！」

「シン、アナタに最大の感謝を！　あ、明日は朝から街の門に集合だそうですので、お早く」

疾風《しっぷう》のように二人が出ていった扉を眺めながら、余計なことを言ったのではと、シンは自問する。

「……ま、いいか」

が、特に気にすることもなく、柔《やわ》らかいソファに身を沈め、そのまま眠りについた。

北門——バラガの街にただ一つ設けられた門の前に集まる六つの人影。

「……で、ソイツは本当に信用できるやつなんだろうな？」

「どうだろうな、ギルドマスターはきっと頼りになると言っていたが」

「Bランク冒険者はこの街にいない。根拠《こんきょ》に乏《とぼ》しい」

「とはいえ、ここであれこれと考えても答えは出ません。その人が頼りになるかどうかは、現場で確かめさせていただきましょう」

「ん……」

「アラ、そうこう言ってる間に来たみたいよ……ちなみにアタシは頼りになる方に一票ね」

フォレストバイパー討伐のため、門の前に集まったBランク冒険者パーティ、彼らに近付く人物を視界に捉え、ミューラは面白そうに微笑《ほほえ》む。

「──いやあ、お待たせして申し訳ありません」

「「「あ」」」

「げっ！」

四人はその顔を見ると揃って声を上げ、なかでもガロンは、潰《つぶ》れた蛙《かえる》のような呻《うめ》き声を上げた。

「フォレストバイパー討伐の案内役を仰《おお》せつかりました、薬師のシンです。短い間ですがどうぞよろしく……おや皆さん、どうかしましたか？」

面白そうに微笑《ほほえ》む者、苦虫を噛《か》み潰《つぶ》したように顔を歪《ゆが》める者、気にしない者、様々な表情を前に、シンはとぼけた態度をとる。

暴発したのはやはりというか、ガロンだった。

「どうかしたじゃねえよ！　なんでお前がここにいるんだよ⁉」

「いやあ、昨晩急に冒険者ギルドのマスターから頼まれましてね。聞けば、既に相手方には話を通してるって言うじゃないですか。いわば私も被害者みたいなものですよ、はっはっは」

こういった手合いには慣れているのか、シンはガロンの物言いを軽く受け流す。

昨日の一件と言い、Bランク冒険者を前になんら動じる気配のないシンを見た一同は、これなら今回の危険な依頼も問題なく果たすだろうと、妙に安心してしまった。

「いいじゃないのガロン、アナタを手玉に取るような面白いコだもの、きっと依頼の方も上手くこなしてくれるわ。そうでしょ、シン？」

「もちろんです、ええと……」

「そういえば昨日は名乗ってなかったわね。私はミューラ、残りはまあ、道中おいおいね」

そう促された一同は門を抜け、先導役をシンに任せてしばらく歩き、やがてたどり着く。

……川原へ。

そこは、マクノイド森林地帯から外れたところにある川の縁《へり》、以前シンたちがレッドオーガを解体するときに利用した川の上流エリアだ。

首を傾《かし》げる一同をよそに、シンはあたりを見回し、理由を説明する。

「闇雲に森の中を探しても時間の無駄ですからね、まずは縄張りを探します。そのために必要なヤツがこの辺にいるはずなんですよ……あ、そこの蛙《かえる》、そいつです、捕まえてください」

シンの指差す方向には一匹のヒキガエル、それがヘコヘコと大きな体を跳《は》ねさせながら、今にも水の中へ逃げようとしている。

背中のイボから白い分泌液を垂らす姿に『全力で断る‼』とばかりに両手を後ろに隠す女性陣を尻目《しりめ》に、ヘルムートがガシッと鷲掴《わしづか》みでヒキガエルを捕獲《ほかく》し、シンに差し出す。

「ん……」

「ありがとうございます。あ、手は水でよく洗っておいてください。臭いが残っているとフォレストバイパーが逃げてしまいますから」

「ちょ、ちょっとシン！　今、何て言った、フォレストバイパーが逃げる？」

ヴァイスが思わず声を荒《あら》らげる。シンの言葉の通りであれば、森の悪魔の異名《いみょう》を持つあの魔物が、目の前のヒキガエルの臭いを嗅《か》ぐと逃げ出すというのである。

実力、経験どちらも豊富なBランク冒険者の彼らですら、そんな話は初耳だった。

「フォレストバイパーに天敵がいるなんて聞いたこともないぞ？　しかも蛙《かえる》？」

「天敵というより、単にコイツ――クロアシヒキガエルの臭いが激しく嫌いなんですよ。同じようにコイツもフォレストバイパーの臭いが大嫌いで、ヤツの縄張りにはゼッタイ近付かない。無理矢理にでも近付けると、大声で鳴き出す、そんな変わりものでして」

要は、フォレストバイパーの縄張りを教えてくれるセンサーである。

また、このクロアシヒキガエルの分泌液と皮を乾燥《かんそう》させ、その粉末を袋に入れて持ち歩けば、フォレストバイパーが近付いてこなくなる、森の中での移動が格段に楽になる小道具となる。

「いいことを聞いたな。今度から森に入る前は準備するとしよう」

「くれぐれも乱獲《らんかく》には注意してくださいね」

シンの忠告に「分かっている」と返すヴァイスは、ヒキガエルを紐《ひも》に括《くく》りつけているシンの背中を面白そうに眺めた。

飄々《ひょうひょう》としているようにも見えるが怪しいというわけではなく、どちらかと言えば泰然《たいぜん》自若《じじゃく》、全てを理解した上でその場に立っている、そんな印象を覚える。

詮索《せんさく》するのは無粋《ぶすい》だが、自分たちよりずっと若い目の前の青年が、一体どんな人生を歩んできたのか、いつか聞いてみたいものだとヴァイスは思った。

「それじゃ準備できたので森の中に入りましょうか。あ、コレ、持ちたい方います？」

この言葉に難色《なんしょく》を示す仲間——特にガロンの顔を見て笑う彼を、ヴァイスは笑って見ていた。

……パチ……パチン！

フォレストバイパー捜索初日は残念ながら発見には至らず、途中で見つけた暴れ鹿《タイラントディアー》を狩り、今日は終了と相成《あいな》った。

周囲の警戒は二人ずつ三交代、戦力外のシンはずっと眠りの国の住人という高待遇《こうたいぐう》である。

まあ、薬師に見張りを任せるBランク冒険者がいたら、お目にかかりたいものだが。

現在の見張り役はヘルガとミューラの女性陣、だからといって女子会トークが広がるわけでもなく、なぜか一番物騒な内容が飛び交っていた。

「で、彼のステータスはどうだったの、覗《のぞ》いたんでしょ？」

「……他人の詮索《せんさく》はよくない」

ミューラの問いかけに、ヘルガは身を強張《こわば》らせる。

宙を泳ぐヘルガの目にミューラは目を細めると、寝ているシンに目を向けた。

「…………………」

深く静かな寝息が、シンが熟睡《じゅくすい》状態にあることをミューラに教えてくれる。だからこそ彼女は彼をただの薬師ではないと感じていた。

たかが薬師が、魔物の跋扈《ばっこ》する森の中で熟睡《じゅくすい》などできようはずもない。Bランク冒険者の自分たちですら無理なのだから。それができるのは無謀な新米冒険者もしくは、熟睡《じゅくすい》状態でも周囲の変化を感じ取ることができ、そして起きた直後から全力戦闘に移れる超級の手合いだけだ。

「……何があったの？」

「暴れ鹿《タイラントディアー》との戦闘時に紛《まぎ》れて『鑑定』をかけたけど気付かれた」

「え‼　アナタの鑑定がばれたの？　そうなるとますます興味が湧《わ》くわね」

彼女の魔力制御スキルと鑑定レベルであれば、鑑定を行使されたことに相手が気付くことはまずない。それを察知したというだけで、シンの能力の高さが窺《うかが》える。

「下手に藪《やぶ》をつつくのは愚策。それこそフォレストバイパーの比ではない」

「……ヘルガ、本当に何があったの？」

「世にも恐ろしいものを鑑定させられた……」

時は少しだけ遡《さかのぼ》る――

基本レベル六三と平均的なステータス値、それが鑑定スキルで読み取ったシンのステータス。しかしヘルガは、そこにノイズが混じったような違和感を覚えた。

魔道具の類《たぐい》で隠蔽《いんぺい》、もしくは改竄《かいざん》がされていると直感した彼女は、さらに深く踏み込もうと、彼の身体に這《は》わせた魔力の濃度を強めてその壁を突破、そして驚愕《きょうがく》する。

非常識極まるレベルとステータス値もさることながら、彼の身体に宿るモノを察知した瞬間ヘルガは動揺し、乱れた魔力制御がシンの知るところとなった。

――――!!

一瞬で膨れ上がったシンの魔力が、魔道具の効果ごと鑑定を打ち消す。それの反動だろうか、彼女が持つ鑑定スキル、レベル六では本来見えないはずのものが、彼女の目に映し出される。

彼女の行動に気付き、ゆっくりと振り返るシンの姿を、いまだ自分が見たはずのモノの衝撃から立ち直れないヘルガは、呆然《ぼうぜん》と立ち尽くしたまま見ているだけだった。

シンはそんな彼女のもとへ、優しい笑みを浮かべて静かに歩み寄る。

「ヘルガさん、戦闘中、他のことにかまけていると、いらぬ怪我《けが》をしてしまいますよ？」

そう言うと、懐《ふところ》から取り出した一本の小瓶を、ヘルガに手渡した。

「……？」

「どうぞ。そちらでしたら、いくら鑑定していただいても結構ですから」

「…………………ヒッ!!」

促《うなが》されるまま鑑定し、その内容の恐ろしさにヘルガは小瓶を放り投げ、地面に落ちそうになるそれを、今度は慌《あわ》てて空中で掴む。

死者の苗《ネクロパウダー》　製作者：シン
生物の体組織を壊死《えし》させる猛毒《もうどく》の粉、通称人食いバクテリア。

体表に付着した粉は急激に浸透し、やがて血管を伝って全身に毒の効果を行き渡らせる。

肉体を壊死《えし》させながらも死ぬことはなく、脳組織が破壊された後は、生ける死者《リビングデッド》のごとく、周囲の生物に襲いかかる。そして、この毒の感染者に傷つけられると、同様の症状を引き起こす。

一般的な毒消しは通用せず、専用の解毒薬か高位の神聖魔法、霊薬《エリクサー》など、回復手段は限られており、被害の拡散《かくさん》を防ぐには、灰になるまで焼き尽くす必要がある。


ヘルガの身体からじっとりとした汗が噴き出し、全身が恐怖に包まれる。

鑑定結果もそうだが、なにより恐ろしいのはそこに表示された『製作者：シン』の文字、つまり目の前の男は、こんな危険な薬を作れる能力と、これを使える精神の持ち主ということだ。

おそるおそる小瓶をシンに返したヘルガは、即座に謝罪する。

「……ごめんなさい」

「こそこそ人のプライベートを探るのは趣味が良くないですよ？」

「分かっている。私が全面的に悪い。謝罪一つで収まる程度の怒りではないことも。だから今後、私はシンの要求に全て応《こた》える。あなたの望むまま、欲望のままに私をオモチャにしてくれて構わない。どんな辱《はずかし》めも受ける。時も場所も選ばなくていい。だからどうか怒りを鎮《しず》めてほしい」

「……ハイ？」

普段は口数の少ないヘルガだったが、シンに許しを請《こ》うため、必死で言葉を綴《つづ》る。

ただ悲しいかな、謝罪に必死なあまり、目の前でシンがどんな表情を浮かべているか、気付きはしなかった。

彼女の訴えはさらに続く。

「できれば人前でというのは避けて欲しい。だが、シンが望むのであれば拒否はしない――」

「いや、その……ヘルガさん？」

「――だから、怒りのぶつけどころは私一人に収めて欲しい。仲間のことは見逃して……シン？」

「あの、なんか、スイマセン……これこの通り、許してもらえませんかね？」

少しだけ周りが見えるようになった彼女が見たものは、目の前でなぜか土下座《どげざ》をしているシンの姿だったという――

「ぶっ！　なぁにヘルガ、あなたってば、シンに色仕掛けで許してもらったの？」

「違う。シンの怒りを鎮めるための最善の手段。ただ、土下座の理由は不明」

「向こうもフリだけで、警告のつもりだったんでしょ。それなのにヘルガが暴走するからシンも慌《あわ》てて、可愛《かわい》いもんじゃない」

自分たちが戦闘をしている後ろでそんな寸劇《すんげき》が繰り広げられていたことに、ミューラはもう一度笑うと、向こうで寝ているシンを面白そうに眺める。

「機嫌を損ねられても困るしね、詮索《せんさく》をするのはよしましょ」

「言い出したのはミューラ」

「悪かったわよ、今度奢《おご》るから許して」

その後、他愛もない会話は交代まで続いた。

生物が生きていくためには、水は欠かすことのできない要因である。

だから人々は名付ける――恵みの雨と。

「…………………」

ただし、森の中にいるときに降られるのは勘弁《かんべん》願いたい……

「どしゃ降りだな……」

雨は困る、なぜなら、雨によって周囲の臭いが流されてしまうからだ。

つまり――

「コイツの探知能力もこれじゃあ役に立ちませんねえ……」

「あぁん？ んじゃこんな雨の中、どうやってフォレストバイパーを探すってんだ？」

濡《ぬ》れて身体にへばりつく衣服が不快のようで、ガロンの機嫌が悪そうな声が響く。

「今日は無理ですかね。それに、雨の森でフォレストバイパーには勝てませんよ」

視界不良に加え、雨音で周囲の音も拾えない。こんな状況下でフォレストバイパーと戦うのは、自殺行為でしかない。美味《おい》しく食べられるのが関の山である。

「それにホラ……今日は別のお客さんがお出ましですよ」

シンが指差す先には、こんな雨の日だからこそ現れる、冒険者泣かせの厄介者《やっかいもの》の姿があった。

「げっ、コイツかよ……」

スライムである。

スライム　Fランクモンスター

プルンとしたゼリー状の物質で構成された体を、薄い透明《とうめい》な膜《まく》で包み込み、外部の情報を得るための二つある黒い球状の感覚器官は、見方によっては愛くるしい瞳のようにも見

える。駆け出し冒険者の手頃な討伐目標であり、曰《いわ》く、ザコの代名詞。

――そう思っていた時代がシンにもありました。

しかし、現実はかくも残酷なり。

スライム（正解）　Fランクモンスター
ヌルヌルとした粘液《ねんえき》の塊《かたまり》としか形容できない粘性《ねんせい》生物。液体で構成されているため極《きょく》度《ど》に乾燥《かんそう》を嫌い、普段は地中に染み込み、水辺周辺か雨の日にしか地上に現れることはない。
粘液状《ねんえきじょう》の体組織は特殊な酸をはらんでおり、動物だけ、あるいは植物、果ては金属だけといった特定の物質を消化して吸収、活動エネルギーに変換《へんかん》する。

現代のJRPGで育った世代の常識に、真正面から唾《つば》を吐《は》きかける所業であった。

体組織がグリーンなのは肉食の証《あかし》、森の中で獲物を待ち構えるための保護色というわけだ。

「どうします、お肉大好きの『みどりクン』みたいですよ？」

「妙な呼び方するんじゃねえよ！　しかし面倒なヤツに出くわしたもんだ……」

「ですねえ」

グリーンスライムの酸は肉だけを消化する。ただ、金属製の武具も溶けはしないが傷むため、近接戦を行う者にしたら、触れることすら勘弁《かんべん》して欲しい相手である。

だからといって火属性魔法で攻撃しても、雨の中では威力は下がり、蒸発《じょうはつ》した体組織は周囲からの水分補給で復活する。ただただ面倒な相手、それがこの世界のスライムであった。

「とはいえ、ここまで近付かれては、逃げても追ってくるだろうな。ヘルガ、頼めるか？」

ヴァイスの言葉に、あまり気乗りがしない、といった表情のヘルガが前に出る。

スライムは目、耳、鼻がない代わりに、魔力から個体を識別する特殊な器官を持っている。そのため、一度標的にされてしまったが最後、どちらかが死ぬまで追跡《ついせき》され、最終的には戦闘になってしまう。もっとも、死ぬのは大抵スライムの方ではあるのだが。

彼女は火属性の魔法が使えるので、多少効率が悪くても焼き殺そうということなのだろう。

「あ、いいですよヘルガさん、スライムなら俺が処理しますから」

そう言って彼女を遮《さえぎ》るようにシンが前に出ると、背嚢《はいのう》から麻袋を取り出し、水たまりをバチャバチャとわざと音を立てながら歩く。音は聞こえないスライムだが、それでも派手に動いてる個体を標的に定める。

「シンさん！　危険です、下がりなさい！」

「大丈夫ですよアレックスさん、戦うわけじゃありませんから」

なおも何かを話そうとするアレックスを、ミューラが手で制した。

戦闘能力で言えばFランク最下層レベルのスライムだが、面倒臭さはDランクに匹敵《ひってき》する。

彼女にすれば、そんなスライムを薬師のシンがどう料理するのか、興味があるのだろう。

ただ、シンのやり方はやはりというか、いささか斜《なな》め上だった。

バササッ!!

……ビュエエエエエ!!

スライムのそばまで近付いたシンが、手にした麻袋の中身をスライムにぶっかけると、声帯のないはずのスライムから、歓喜とも悲鳴ともつかない音が響き、モチャモチャと激しく鳴動する。

「終わりましたよ、後は大人しくなるまで待ちましょうか」

「「「「——は？」」」」

シンの言葉にヴァイスたちは全員、間の抜けた声を上げた。

スライムは、その粘膜《ねんまく》で消化可能な物質かを判別、消化可能な物質だけを体内に取り込み、消化液を生成する。消化できない場合は取り込まず、仮に体内に混入したとしても排《はい》除《じょ》する。

ただし、物質が体内に入り込むと、自動で消化液の生成が行われるため、不足の事態で消化不能対象が混入した場合、それが排除されるまでは、無駄にエネルギーを消費することになってしまう。

シンが撒《ま》いた小麦粉は粒子《りゅうし》が細かく、判別されるよりも早く、粘膜《ねんまく》の隙間《すきま》からスライムの体内に入り込んでしまう。その後『みどりクン』が、消化できない小麦粉の排除行動に出ようとも、細かい粒子が体内で攪拌《かくはん》されるだけで、体外に排出されることはない。そして、その間ずっと、体内では消化液が生成され続け、徐々にスライムは消耗《しょうもう》、やがて絶命するという寸法である。

「──というわけで、五分も待っていれば動かなくなりますよ」

「目から鱗だな、俺たちでは絶対に思いつかない……」

「いかに戦わず楽にやり過ごすか、そんなことばかり考えてますからね。植物を溶かすタイプなら、動物の骨を灰にして粉状に砕いたものを使うといいですよ」

「なんだよオメェ、いけすかねぇやつだと思ってたけど、結構おもしれえなあ！」

ガロンが嬉しそうにシンの背中をバンバン叩《たた》く。自分では褒《ほ》めているつもりなのだろうが、デリカシーの欠片《かけら》もない。まあ、今までガロンに対してシンが取ってきた行動も大概《たいがい》だが。

「ははは、それはどうも……お、そろそろかな。皆さん、今から面白いものが見れますよ」

七人の視線がスライムに集まる中、シンがそう告げた直後――

ボコッ！

「げっ！」

「何あれ――？」

スライムの表面が一部盛り上がったかと思うと、真っ白な球体に血管のようなものが幾《いく》筋《すじ》も這《は》う、まるで瞳のない眼球のようなものが現れる。続いて、それに繋がる内臓らしき器官も姿を現すと、スライムを構成する粘液《ねんえき》から離脱《りだつ》するように地面にポトリと落ちた。

それをシンはヒョイと拾い、ガラス瓶に閉じ込め蓋をし、ヴァイスたちに見せる。

「ホラ、世にも珍しいスライムの本体ですよ」

こんなモノが、スライムのどこに潜んでいるのかは全くの不明。地中を自在に移動できることから、粘液《ねんえき》の中に溶け込んでいると考えるのが妥当《だとう》だが、それを研究、解明した者はいない。

シンは、スライムの本体が入ったガラス瓶をヴァイスに渡した。

「あげます、国の偉い学者にでも見せれば大金を払ってくれるかもしれませんよ」

「え？　いや……いいのか、こんな珍しいモノ？」

「構いませんよ。俺はスライムの生態を解明するよりも、コッチの方が大事なんでね」

そう言いながら、本体の抜けた粘液状《ねんえきじょう》のスライムボディを、空《から》になった麻袋に詰める。

これを、体内の小麦粉を除去《じょきょ》して乾燥させれば、吸水性抜群《ばつぐん》の粘液《ねんえき》というよく分からない物体ができ上がる。そして彼は、それに色々と薬品を混ぜて攻撃手段に使うのが好きだった。

例えば、可燃性の液体を混ぜてナパーム弾を作ったり、他にも……とりあえず、ろくでもないものだということだけは確かである。

「これも嬉しいんですけど、どうせなら『ピンクちゃん』に出てきて欲しかったですねえ」

「だからなんで、そんな変ちくりんな呼び方なんだよ……で、そのピンクってえのは？」

「おや、ガロンさんも興味があります？　ピンクちゃんってのは『腐肉喰《ふにくく》らい』のことですよ」

腐肉喰《ふにくく》らい　Ｆランクモンスター

植物・動物に関係なく、生命活動を停止した有機物だけを捕食《ほしょく》する希少種のスライム。透明な全身に、ところどころ白濁《はくだく》した斑模様《まだらもよう》がついた見た目は、他のものと比べると異様である。

人体に張りつかれても死肉だけを食らうので、壊死《えし》した傷口の処理など、戦場では医療目的で使われることもある。


「全然ピンクじゃねえじゃねえか！」

「いえいえ、ピンクというのは比喩《ひゆ》でして――」

死んだ有機物だけを消化、つまり植物や動物由来の製品を消化してしまうということだ。

非金属の装備を溶かし、衣類を溶かし――しかし健康な肉体には無害とくれば……

「お‼　おいシン、そいつぁまさか、アレか⁉」

「そうです、分かってくれましたか‼」

ちょっとだけおバカな男たちの夢が、そこにはあった。

そして、シンとガロンが心の底から打ち解けた世界の向こうで――

「最低男」

「バカとバカがくっついて、より強いバカになったわねえ……」

女性陣の顰蹙《ひんしゅく》を買っていた。

男のロマンとは、往々にして他人には理解されにくいものである。特に女性には。

■

グエーコ、グエーコ……

スライム遭遇《そうぐう》から二日、紐《ひも》に吊るされたクロアシヒキガエルの鳴き声が周囲に響く。

いささか耳ざわりのよろしくない鳴き声をかれこれ二〇分ほど聞いたであろうか、「そろそろか」と呟《つぶや》いたシンは、紐《ひも》の結び目をほどいた。

ヒキガエルはボトリと地面に落ちると、グエグエと鳴きながら逃げていく。

その方向を眺めつつ、幾分《いくぶん》か打ち解け、言葉遣いも砕けてきたシンが声を上げる。

「アレの逃げていった反対の方向が、フォレストバイパーの縄張りだよ」

「あら、ホントに早く見つかるのねえ」

獲物というのは、いざ探すと見つからず、来て欲しくないときに現れるのが世の常だ。早くて一週間はかかると踏んでいた彼らは、もう目当てのものを発見とあって、驚きと喜びを表情に出す。

「雨さえなければ、あと一日短縮《たんしゅく》できたんだけどね」

「だとしても想像以上の早さだ。シンを紹介してくれたギルドマスターには感謝しないとな」

「ハハハ……」

シンは、今頃はじいさまと一緒になって、坑道で汗を流しているであろう森エルフ《フォルディア》の姿を思い描き、乾いた笑いを浮かべる。

それから一キロほど歩いていた頃、森を歩いていたら密林《みつりん》に迷い込んだ――そんな錯覚《さっかく》に陥《おちい》りそうなくらいに緑の香りは濃く、周囲の植物は見慣れぬものが多々存在していた。

フォレストバイパーの胃袋は縄張りと同じサイズ――そう揶揄《やゆ》されるほどに危険なため、草食系の動物、魔物は近付きもしない。そのため、希少な植物が群生《ぐんせい》していることが多いのだという。

ヴァイスたちのように、高ランクかつフォレストバイパーの討伐経験がある冒険者は、森の変化のことまでは知っている。だが、貴重な素材となりうる植物の存在までは、知らない者の方が多い。

なので――

「それじゃあ、目的地まで無事案内したということで、俺はここで別行動させてもらうよ」

「シン⁉」

言うが早いかシンは、驚くヴァイスの声に耳を貸すこともなく、しゃがんでは見慣れぬ草を摘《つ》み取り、大木に巻きついた蔓《つる》を吟味《ぎんみ》してと、ひたすら採集活動に精を出す。

「おお珍しい、こんなところに万力葛《まんりきかずら》が。おっ、あれはメイビルの木じゃないか！」

「シン！　いいから話を聞いてくれ！」

「……はい？」

自分を呼ぶ声に振り向くシンだが、作業の手を休めることはなく、メイビルの木肌をベリベリと剥《は》ぎ取りながらも、目ぼしい素材はないかと周囲を見渡している。

「貴重な素材を見つけたのかもしれないが、ここが一体どういう場所か忘れたのか⁉」

「……ああ！　そういえば言ってなかったっけ」

シンは、フォレストバイパーの縄張りと希少素材の関係性を語り、それを討伐してしまえば、脅威《きょうい》が去ったことで、周辺から草食型の獣や魔物が入り込み、短期間の内に希少な植物が食い荒らされてしまうことを説明した。

だからシンは、そうなってしまう前に、縄張り内を急いで探索するつもりなのだ。

「そういうことか……だがやはり、縄張りの中を一人で回るのは危険過ぎる」

ギルドマスター直々《じきじき》の紹介で、契約通り目的地に連れてきてくれた有能な人材が、もしフォレストバイパーと遭遇《そうぐう》して食い殺されでもしたら……

そんな懸念を抱くヴァイスに対して、シンはあっけらかんと答える。

「大丈夫、フォレストバイパーは右回りで縄張りを移動するから、皆の方が先に遭遇《そうぐう》するよ」

「マイペース過ぎんだろ、アイツ……」

ガロンも呆《あき》れるほどのお気楽さだった。

　とはいえ、誰かの心配をしながらでは、捜索も討伐もできないとのヴァイスの訴えから、フォレストバイパーの討伐後、全員で素材採集の手伝いをするという条件で、シンは同道することに同意する。

「そういうことでしたら喜んで！　あ、これ半分あげますね」

　計画通り――などという素振りなど微塵《みじん》も見せず、シンは笑顔でそう答える。そして先ほど剥《は》いだメイビルの木肌を、手付けとばかりに半分寄越した。

「これは？」

「ああ、そいつをカラカラに乾燥させて、粉末状にしたものを小さじ一杯、白湯《さゆ》に溶かして飲めば、丸一日生理痛が消し飛ぶ『鎮静湯《ちんせいゆ》』が――」

　ガシッ――!!

　説明を遮《さえぎ》る勢いでミューラはシンを強く抱きしめ、顔に頬《ほお》ずりする。

　どうやら彼女は大変なタイプらしい。

「アンタは本当にいい子ね！　ウチの男どもも少しは見習って欲しいわ」

「よ、予想以上に喜んでいただけたようで、アハハ……」

「はんっ、なにを大げさな、ちっとばかし痛いのなんざ我慢しろってんだよ」

　ギンッ――!!

「ぉお!?」

ガロンが思わず仰《の》け反《ぞ》る！　彼を睨《にら》みつける女性二人の眼光はそれほど鋭かった。

「ガロン、アンタ、背後には気をつけることね」

「月夜の晩ばかりと思うな。むしろ月夜の晩でも安心するな。女の敵」

どうやら先日落としまくった株を、シンは見事回復させ、ガロンはさらに落としたらしい。


……パチ……パチン！

月明かりの届かない密林を、焚《た》き火の明かりが照らす。

山火事を防ぐためとはいえ、スコップで草場の地面を掘り返してまでわざわざ焚《た》き火をするのは当然、ここがフォレストバイパーの縄張りだからだ。

「――なるほど、それは興味深いな」

ヴァイスとアレックスは現在、シンを相手に知識の交換を行《おこな》っている。とは言っても、そのほとんどはシンの風変《ふうが》わりな知恵を聞いている形なのだが。

「こうして別の仕事に就《つ》いている人と話すと、新しい発見があっていいですね」

「俺も、高ランク冒険者の話を聞くのはタメになるよ。なにせ一人旅で手に入れた偏《かたよ》った知識ばかりだから、たまに常識外れなことをして呆《あき》れられるんだよね」

そう言ってシンは頭を掻《か》く。彼も、ガロンと一緒だとバカ話で盛り上がるところだが、真面目《まじめ》な二人に囲まれているときは普通の会話で盛り上がるし、態度も殊勝《しゅしょう》なものだった。

「それにしても、フォレストバイパーの存在にそんな利点があったとはな……地元に戻ったらもう一度探索するのもいいかもしれないな」

ヴァイスはしみじみと、そう呟《つぶや》く。

あの後、フォレストバイパーの捜索がてら、シンに教わりながら採取の手伝いをしていたが、そこで見つかる素材はどれも貴重な品ばかりだった。

よく見る素材や薬草もありはしたが、そんなものに手間をかけるのは時間の無駄とばかりに、次々と希少な植物を発見しては、それらを根こそぎ取っていく。

事実、このペースで採集を続けると、希少素材だけで荷物が一杯になる勢いだった。

「ああ、そのことだけど、年が明けたらしばらくは森に入らないほうがいいかな」

「ん、なぜだ？」

「いや、これに関しては俺も聞いた話なんだけど、フォレストバイパーの繁殖期《はんしょくき》がそろそろのはずなんだよ、それも五〇年に一度の大繁殖期」

フォレストバイパーは一〇年周期で繁殖期を迎える。その期間は栄養を蓄《たくわ》えるために、雌《メス》は獲物を求め、縄張りを無視して森中を徘徊《はいかい》するそうだ。

雄《オス》は反対に食事を取らなくなるのだが、やはり同様に縄張りを無視して獲物を狩る。そしてそれを一ヶ所にまとめて、交尾相手の雌《メス》をおびき寄せるという。

だから、この時期は森の中全体が危険地帯となり、凶暴化《きょうぼうか》したやつらにはBランク冒険者でも容易には勝てず、Aランクの猛者《もさ》ですら返り討ちに合うこともしばしば。

「繁殖期については聞いたことがあるが、そうか、来年だったか……しかし大繁殖期、そんなものがあるのか？」

「昔知り合った爺《じい》さんにね。なんでも、大繁殖期にはフォレストバイパーが一ヶ所に集まって、集団交尾の蛇玉《へびだま》を作るらしいよ。しかもその中から希少種だか上位種だかが生まれるらしい」

シンの語った内容に、二人はかなり嫌なものを想像したらしく、揃って口を噤《つぐ》む。

一〇メートル前後の大蛇が群れをなして絡み合う光景など、絶対にお目にかかりたくないホラーであろう。しかも上位種の誕生《たんじょう》など、考えるだに恐ろしい。

「……いやはや、なんとも」

「考えようによってはチャンスだよ、一ヶ所に集まるのなら、そこ以外は安全ってことだから。おまけに、交尾した後の雄《オス》と卵を産んだ直後の雌《メス》、どちらも衰弱《すいじゃく》した状態だから討伐も楽だしね」

そう語るシンの言葉を受けて、ヴァイスも何か考えがあるのか面白そうに笑う。

彼は、フォレストバイパーの縄張りで見つかる希少植物についての情報をシンから聞くと、アレックスと一緒に羊皮紙《ようひし》に書き記す。

「大繁殖期、知らなければ危なかったが、知っていれば対処はできそうだな。来年は南の大森林にでも足を運んでみようか……ムッ⁉」

ヴァイスが暗闇の向こうに視線を飛ばす。そこはフォレストバイパーを釣るための暴れ鹿《タイラントディアー》の死体が置いてあり、そこからズルリズルリと、巨大な何かが這《は》いずる音を耳が捉えた。

「どうやらお出ましのようだな。みんな起きろ、やっこさんのお出ましだ！」

ガバッ――‼

ヴァイスの号令一下《いっか》全員が跳《は》ね起き、すぐに臨戦《りんせん》態勢に入る。

「――〝陽光《サンライト》〟」

ヘルガの魔法は周囲を日中のように照らし出し、狩るべき相手を浮かび上がらせた。

そして、そこに映し出されたのは――

「フシュルルルル――」

一〇メートルクラス、フォレストバイパーの成体である。

ヘビでありながら、身体の上部を覆う鱗はまるで荒野《こうや》に生息するトカゲのように、厚《あつ》みを帯びたゴツゴツとしたもので、まるで足のないドラゴンにも見えた。

動く度にチャリチャリと鱗が擦《こす》れる音を立て、とぐろを巻き、鎌首《かまくび》をもたげた毒蛇特有の構えをとる。そして、シュルシュルと舌を鳴らしながら、ヴァイスたちを睨《ね》めつけた。

ヘビの攻撃手段は噛《か》みつくか、巻きつくか。体の大小にかかわらず、概《おおむ》ねこの二つである。

フォレストバイパーは前者。今回の相手が複数であることに加え、毒蛇《バイパー》の名と菱形《ひしがた》の頭が表すように、その牙には強力な毒が備わっているからだ。

前衛の三人はフォレストバイパーを囲むように、しかし正面に立つのは常に一人の状態を作る。

ヘビは人と違い、視覚以外の情報でも周囲の認識が可能だ。だが、それでも視界に捉えた正面のヴァイスを最も警戒し、襲いかかろうと頭をユラユラと揺らしはじめる。

ジャッ――‼

なんの前触《まえぶ》れもなく、ヴァイスに向かって大きく開いた口と二本の牙が高速で近付く！

ガイィイン‼

アレックスの防護魔法によって防御力の上がっているヴァイスは、落ち着いてその攻撃を盾で受け止めると、素早く懐《ふところ》に入り込み、装甲の薄い下部の鱗を斬りつけた。

チュイン――

溜《た》めのない、腕の返しだけで振るった攻撃では、薄いとはいえ、フォレストバイパーの鱗は貫けない。しかし牽制《けんせい》にはなったようで、元の体勢に戻るべく大蛇は頭を引く。

ヘビは元の体勢に戻るとき、最短、最適の方法で頭を引き戻す。無防備な体勢を嫌うゆえの当然の行動ではあるが、そんな、言わばパターン化した動きを、高ランク冒険者が見逃すはずがない。

ガロンは斜め後ろから急襲《きゅうしゅう》すると、とぐろを巻く胴体に蹴りをお見舞いする！

彼はエイミーと同じ格闘家で、装備も似たようなモノだが、遥《はる》かに高価な品だ。

だが、それをもってしても硬い鱗は砕けず、表面にヒビを入れるに留まる。

とはいえ、格闘家の本領は外部よりも内部の破壊、ガロンの蹴りの衝撃は確実に、フォレストバイパーの内部に浸透、脊椎《せきつい》のいくつかを破壊した。

シュアッ――‼

「うぉっと、あっぶね‼」

今度はガロン目掛けてフォレストバイパーの牙が襲いかかる。最適の動きで戻るヘビの頭部は、速度は遅いものの、常に襲ってくる敵を想定した動きだ。

ガロンもそんなことは想定済みで、身体を捻《ねじ》りながら後ろに飛び退《の》き、安全圏《けん》へと逃げる。

「――〝炎塔《フレアピラー》〟」

不意にフォレストバイパーの眼前に火柱が上がり、頭部が炎に包まれた。

ピット器官――蛇が持つ熱センサー――ごと頭を焼かれ、一時的な盲目《もうもく》に陥《おちい》ったフォレストバイパーは、火傷《やけど》した手を冷ますかのように首をブンブンと振り回し、焼かれた痛みに耐える。

ボグッ‼

そこへ、綺麗《きれい》な弧《こ》を描くヘルムートの戦鎚《ウォーハンマー》が、無防備な首（？）に渾身《こんしん》の一撃をお見舞いし、首が直角に折れ曲がったフォレストバイパーは仰向けに倒れた。

既に死に体《したい》、それでも手負いの魔物の本能か、敵の接近を阻《はば》まんと、太い尾を振り回す。

「んがっ！」

たまたま運悪く、その一撃を受けたガロンが吹き飛ばされるが、大したダメージはないようだ。しかし、そんな光景を見た後では、残りの二人も警戒して近付くことはできない。

そんなとき――

「……風精《ふうせい》よ、集《つど》いて縮み、縮みて忍《しの》べ、我が号令にてその身解き放て、〝風爆《エア・バースト》〟」

ドゥン――‼

不意に、フォレストバイパーの尾が弾かれるように地面に叩《たた》きつけられると、そこへ狙いすましたかのごとくクロスボウの矢が突き刺さり、地面に縫《ぬ》いつけられる。

抵抗手段の奪われたフォレストバイパーに、死から逃れるすべはなかった――

……完全に生命活動を終えた獲物を前に、七人が集まる。

「いやぁ、さすがはBランク冒険者、危なげない戦い方でしたねえ」

「嫌味《いやみ》かテメエ‼」

「まさか！　むしろ、アレを食らって元気なガロンにドン引きしてる最中ですよ？」

ガロンとシンの漫才《まんざい》が続く中、他のメンバーは解体作業を行《おこな》うべく、フォレストバイパーの身体をまっすぐに伸ばし、血抜きのために頭を切り落とそうと、解体用の斧を振りかぶる。

それを見たシンは慌《あわ》てて止めに入った。

「ちょっと待った、ヘルムート！　ヴァイス、そいつの素材採取って、どこまでが対象⁉」

「ん、ああそれなら、鍛冶ギルドが鱗と皮膚《ひふ》、錬金術ギルドが肉と内臓、あと毒袋だな。頭は討伐証明ということで俺たちが持って帰る……まあ、毒牙も鍛冶ギルドに渡せば金になるかな」

ヴァイスが指折り数えながらそう答える。

「だったら血液は俺がもらっていいかな、薬の材料に欲しいんだ‼」

やけに鼻息の荒いシンを見て、ヴァイスは苦笑しつつ「そういえばシンは薬師だったな」と今更ながらに思い出した。

「コイツの血液ってそんなに貴重な素材だったかしら？」

「そのまま酒で割っても、弱めの精力剤として使えるけど、俺オリジナルの秘薬の材料でもあるんだ。コイツの血があれば材料は揃うし、一つ上の効果も得られるんでぜひとも欲しい！」

「オリジナルの薬、それは一体どんなものですか？」

秘薬と聞いて興味を持ったのはアレックス。後方支援が主な役割の彼としては当然の反応でもある。純粋に、知的好奇心による部分も多いのは確かだが。

「概容《がいよう》を教えるだけなら、まあ……俺が秘匿《ひとく》するレシピの一つに『再生薬』ってのがあって――」

再生薬は、一時間以内に戦闘で失った手足を、一本程度なら文字通り『再生』してくれるのだが、それほどの効果を発揮する以上、条件と副作用が当然ある。

再生の際、元の部位が存在するのであれば、どんなに破損《はそん》した状態でも、元の部位自体を触媒《しょくばい》として欠損部分の完全再生が可能だ。しかし、該当《がいとう》部位が完全に失われている場合は、失われた部分の材料をよそから集める必要が生まれる。そのため、事前に『特殊な栄養剤』を摂取しなければならず、もし怠《おこた》った場合は、極端な体力低下――基本レベルの低下《ドレイン》が発生する。

「普段の材料は爬虫類《はちゅうるい》系の、もっと低ランクの魔物の血液を使うんだけど、フォレストバイパーの血液を使えば、事前に栄養剤を飲む必要がないんだよ」

そう言ってシンは二種類の薬瓶を取り出した。

「黄色い液体の入った細い瓶が特製栄養剤、薄茶が通常の再生薬。それぞれ三本と五本、コイツと交換で血液を引き取りたいんだけど、どうかな？」

ヴァイスたちに断る理由はなく、喜んでフォレストバイパーの血液を提供する。

その後、血抜きの終わったフォレストバイパーを、夜明けとともに丸一日かけて解体、それからも周囲の貴重な素材を採取した七人は、危険生物のいなくなった森の中で安心な夜を過ごす――

「さあ、詳しく教えてもらおうかしら？」

――予定だったはずなのに、女性陣二人によってシンは叩《たた》き起こされた。

「……え～、何がでございましょうか？」

「尻尾《しっぽ》を弾き飛ばした魔法。見えない攻撃。アレは何？」

「シンが小声で呪文を詠唱してたのバッチリ聞いちゃった♪」

「…………Ｏｈ」

森だろうが陸だろうが、エルフの聴力《ちょうりょく》は人間より遥《はる》かに優《すぐ》れている。そんな基本的なことを失念していたシンの失態《しったい》である。

おまけに、ヘルガの魔力感知にも引っかかっていたらしい。

「何と聞かれても、あれは風属性の魔法だから聞いたところで使えないかと……」

「大丈夫。問題ない。私は風魔法も使える」

「…………Ｏｈ」

逃げ場がなかった。

項垂《うなだ》れるシンを見て悪戯心《いたずらごころ》でも働いたか、ミューラはしなだれかかると、耳元で囁《ささや》く。

「色々教えてくれたなら、アタシも色々なこと、教えてア・ゲ・ル」

「マジで⁉ あ……いや……イイデス……普通に教えますから」

シンも、年齢より多少幼く見られはするものの、れっきとした成人男性だ。夜の街に繰り出して『そういったお店』で遊ぶ程度には『健全』だし、美女に言い寄られれば、鼻の下も伸びる。

そして同時に、何かの見返りとして女性にそれを求めるのは不実《ふじつ》だ！ と自戒《じかい》する程度にも、健全……ヘタレだった。

「あら残念……で、教えてくれるの？」

「教えるのは構わないさ。ただ、習得できるかどうかはヘルガ次第としか言えないな……なにせ、基本概念を理解するのが一苦労だ」

そう言うとシンは、風爆《エア・バースト》の基本概念——空気の圧縮《あっしゅく》——をヘルガに教えるため、透明《とうめい》の箱や革袋を取り出して、なるべく丁寧に教えた。

その甲斐《かい》あってか、ヘルガも実戦で通用するレベルではないものの、空気銃程度の威力を出せる程度には使えるようになり、彼女の習得の早さにシンはまた煩悶《はんもん》する。

果たして、周囲に天才が多いのか、それともシンが教えると相手の成長が早まるのか、それこそ神のみぞ知る、であった。

数日後、フォレストバイパーの討伐に貴重な素材の採集と、大成功に終わった冒険にホクホク顔の七人であったが、いざ街の入り口に近付くと、そこに漂う空気に皆、眉を顰《ひそ》める。

新規の入都市審査は滞《とどこお》っており、街を出る商隊などに話しかけ、その後、列から離れる者が出たりする様《さま》は、都市内で異変が起きたことを容易に連想させた。

「「おにいちゃん‼」」

事情を聞こうと、門番に声をかけようとしたシンの耳に、子供の悲鳴に近い声が届く。

「……あれ、君たちは」

それは、復元薬をはじめに売った男と一緒にいた二人の子供で、それが泣きながら自分に縋《すが》りついてくる。シンは嫌な予感を覚えた。

事情を尋ねたところ、しゃくりあげつつも必死に語る男の子の話を聞いたシンの目つきが徐々に険《けわ》しくなり、後ろにいた六人も、事態の深刻さに眉を顰《ひそ》める。

「こ……こうざんに、モンスターが……おとうさん……まだ……うあああああん‼」

シンは幼児二人を抱きしめると、優しく頭と背中をさする。

視線を鉱山に向けながら……

■

——それは突然だった。

自然洞窟や廃坑、あるいは迷宮など、地下を生存領域に選ぶ生物は少なくない、獣も、魔物も。

地盤《じばん》の崩落《ほうらく》などにより、外界と隔絶《かくぜつ》される危険と隣り合わせではあるものの、地下を塒《ねぐら》に選ぶものたちならば、一定の条件さえ揃えば、その環境に適応して生き続けることは可能だった。

そんな彼らと地上とを繋ぐ道が、数百年、あるいは千年振りに開かれる——

シンは、自分の腕の中で泣き続ける子供たちの背中を優しくさすると静かに立ち上がった。

「二人とも、おうちに戻って待ってなさい。お父さんは俺が連れて帰ってくるから」

「え……でも、おにいちゃん、モンスター……」

「なに言ってんだ、お兄ちゃんはお父さんの腕を治したスゴイお兄ちゃんだぞ！」

「……わかった、やくそくだよ？　おとうさんをきっとつれてかえってね？」

「ああ、約束だ」

近くにいた門衛《もんえい》の耳に届いている話では、モンスターが出現したのは一昨日の午後で、二番、四番、五番坑道から、群れを成《な》して暴れているとのこと。

それを聞いてシンは内心ホッとする。もし発生源が一七番坑道だったなら、シンは確実に自責《じせき》の念に囚《とら》われていただろう。

魔物たちも今はまだ橋の向こうで押さえ込んでいる状況だが、打開策がない限り、いずれは住宅区にも危険が及ぶことになる。シンは二人の子供を抱きかかえると、ヴァイスたちに向き直った。

「それじゃ、皆とはここでお別れだ。俺はこの子たちを家に送り届けてから坑道に行く。預けた状態の素材は、神殿にでも置いといてくれればいいから。じゃ！」

「おいシン！　まさか今の話を聞いて、それでも鉱山に行くつもりなのか？」

「当然、俺は薬師だからな、怪我人《けがにん》がいるところには現れるさ」

そう告げたシンは、なおも制止するヴァイスの声を無視して、住宅区へと走り去った。

取り残された六人は、彼を見送ると――

「……で、どうするの？　アタシは現場に行くつもりだけど」

「あん？　正気かミューラ、今の話聞いてたろ、魔物の大群《たいぐん》だぞ？」

「発生から二日経ってもまだ、ここの冒険者たちを潰《つぶ》せない雑魚《ざこ》でしょ、問題ないわよ。

それに」

「それに？」

「あの子の本気、見てみたいと思わない？」

その言葉に他のメンバーは押し黙る。

シンが異質の存在であるとは、彼ら全員の共通認識だ。Bランクモンスター《フォレストバイパー》に臆《おく》することがないどころか、生態にも詳しい。知識も豊富で、あれで一六才と言われて誰が納得するだろうか？

そんな男が魔物の群れを前に、果たしてどう行動するのか。興味がない者はいなかった。

「とりあえず、荷物は冒険者ギルドに預けて俺たちも現場に行こう。ギルドには俺とヘルムートが向かうから、四人は鉱山に急いでくれ！」

「へっ、アイツの化けの皮が剥《は》がれるのを見てやるぜ！」

ヴァイスの号令を聞いたガロンが呟《つぶや》くと、アレックスがそれを拾い上げる。

「そういうガロンは楽しそうですね？」

「当ったり前だろ！　あの野郎、いつだって飄々《ひょうひょう》としやがって。アイツが必死になってる顔の一つも拝《おが》まねえと、ホームにゃ帰れねえよ」

「ガロンはツンデレ。可愛《かわい》い弟分が心配」

「んなわけあるかぁ‼」

一つの都市の危機を前に、彼らの顔に悲壮感は見られなかった。

「――だから通せよ！　俺たちが魔物を倒してやるっつってんだろ‼」

「無茶を言わんでくれ。今は、冒険者ギルドの許可のない者を、鉱山に入れることはできんのだ！」

鉱山への道は四ヶ所ある。それぞれ人と荷車、入山、出山と区分された四本の橋だ。現在三本は閉じられ、残る一本も許可のない者は通ることができない状態となっていた。

「まあそう言わずに通してやってよ、ついでに俺もさ」

「「「シン⁉」」」

その声にその場にいた全員が振り向くとそこには、住宅区から走ってきたシンが立っていた。

彼のことは知っていた門番は手を挙げて応《こた》える。

「おうシン、久しぶりじゃねえか！　それよりお前、鉱山に入るって……」

「俺は薬師だからね、怪我人《けがにん》だらけの鉱山で行商でもするさ。それと、彼らは全員Bランク冒険者だ、戦力としては申し分ないよ」

「Bランクって、もしかしてあの⁉　これは失礼しました、どうぞお通りを！　ただ、橋の向こうはすでに坑道の入り口から魔物が溢《あふ》れている状態とのこと。くれぐれもお気をつけください」

「分かったわ。ああそれから、図体の大きいのがもう一人、後から来るから通してあげてね」

「了解しました！――シン、気をつけろよ」

「大丈夫、危ないことはしないよ」

門番の忠告を背中に受けながら、シンたちは鉱山へと走り出し、やがて橋の上で一旦《いったん》止まる。

そこから鉱山全体を見渡すと、魔物との戦闘は橋の右手側、ガリアラ連峰《れんぽう》の中央へ続く道に開けられた二、四、五番坑道の入り口付近で行われているのが見て取れた。

魔物の同時発生ということは、原因はおそらく地震か地殻《ちかく》変動によるものだろう。そうなると、他の坑道からも魔物が出てくる可能性はゼロではない。となれば、話は鉱山の放棄にまで広がる。

問題はそんな先の話にとどまらず、現時点ですら、バラガの街に所属する冒険者たちだけでは魔物たちを倒しきれず、坑道から溢《あふ》れさせている状況だ。

そんな芳《かんば》しくない状況の中、シンの表情を険《けわ》しくする最大の要因――彼らの姿が見えない。

ギリッ――‼

「落ち着きなさいよシン、顔が怖いわ」

肩に手を置かれたことにすら気づいていなかったシンは、ミューラの声にハッとする。

そして一度大きく深呼吸をすると――

「ありがとう」

いつもの余裕のある顔に戻った。

「ヘッ、お前でもあんな顔するんだな」

「どういう意味だよ、ガロン？」

「さあね」

少しだけ周りの空気が和らぐのを感じた一同は、改めて目の前の光景に意識を向ける。

「――右端の穴は魔物の勢いが一番弱い。おそらく中でも戦闘している」

「鉱夫の生存率が一番高いのはそこか……」

「どうするの？　アタシたちはシンと一緒に行くわよ？」

彼らは今回、この街を守るようにと依頼を受けたわけではない、だから命を張る義理もない。目の前のシンという男への興味でここにいるだけだ。つまり、全てはシン次第ということである。

「まずは、戦闘が坑道の外まで広がってる一番坑道を制圧、その後は二手《ふたて》に別れて、だな」

「決まったなら急ぎましょう、彼らも限界が近そうです」

ツルハシを持った鉱夫や冒険者たちが徐々に後退する姿を見て、アレックスが先を促す。

「そうだな……ガロン、アレックスさん、コイツを」

シンは、異空間バッグから取り出した武器を、ガロンとアレックスにそれぞれ渡す。

「これは――」

ブローニングメイス　製作者：シン
三角形の、分厚い炭化タングステン製の鋼板を八枚、放射状に張り合わせた出縁戦棍《フランジメイス》。芯《しん》にはエルダートレントの枝が使用され、柄頭《つかがしら》に填《は》め込まれた宝珠《オーブ》は、術者が行使《こうし》した魔法の威力を増幅《ぞうふく》させる能力を持つ。出縁《フランジ》の先端には銃口のような穴が開いており、魔力を流した状態で攻撃を加えると、追加機能の『インパクター』が発動、反対側の出縁《フランジ》の穴から風爆《エア・バースト》を発生させ、相手に圧潰《あっかい》攻撃を行う。

「二つとも凄《すご》い武器！　特にガントレット《ディヴァイン・バニッシャー》はバカっぽい見た目なのに国宝級。バカっぽいのに！」

ヘルガの言葉に、居《い》た堪《たま》れない気持ちでいるシンをよそに、皆、目の前の武具に目を輝かせる。

「スゲェなこれ、くれんのか？」

「アンタもエイミーと一緒か‼　やるわけがねえだろ、貸すだけだよ」

「なんだよ、ケチくせえな」

「そっくりそのまま返すわ！」

ガロンに向かってそう返すシンに、後ろから抱きつく影があった。ミューラだ。

「……ねえシン、アタシには何か面白い武器はないのかしら？」

耳に息を吹きかけながら、艶《なま》めかしい声でシンに寄りかかる。からかっているのは皆承知しているが、目は明らかに本気だった。

「イヤ、あの、レンジャー用の武器は残念ながら……あり……あ。イヤイヤ……」

「あるのね？」

「いやその……レンジャー用というわけでは、うひゃう‼　……ハイ」

シンが取り出したのは二振りの剣。片刃のショートソード――小太刀だった。

エレクトロエッジ　製作者：シン
オリハルコンとチタンの合金で作られた、刀身が六〇センチほどの、金色に輝く二本の小太刀。

魔力を流すことで刀身が電撃を纏《まと》い、斬撃と同時に感電によるダメージや行動不能などの効果を与えることも可能。電撃の威力は、変換する魔力量によって変化する。

二つの刀身を重ねて発動させる必殺技『爆殺《ショート・サーキット》』は、最大六〇〇〇度の高温を発生させ、その周囲を焼き尽くす。ただし、一度発動させると刀身に『す』が入り、自己修復が済むまで一週間、使用不能状態となる。


説明を聞いたミューラは頬《ほお》を染め、刀身を見つめウットリする。

「ねえシン？」

「……あげませんからね」

「オ・ネ・ガ・イ♪　すっごいことしてあげ――」

「あ・げ・ま・せんからね‼」

「イジワルねえ……まあいいわ、コレ借りるわね……今は」

不吉な一言を残してミューラは、電撃を纏《まと》った小太刀《エレクトロエッジ》を上手に振り回す。どうやら近接戦も問題なくこなせるようだ。

「……………………」

「…………ないですよ」

「シン……」

「本当に、魔道士用の装備は手元にないんです！」

「そう、なら『手元』にあるときに期待する」

（イカン、泥沼《どろぬま》！）

完全にロックオンされたシンは、かつて行動をともにした友《エリス》を思い出す。

「はぁ……それじゃ行くぞ！　貸してるアイテム分の働きはしてもらうからな」

「まかせとけって！」

シンたちは戦場へと踊《おど》り出す――

■

「グギャガガガ‼」

「ガルルゥッ‼」

「くそったれ！　一体どんだけ出てきやがる⁉」

坑道から溢《あふ》れ出る魔物の勢いに圧《お》され、ジリジリ後退する冒険者や鉱夫たちが愚痴《ぐち》をこぼす。

コボルト、ゴブリン、それにリザード、ワーム系と、向かってくる魔物はどれも低ランクの雑魚《ざこ》でしかない。だが数とはそれ自体が大きな力であり、数倍、あるいは一〇倍以上の敵と戦って退《しりぞ》けるには、冒険者の数も少なければ、鉱夫たちに集団戦を期待することもできなかった。
ただ一つ、敵は長い間、それも世代を越えて地下の暗闇で生きていたらしく、浴びせら
れる日光の眩《まぶ》しさにあてられ、動きが鈍《にぶ》いのが不幸中の幸いであった。
しかしそれは、夜は彼らの有利に働くということでもある。魔物が現れてから二日、昼
間の時点でここまで圧《お》されるようでは、今夜あたり均衡《きんこう》は一気に崩れるだろう。
――ガシャン！
そこへ、彼らの背後で何かの割れる音がしたかと思うと、風に乗って酷い悪臭《あくしゅう》が流れ
込む。
「なんだ……？　うわっ！　臭せぇ‼」
「グギャアア‼」
「ガッガッガゥ‼」
悪臭が戦場一帯を包み込み、人も魔物も等しく鼻と目をやられ、戦闘不能になる。いや、
明かりの乏《とぼ》しい地下で生き、嗅覚《きゅうかく》を発達させてきた魔物の方が、どうやらダメージは大き
いようだ。
たまらず魔物たちがその場から下がると同時に――
「今だ！　全員後ろに下がれ‼」

大きな声で後退の指示が飛ぶ。この声に従うように冒険者も鉱夫も一斉に後退する。

タンッ――！

そして、入れ替わるように、後退する魔物の群れに向かう人影が一つ――シンだ。

大きく跳躍《ちょうやく》した彼は、魔物の頭をさらに飛び越えて回り込むと、素早く魔法を発動させる。

「風精《ふうせい》よ、我が元に集《つど》い、我が意のままに踊《おど》り狂え、〝竜巻《トルネード》〟」

ラドックたちのときよりも大規模な竜巻と金属片のコンボが、密集した魔物たちを蹂躙《じゅうりん》した。

豪風《ごうふう》の中、傷付き断末魔《だんまつま》の叫《さけ》びを上げる魔物の集団を見ながら、ガロンは嬉しそうに囃《はや》し立てる。

「はっはぁ！　アイツ、面白れえ魔法持《も》ってんなあ。おいヘルガ、お前、アレ教えてもらえよ！」

「余計なこと言ってんじゃねえよ！　それより残ったやつらもこの中に押し込んでくれ！」

シンが竜巻の中心からツッコむと、「了解！」と四人の声が響き、残った魔物は、Bランク冒険者に倒されるか、竜巻に放り込まれ、無残《むざん》な肉塊《にくかい》へと成り果てていった。

ほどなくして二番坑道前の戦闘は終息《しゅうそく》し、傷付き、あるいは疲労で倒れ込む人たちに、アレックスの治癒魔法やシンの薬が提供される。その間、牽制《けんせい》に『激臭剤』を二番坑道の入り口へ撒《ま》きながら、シンは『擬似千里眼』を発動して中の様子を探る。

「……生存者なし、中に残った死体は二か」

坑道内部を索敵して判明したのは、魔物出現の原因は、足元の崩落によって通路が繋がったためということだ。そして崩落に巻き込まれた二人が運悪く、そのまま生き埋めとなったらしい。

鉱夫たちの証言も、それを裏付けるものばかりだったため、二番坑道では捜索、救出活動は行わず、直《ただ》ちに入り口を採掘用の爆薬を使って塞《ふさ》ぎ、事態の収拾を図《はか》った。

「――みんな、無事か⁉」

「おや、思ったより早かったですね、ヴァイス」

「荷物はギルドに預けてきた。そうだ、ギルドマスターもここにいるそうだ。どうもここ数日、頻繁《ひんぱん》に鉱山に来ていたらしい。元Aランク冒険者だとも聞くし、何か予感があったのかもしれんな」

（それ違う……ったく、リオンとじいさまよ）

ひとり真実を知るシンは、眉間《みけん》を指で摘《つま》むと声に出せない嘆《なげ》きをもらす。

とはいえ、リオンが元Aランク冒険者で、なおかつ現場に来ているというのは、ありがたい情報だった。予想よりも早めに事態を収めることができるかもしれないと、シンは思考を巡らせる。

「……よし。それじゃあ俺は魔物の噴出《ふんしゅつ》が少ない五番坑道へ向かう。狭い坑道内でも問題ない何人かは一緒に来てくれないか？」

シンの要請《ようせい》に、ガロン、ミューラ、アレックスが名乗りを上げた。

残りのメンバーにはヴァイス指揮のもと、四番坑道周辺に湧《わ》いている魔物の排除を頼み、ミューラが持つ小太刀《エレクトロエッジ》を一振りヴァイスに渡す。そしてシンはヘルムートに、最後の面白武器を渡した。

ドラゴンテイル　製作者：シン

全長四メートルの両手用、長柄打撃武器。狼牙棒。

一五〇センチと長い円柱状の鎚鉾《つちほこ》には、いくつもの円錐《スパイク》が生えており、攻撃を受けた者はその重い打撃以上に円錐《スパイク》による刺撃で肉体の損壊《そんかい》を強《し》いられる。

握りと鎚鉾《つちほこ》を繋ぐ柄《え》の部分は、非常に撓《しな》る造りをしており、打ち合いではなく、相手の身体を直接叩《たた》くか、複数の敵を薙《な》ぎ払うための武器。

ブローニングメイス同様、鎚鉾《つちほこ》には複数の噴出口《ふんしゅつこう》があり、魔力を流して『スラスター』を発動することで、攻撃速度と威力を向上させる。

同様に、振り抜いた後に逆噴射《ぎゃくふんしゃ》として使うことで、切り返しを容易に行える。

ブオオン――ブオオンッ――‼

総重量三〇キログラムを優《ゆう》に超える狼牙棒《ドラゴンテイル》を、まるでゴルフクラブのように振り回すヘルムートに、シンたち以外の周囲が唖然《あぜん》とする中――

「シン。あんな凶悪なモン作ってお前、どうするつもりだったんだよ？」

「何言ってんだガロン。使うに決まってるじゃないか」

若干《じゃっかん》引き気味のガロンに向かって、シンが楽しげに答える。

「へえ……つまりシン、アナタ、アレを自在に振り回せるのね？」

「…………………」

果たして何度目の失態であろうか。シンは引きつった笑みを浮かべながら泣きたくなった。

「ん……‼」

武器を自分の身体に馴染《なじ》ませたヘルムートが、シンに向かってサムズアップをしてみせる。幾分か頬《ほお》も上気《じょうき》しているところを見ると、かなり気に入ったらしい。

「よし、それでは俺たちは四番坑道周辺の制圧を行《おこな》う！　いいか、決して先走るな。俺たちがまず中央突破を行う。そして魔物の足並みが崩れたところを、全員で一気に畳《たた》みかける！」

「「「応っ‼」」」

ヴァイスの号令一下、突撃する皆を見届けたシンたちは五番坑道へと走った——

「——オラァ！　一番乗りだぜ‼」

周囲の魔物を蹴散《けち》らしたガロンが、勢いそのままに坑道に飛び込む。

それを追うように続いて進入した三人は、むせ返るような血臭に眉を顰《ひそ》めた。

魔物のものであれば良し。だがもし、これが全て鉱夫たちのものだったら……そんな悪い予感を振り捨て先に進むと、金属が打ち合う音、そして人のものではない悲鳴や雄叫《おたけ》びが坑内に轟《とどろ》き渡る。

ガキィン——ザシュ‼

「グギャアアアア‼」

「あっちいけって言ってんだよおお‼」

「くそったれ、いい加減そこをどきやがれ‼」

罵声《ばせい》が飛び交う戦場へたどり着いたシンたちは、そこでやっと見知った顔に出会った。

「じいさま⁉　何やってんだ、少しは年を考えろ‼」

「おお‼　誰かと思えばシンじゃねえか。やっと来やがったか！」

地面を這《は》う潜伏断蜴《ハイドリザード》にツルハシで止《とど》めを刺したじいさまは、嬉しそうに声を上げる。

しかし、笑顔になったのも束の間、顎《あご》をしゃくりながら魔物の群れの奥を指した。

「不味《まず》いことに、奥に鉱夫とヘンリエッタが取り残されてんだよ。リオンも一緒なんでまだなんとか持ちこたえちゃあいるんだが……」

「リオンとヘンリエッタが⁉」

「ああ、まあ話は後だ！　おお～い！　援軍が来たぞ、もう少しだけ我慢しやがれ‼」

そうじいさまが励《はげ》ますものの、五番坑道は狭く、こうも敵味方が密集していては愛用の棒を振り回すことができない。何か使えそうな薬はないかとシンは、異空間バッグを漁《あさ》った。

「――〝大地の槍《ガイアランス》〟‼」

ズドドドドド――‼

そんな中、誰かの唱えた魔法が発動――地面から、岩を削《けず》りだしたかのごとき無数の槍が生え、それに串刺しにされた魔物は、悲鳴を上げる間もなく絶命する。

「おやシン？　援軍とはアナタでしたか」

「まさか今の魔法、リオンかよ⁉」

森エルフ《フォルディア》のリオンが土属性の魔法を使ったことにシンは驚いたものの、リオンがそれを使えるならと一瞬で考えを巡らし、シンは大声で告げた。

「リオン！　周囲の岩盤を強化しつつ、魔物と俺やお前たちを完全に分断できるか？」

「できなくはないですが、残りの魔力が不安ですね！」

「三〇秒、いや二〇秒で構わない‼」

「それなら大丈夫です！」

シンは力強く頷《うなず》くと、異空間バッグから液体が密封された一斗瓶を取り出した。

「全員、一気に魔物を押し戻すと同時に退避《たいひ》‼　リオン、俺の合図で敵を分断！」

「「「おおーっ‼」」」

魔物たちを押しやった鉱夫たちが後ろに下がったタイミングを見計らい、シンは手にした瓶を魔物の群れに向かって投げた。そしてそれを見たリオンは、魔法を発動させる。

「いきます――〝塁壁《ランパート》〟」

「みんな伏せろ！　〝風爆《エア・バースト》〟‼」

目の前に巨大な土壁《つちかべ》が現れるのを見たシンも魔法を発動、その場に伏せて目と耳を閉じた。

その直後――

バグウウウウン――‼

ガラッ――ガララ……。

下腹に響く衝撃音が轟《とどろ》くと、坑道全体が激しく揺れ、周囲の岩盤は剥《は》がれて足元に落ちる。

やがて振動が収まったところで、リオンの魔法は解除された。そして、壁が消え去った後にシンたちが見たものは、高熱で焼かれ、爆発で引き千切られて散乱《さんらん》する魔物の肉片だった。

目の前の地獄絵図《じごくえず》を前に、普段は威勢のいい鉱夫たちが絶句する中――

「シンさん‼」

「ようヘンリエッタ、元気そうでなにより。あ、ついでにリオンもな」

「私はついでですか？　それにしても、来てくれて良かった。助かりましたよ」

暢気《のんき》な口ぶりの二人の会話が、少しだけ場の空気を和《なご》ませる。

血と熱気のこもる坑内を進み、リオンたちと合流したシンは、そこで改めてリオンを見た。

街一番の美貌《びぼう》の持ち主である彼は、森エルフ《フォルディア》でありながら宝石やキラキラしたものが大好きで、おまけに、つい先程見せたように土属性の魔法も、かなり高いレベルで行使できるらしい。

（もうこれ、ドワーフだろ……）

「……シン、どうして私を見てそんな残念そうな顔を？」

「お前の人生に幸《さち》あれかしと願ってたんだよ……」

元日本人で転生者のシンも、二つの異なる世界を生きてきた結果、たいがい規格外で常識外れな存在だ。そんな彼とリオンがピンポイントで知り合い仲良くなるというのは、いわゆる、類は友を呼ぶと言うヤツなのだろうか。

「……ありがとうございます？　それにしても凄《すさ》まじい威力でしたね。なんですか、さっきのアレ？」

「オレ特製の液体爆薬」

空気中の魔素と反応して爆発するコレは、一〇〇CC程度で〝風爆《エア・バースト》〟と同程度の爆発力を持つ。それを先程は一斗《と》（一八リットル）まるまる爆発させた。

そのため、爆発に必要な魔素が一ヶ所では足りず、未反応の液体は、魔物たちが通ってきた壁面《へきめん》に開いた穴へ飛ばされ、そこで誘爆《ゆうばく》、通路内で連鎖《れんさ》爆発を引き起こしたのだ。

そんな大規模な爆発に耐え切ったリオンの魔法も、相当な威力である。

「よくもったな、あの土魔法……」

「フフン、私だって元Aランク冒険者です。それに、土属性の魔法は得意なんですよ！」

「リオン……森エルフ《フォルディア》として生まれてきた自分に疑問を持ったことは？」

「シン、誰かと違うことは悲しいことではありません。むしろ愛すべき魅力なのですよ」

「あ、はい……」

その境地《きょうち》に至るまでのリオンの人生に思いを馳《は》せ……シンはちょっと泣きそうになった。

リオンの笑顔が眩《まぶ》しすぎて視線を逸《そ》らすと、じいさまと目が合う。

「どうよ、じいさま？」

「ああ、爆発でグチャグチャになった仲間の姿にビビってんのか、上がってくる気配はねえな」

坑道に開いた横穴から下に降る細い道を覗《のぞ》き込みながら、じいさまはそう語った。

来ないからと言って放置するわけにもいかず、しかしこちらから攻め入るほどの余裕は今はない。とりあえず発破用の火薬をありったけ使い、地下と繋がった通路を爆破《ばくは》して埋めるに留めた。

外に出たシンは、ヘンリエッタやアレックスの治療を受けている怪我人《けがにん》、並べられている死体の列を眺め、探し者がないことに安堵《あんど》し、その後すぐに目付きを剣呑《けんのん》なものに変える。

シンか、それとも向こうのくじ運が悪いのか、子供たちの父親と四人、目当てのものは全て四番坑道に集中しているらしい。既に魔物が坑道の外に溢《あふ》れていた場面を思い出し、シンは心臓の鼓動《こどう》が速くなるのを必死に抑え込む。

――親を亡くした小さな子供が泣く、そんな不条理が許せない。

――自分を慕《した》ってくれる人間が死ぬ、そんな現実には耐えられない。

シンが過去、心の奥に厳重に鍵《かぎ》をかけて仕舞い込んだはずの感情が、最近はよく顔を覗《のぞ》かせる。

そんな、下唇《したくちびる》を噛《か》み、血が滲《にじ》むほど拳《こぶし》を握ることで感情を抑えているシンの肩に、ミューラとガロンの手が添えられた。

「んだよ、そんなに心配なら素直にそう言えって」

「シンってば案外心配性なのねえ」

「俺は！　自分が生き残ることに自信はあるけど、他のやつにもそれを望むほど暢気《のんき》じゃないんだよ」

鼻を鳴らしてそう嘯《うそぶ》くシンに、二人は笑いを堪《こら》えるように肩をバンバンと叩《たた》く。

シンの胸の鼓動は、少しだけ落ち着いたものになっていた――

■

ズシュ――‼

「ギャギャアアア‼」

上段から袈裟《けさ》斬《ぎ》りにされたゴブリンが、断末魔の声を上げる。

「くそ！　いくら倒しても次から次へと出てきやがる、鬱陶《うっとう》しいぜ‼」

「でもさ！　以前ならとっくに殺されてたと思わない⁉」

「本当にね、シンさんには感謝してもしきれない……よっ‼」

四番坑道、いまだ魔物たちが地下から湧《わ》き出る坑道の中で、四人はボロボロになりつつも戦闘を続けている。

魔物発生当初、四番坑道には、救援《きゅうえん》に駆り出された冒険者全体の半数以上が投入された。初日は現場に冒険者が着くまで時間がかかったため、鉱夫の数が一番多い四番坑道では、救出された者が多かった反面、救援が間に合わずに帰らぬ人となった者も多かった。

その後、取り残された怪我人《けがにん》の救助と、横穴から湧《わ》いてくる魔物の討伐の同時作業を坑道内で行《おこな》っていたが、二日も過ぎると要救助者もいなくなる。事態の収束を図る冒険者たちは、より広い場所での自由な戦闘を望み、坑道の出入り口を新たな戦場に選んだ。

しかし、この作戦に反対する者がいた――アデリアだ。彼女は「崩れた岩盤の向こうに、作業員が怪我《けが》をして取り残されている」と、救出活動を訴えたが、根拠のない憶測《おくそく》だと却下されてしまう。彼女の使う『擬似千里眼』は、高位の魔道士のみが使えるスキルのため、誰も信じなかったからだ。

冒険者たちが外に出る中、ラドックたちだけは坑道の最奥、岩盤の崩れた場所に居残《いのこ》る。

そして現在、大半の魔物が外へと向かう中、たまにラドックたちを標的にした魔物が襲ってくるのを、戦闘要員の三人が迎え撃っている。アデリアはその間、瓦礫《がれき》の向こうに取り残された怪我人《けがにん》に、治癒魔法を『遠隔発動』で施しながら、なんとか持ちこたえている状態だった。

(――みんなお願い、もう少しだけ！)

瓦礫《がれき》の向こうの怪我人《けがにん》は、既にほとんどが死の危険はない状態まで回復しており、アデリアは、残る一人に対して治療を続けている。しかしその男は、胸から下が崩れた岩の下《した》敷きになっており、重さによって全身の骨は砕かれ、内出血によりこのまま緩《ゆる》やかな死を待つのみだった。

男にとって幸いだったのは、体を襲う痛みが許容量《きょようりょう》をオーバーしたため、脳が痛みを伝えるのを遮断《しゃだん》したことと、骨は砕けたものの、内臓を傷つけることがなかったことである。

発見時、即座に出血は止めたが、今の状態では壊死《えし》か圧死《あっし》、二つの未来しかない。

それでもアデリアは、一縷《いちる》の望みをかけて男に治癒魔法をかけ続ける。死に瀕《ひん》している人を前に、何もできずにただ見ているなど二度とごめんだった。

（ジュリエッタおばあさまのときのようなことは、繰り返さない！）

自分がもっとしっかりしていれば、もしかしたら。そう思うことがある――

あのとき、何もできずに泣いてるだけだった私の頭を優しく撫《な》でてくれた優しい顔――

いつもは厳しい顔しか見せないけれど、私たちが怖い夢を見て泣いていたら、いつも優しく抱きしめてくれたおばあさま――

パニックで魔法を成功させることができず、血を流し続けるおばあさまを前に、泣くことしかできない私に向かって「大丈夫」と言ってくれたおばあさま――

最後の言葉は「ありがとう」──私に向かって、それでも笑って逝《い》ったおばあさまの期待に応《こた》えることもできず、魔法が上手く使えなくなった役立たず──

でも今は違う！　そんな私を護《まも》ってくれた人がいる、背中を預けてくれる仲間がいる、私の欠点を克服《こくふく》させてくれた師匠がいる──

今度は救ってみせる！

今の私にはこの人を治すことはできないかもしれない、それでも、この命を繋ぎとめることはできる、それなら、もしかしたら間に合うかもしれない──だから──

「──よう、生きてたようだな、自慢の弟子たち」

おばあさま、見ていてくれたかな？


バギンッ‼

「なっ⁉　クソッタレ‼」

酷使《こくし》に耐えかねたラドックの剣が中ほどから折れた。

「落ち着いてラドック！　防御に専念しつつ敵は盾で横に弾き飛ばして。トドメは僕たちがさす！」

「リーダー命令、リーダー命令」

「わーてるって……アデリア！　俺たちは大丈夫だから、お前はやりたいようにやれ！」

三人に防御魔法をかけようとしたアデリアをラドックが制す。魔力をこちらに振り分ける余裕など既にないことは、この場の全員が知っている。

ずっと四人一緒でやって来た。アデリアの内に秘めたトラウマは全員が知っている。だからこんな無茶なことにも付き合った。

——仲間のためなら無茶もする、できなくて何が仲間か！

それに、彼らはどうしても悲観《ひかん》的になれなかった。

冒険者を続けていく上で、根拠もなく希望を持つことは危険だ。根拠のない希望、それはいずれ、己を破滅《はめつ》へと導く罠《わな》と言ってもいい。

しかし同時に、ある種の予感めいた何かを感じ取る能力も、冒険者には大切な要因《ファクター》と言える。

だから希望を捨てない。彼らは今、それを感じているから。

こんな風に絶体絶命のとき、颯爽《さっそう》と現れる、御伽噺《おとぎばなし》の勇者様のような男を知っているから。

シュン——ザシュ!!

「ギャアアアア——!!」

突如《とつじょ》、ラドックの前に立っていたゴブリンが悲鳴を上げると、その胸から曲刀《シミター》が生えていた。

「——よう、生きてたようだな、自慢の弟子たち」

声を聞いた四人の顔に、みるみる生気がよみがえる。

「師匠‼」

「シンさん！」

「ヤッホー！」

「遅《おせ》えんだよ！」

自分を薬師だと言い張り、非常識で周りを驚かせてばかりの彼らの勇者は、力強い笑みと声で四人の心に再び火を灯《とも》した。

「ホラ、さっさと終わらせるぞ……シッ！」

ヒュン――‼

背後から現れた敵の出現に魔物たちは浮き足立つ。そんな隙《すき》をシンが見逃すはずもなく、一瞬で接近すると愛用の棒を水平に薙《な》ぐ。無論、魔力展開による身体能力抑制を解除、強化に切り替えて。

バキャッ――グチャ‼
五、六体のコボルトとゴブリンは、まとめてくの字になり、そのまま壁に叩《たた》きつけられた。直後、赤ワインの詰まった革袋を叩《たた》きつけた〝前衛アート〟が壁に飾られる。
「「「…………………」」」

……ラドックたちの勇者は、どうにも暴力的《バイオレンス》過ぎていた。

仲間が瞬時に屠《ほふ》られ、動揺した魔物の動きが一瞬止まる。しかしそれはBランク冒険者

を相手に致命的《ちめいてき》な隙《すき》であり、シンの背後から飛び出した二人によって、次々と骸《むくろ》へ変えられていった。

ガロンとミューラの見事な手際《てぎわ》に、攻撃の手を止め見惚《みと》れる三人だったが――

「あーーーー‼ アタシのガントレット《ディヴァイン・パニッシャー》！ 返してよ‼」

「冗談《じょうだん》抜かせ！ こういった強力な武具ってのはなあ、俺みたいに使いこなせる人間が使ってこそ、本領を発揮するのさ。お前みてえなションベンくさいガキにゃあ一〇年早い！」

「だから、誰にもやらねえって言ってんだろ！ 特にディヴァイン・パニッシャーは絶《ぜっ》対《たい》にダメ‼」

当時は徹夜《てつや》ハイだったこともあり、ガントレットの製作時にシンは色々とやらかしている。中でも、アームシールド《ブレス・リフレクター》と拳頭部《マギス・ディバイダー》の材料には、世に出すのが危険すぎるものを使っていた。

「「ケチ‼」」

「黙れ、この似たもの格闘家どもが‼ ……ったく。で、アデリア、どうなってる？」

おバカなやり取りをしている連中に向かって悪態をついた後、アデリアに魔力回復薬を渡したシンは、現在の状況を確認する。

「岩の先に逃げ遅れた人たちが…… 一人だけ生き埋めで、なんとか治癒魔法で持ちこたえて……でも、私の力じゃこれ以上は……」

「なるほど、よく頑張《がんば》ったな」

薬で傷や肉体の疲れは癒《いや》せても、長時間戦闘を続けて擦《す》り減った精神までは回復できない。疲労が目元に出ているアデリアは、たどたどしい口調ながらそれでも鉱夫たちの状況を伝えた。

そんな彼女を労《ねぎら》うように頭を撫《な》でたシンは、さてどうしたものかと思案する。

「どうしました？」

「うおぅ!?　ってリオン、いつからそこに？」

気付かぬうちに背後を取られ驚くシンは、ニコニコと笑顔を崩さないリオンに微妙な表情を向けつつ、そういえば、と彼に話しかけた。

「リオン、風属性の魔法は使える……よな？」

「……シン、森エルフ《フォルディア》の私が風魔法を使えないのでは？　などと、どうすればそんな推論《すいろん》が？」

残念な子を見るようなリオンの目つきに思わず視線を逸《そ》らすシンだが、その点に関しては彼にも言い分はある。もちろん、この場でそれについて議論するつもりはなさそうだが。

「悪かったよ……俺が今から瓦礫《がれき》の山を細かく砕く。リオンはそいつを強風で吹き飛ばしてくれ」

「分かりました。期待してますよ」

即答するリオンを嬉しく思いつつ、シンは瓦礫《がれき》に両手を当てると呪文を唱える。

「土精《どせい》よ、彼らの強固《きょうこ》な結び目を解《ほど》き、ただ一握《いちあく》の砂と化せ、〝砂塵《ダスティマイザー》〟」

ズシャ――‼

シンの土属性の魔法は、坑道を塞《ふさ》ぐ瓦礫《がれき》――崩れた岩盤を全て砂粒《すなつぶ》に粉砕《ふんさい》、そのまま壊れた砂時計のように流れるそれを、今度はリオンの生み出した突風が全て吹き飛ばした。

「どわっぷぷぷ！」

「あああ！　め、目があああっ‼」

「「「…………」」」

瓦礫《がれき》の向こうから、目や口に砂が入った鉱夫たちの悲鳴が上がると、リオンは踵《きびす》を返して魔物相手に戦闘をはじめる。居《い》た堪《たま》れなくなったシンは、今度は水を生み出して彼らの全身を洗う。

「ぶわっ！　――あ、先生‼」

そしてどうやらシンは、嘘吐《うそつ》きにはならずに済みそうだった。

「さて、それじゃあ帰るとするか――」

その後、ヴァイスが指揮をする冒険者たちが坑道内に魔物たちを押し戻し、シンたちはそれに合わせて地上へ脱出。一〇人近い鉱夫の救出は、驚きと歓声をもって迎えられた。

二番坑道と同様、入り口を爆破して塞《ふさ》ぎ、一時的にとはいえ事態が収束すると、その場に集まった鉱夫と冒険者の間からさらに大きな歓声が沸《わ》き起こる。

「「「ウオオオオ──‼」」」

鉱夫にとっては落盤事故と魔物の襲撃からの生還《せいかん》、冒険者にとっては普段経験しないであろう大規模戦闘での勝利、喜ぶのも無理はない。

当然、被害がゼロなどということはなく、死者の数は冒険者一二人、鉱夫六五人、怪我《けが》人《にん》にいたっては四桁《よんけた》近くにのぼる。

災害の規模に比べ、被害は少ない部類に入るが、決して楽観《らっかん》できる数字でもない。

遺《のこ》された家族の悲しみ、一旦《いったん》は収束したものの、事態の根本的な解決はまだである。

だからこそ彼らも、問題が山積みの現状を今だけは忘れて、生き延《の》びたことを大いに喜んだ。

そしてそれは、シンの周りも同様で──

「じじょおーーー‼」

坑道内の詳しい話を聞き、四人の無謀な行動を怒るどころか「よく頑張《がんば》ったな」と褒《ほ》めるシンの微笑《ほほえ》みに、緊張の糸が切れたアデリアがボロボロと涙を流して彼に抱きつく。一方彼女の頭を優しく撫《な》でるシンにキレたラドックを、ニクスとエイミーが必死に押さえ込んでいた。

そんなラドックの様子を呆《あき》れ顔で見ていたじいさまだったが——

「シンさん！　私頑張《がんば》りました！　シンさんに教えてもらった力が役に立ったんです！」

災害に見舞われるのは悲劇だが、魔物というイレギュラーを除けば、落盤事故などはそう珍しいことではない。その現場において自分の力が役に立ったと、ヘンリエッタは素直に喜んでいた。

だからこそ、彼女がシンに抱きついたのは純粋に喜びと感謝の現れであり、そこに特別な感情はない……はずではあるが、納得しない人間は当然存在する。

「シン！　てめえやっぱりかあ‼　ぶっ殺——」

笑うリオンに羽交《はが》い締《じ》めされたまま持ち上げられ、顔を真っ赤にしながらジタバタと足《あ》掻《が》くじいさまの姿があった。

……夜、喜びの喧騒《けんそう》が響く酒場で、その勢いに今一つ乗り切れない冒険者たちがいる。

「あー！ーーーっ！　惜《お》しいよなあ……」

ガロンが盛大に溜《た》め息をつくが、今日ばかりはそれを止める者はいない、彼らも少なからず同じ思いだからだ。ヘルガを除く五人はみな、一時的にシンから借り受けた武具、あの感触を思い出しては、ガロン同様小さい溜《た》め息をつく。

質の良い武具を求めるのは、それが生き死にに関わる重要な要素である以上、冒険者にとって当然のことである。

今の装備が決して悪いわけではない。ただ、シンの面白武器が高性能過ぎたのがいけないのだ。

筆頭はガロンで、二番目は彼らにとっては珍しくヘルムート。彼はガロンの言葉にウンウンと頷《うなず》いては、狼牙棒《ドラゴンテイル》の感触を思い出し、肩を落としている。

「気持ちは分かりますが、あれらは全て彼――シンの私物です。いくら欲しいからといって、頼めば簡単に譲ってくれるものでもないでしょう」

そう語るアレックスも、金銭で解決するのであれば、全財産を差し出しても構わないと思っていた。金なら後から稼《かせ》げるが、あの武器はそうはいかない、そんな未練が表情に出る。

そこへヘルガの一言が、渦中《かちゅう》の話題に一石《いっせき》を投じた。

「大丈夫。アレを手に入れる方法はある」

「どういう意味だヘルガ。まさか、非合法な手段で手に入れようなどと考えてないだろうな？」

ヴァイスの言葉に、ヘルガはフルフルと首を振る。

「違う。欲しければシンに『作ってくれ』と頼めばいい。なぜならアレの製作者はシン」

「それは本当か⁉」

ガタンッ‼

数打ちの量産品や一般の道具と違い、秘薬や魔道具の類《たぐい》には製作者の名が刻《きざ》まれる。

武具の鑑定をしたヘルガには、それら全てにシンの名前が入っているのを当然見ていた。

――そう、作った本人が目の前にいるのだから、欲しければ頼めばいいだけの話である。

手持ちの金でなんとかなるなら、そのまま買い取るもよし。足りないと言うのであれば、金額の範囲内で作ってもらう方法もある。

「……よし、しばらくはこの街に留まるとしよう」

「そうだな、どうせ騒ぎはまだ終わったわけじゃねえ。Bランク冒険者の俺たちには当然、高額な仕事の依頼も舞い込んでくるだろうさ！」

「できればシンとは、もっと仲良くなっておきたいところねえ、街を出てサヨナラじゃもったいないわ」

「私はまだ武器を使ってない。依頼は私が最優先」

「これもティアリーゼ様のお導きでしょう」

「ん……」

六人が決意に燃えていた。

■

神域にて――

「……感謝しますよ、シン殿」

「どうかした、ジュリエッタ？」

「いえ何も、ティアリーゼ様」

下界の様子を眺めている二柱の後ろで、直立不動のままのジュリエッタはそう答える。

「――それにしても、シンの周りは色々楽しそうだねぇ」

「シンに忠告なり進言なりしなくてもいいのですか、お父様？」

「何を？　彼らがシンと仲良くなりたがってるから逃げろとでも？」

「そう言われると……問題ありませんね」

「それに、教えようにも『今はシンと連絡が付かない』から、どのみち無理だよ」

「そうでしたね」

「まあ、シンの活躍を生温かく見守ろうじゃないか」

「そうですね！　シン、頑張《がんば》るのですよ‼」

神様たちは楽しそうだった。

後ろでは、シンの苦労を思ってか、ジュリエッタが小さく溜《た》め息をついていた――

あとがき

皆さんこんにちは。作者の山川イブキです。この度は、文庫版『転生薬師は異世界を巡る2』をお手に取っていただき、誠にありがとうございます。

さて、二巻では物語の舞台もガラリと変わって登場人物も新キャラばかりと、本書のタイトル通り、主人公のシンが『異世界を巡る』旅の看板に偽《いつわ》りなしです（笑）。

振り返ると、一巻はシリーズ物の最初ということで、それ一冊でストーリーが完結する構成にしていました。対して、今回の二巻は次の三巻との前後編仕立てとなっており、その前編に当たります。

もちろん、これ一冊で楽しめるようにエピソードは纏めていますが、併《あわ》せて読むと、より楽しんで貰えること請け合いです。

なんだか前宣伝のようになってしまいましたが、気合を入れて執筆しておりますので、ここで是非、一言言わせてください。

『だから三巻も買ってね♪』

な〜んて、冗談ではないですよ。マジです。ええ、大マジですとも。

——ということで、話が少々、脱線《だっせん》してしまいましたが、二巻では危ないところを主人公に助けられ、そのまま弟子入りする新人冒険者の少年少女達や、冒険者ギルドの要請を受けて街の外からやって来た一流冒険者パーティとの絡みを中心に描きました。

アクのつよい……いや、魅力溢れるキャラクターと主人公シンの運命が結びつき、転生薬師の物語は、やがて大きな騒動へと発展してゆきます。

次巻に繋がる伏線を多数織り込んだ本作を、楽しんでいただければ幸いです。

ところで、この本が書店に並ぶ頃には、本作のコミカライズがアルファポリスのＷｅｂサイトで始まっていますので、そちらもお読みいただけますと嬉しいです。

それでは、また次巻でもお会い出来ることを願っています。

二〇二〇年一月　山川イブキ

アルファライト文庫

この作品に対する皆様のご意見・ご感想をお待ちしております。

おハガキ・お手紙は以下の宛先にお送りください。

【宛先】

〒150-6008 東京都渋谷区恵比寿 4-20-3 恵比寿ｶﾞｰﾃﾞﾝﾌﾟﾚｲｽﾀﾜｰ 8F
(株) アルファポリス　書籍感想係

メールフォームでのご意見・ご感想は右のＱＲコードから、
あるいは以下のワードで検索をかけてください。

アルファポリス　書籍の感想　検索

ご感想はこちらから

本書は、2018 年 8 月当社より単行本として
刊行されたものを文庫化したものです。

転生薬師《てんせいくすし》は異世界《いせかい》を巡《めぐ》る 2

山川イブキ（やまかわいぶき）

2020年 3月 27日初版発行

文庫編集－中野大樹／篠木歩
編集長－太田鉄平
発行者－梶本雄介
発行所－株式会社アルファポリス
〒150-6008東京都渋谷区恵比寿4-20-3恵比寿ガーデンプレイスタワー8F
TEL 03-6277-1601（営業） 03-6277-1602（編集）
URL https://www.alphapolis.co.jp/
発売元－株式会社星雲社（共同出版社・流通責任出版社）
〒112-0005東京都文京区水道1-3-30
TEL 03-3868-3275
装丁・本文イラスト－れいた
装丁デザイン－ansyyqdesign
印刷－株式会社暁印刷

価格はカバーに表示されてあります。

落丁乱丁の場合はアルファポリスまでご連絡ください。

送料は小社負担でお取り替えします。


ISBN978-4-434-27066-6 C0193